COZY MYSTERY

T0203548

UN CAPUCHINO MORTAL

ALMA

Título original: *On What Grounds*

© Cleo Coyle, 2003
Copyright © 2003 by The Berkley Publishing Group
Publicado de acuerdo con Berkley, un sello de Penguin Publishing Group,
división de Penguin Random House LLC

© de esta edición:
Editorial Alma
Anders Producciones S.L., 2023
www.editorialalma.com

© de la traducción: Teresa Lanero Ladrón de Guevara, 2023
© Ilustración de cubierta y contra: Joy Laforme

Diseño de la colección: lookatcia.com
Diseño de cubierta: lookatcia.com
Maquetación y revisión: LocTeam, S.L.

ISBN: 978-84-19599-39-1
Depósito legal: B-16776-2023

Impreso en España
Printed in Spain

El papel de este libro proviene de bosques gestionados de manera sostenible.

COZY MYSTERY

CLEO COYLE

UN CAPUCHINO MORTAL

**Una novela de misterio
para los muy cafeteros**

«He medido mi vida con cucharas de café».

T. S. ELIOT
La canción de amor de J. Alfred Prufrock

PRÓLOGO

Era bailarina. Joven, delgada y guapa, pero no un bellezón. Y nada especial.

Desde la esquina de Hudson Street, alguien la espiaba mientras ella, al otro lado de las altas puertas de cristal, brincaba de un lado para otro barriendo, fregando, limpiando el reluciente suelo de madera, las mesas de mármol y la cafetera exprés plateada.

Se había hecho tarde. El local estaba cerrado, pero las luces de la cafetería, tras los altos ventanales transparentes, brillaban con una intensidad turbadora, como faros penetrantes a través de la neblina que se deslizaba desde el río, lúgubre y frío, situado a pocas calles de allí.

Con movimientos imprecisos, la figura se guio por aquellas luces para bajar el bordillo hasta la calzada vacía. Las volutas de bruma pálida fluían en oleadas sobre los adoquines grises y arrastraban en su etérea corriente a aquella sombra como el pasajero de un transbordador con destino al inframundo.

Después de cruzar la calle, avanzó por la acera ancha y limpia. Arriba, una falsa lámpara de gas zumbaba y chisporroteaba. Qué apropiado, pensó, y qué típico. La infame farolita aparentaba elegancia, pero su interior era fingido, el parpadeo forzado de una luz eléctrica barata, una mala imitación del objeto real.

Igual que Anabelle.

Nada especial.

El edificio adosado de ladrillo rojo de cuatro pisos que albergaba la cafetería no era diferente, decidió. Uno más en aquel casco histórico. Corriente. Ordinario.

Bajo la ventana arqueada de la fachada había un banco antiguo de hierro forjado atornillado a la acera. Al verlo, la silueta se hundió en la superficie fría y dura.

Su respiración se volvió pesada. Ya no era inconsciente, sino intencionada. Intencionada, planeada y premeditada.

INSPIRAR Y ESPIRAR.

ESPIRAR E INSPIRAR.

Un recuento deliberado. Respiraciones deliberadas. Bocanada tras bocanada hasta que por fin se levantó y se acercó un poco más.

La puerta del Village Blend se alzaba imponente: cristal biselado en un marco de madera de roble. Música palpitante que se filtraba desde el interior. El intenso aroma del café tostado.

Los nudillos llamaron a la puerta: un golpe. Dos.

Dentro, Anabelle se dio la vuelta. El giro de una bailarina. La larga coleta rubia se le enroscó en el cuello esbelto. Los ojos azules se abrieron en el rostro ovalado. La nariz respingona se arrugó; las delicadas cejas se juntaron formando unos pliegues poco favorecedores en la frente alta y lisa.

Cuando envejeciera, ese sería su aspecto, pensó. Marchito, arrugado y consumido...

Era cuestión de años.

La sorpresa brotó en el rostro de Anabelle al mirar fijamente a la figura que había al otro lado del cristal. Reflejaba una ligera extrañeza, pero no alarma ni pánico.

Bien —pensó desde la calle—. *Muy bien.*

Anabelle tardó una eternidad en cruzar el suelo de tarima. Un día entero en abrir el cerrojo. Por fin, el cristal biselado enmarcado se entreabrió y la silueta que estaba al acecho se puso rígida al tiempo que se tragaba una oleada de bilis.

SE LO TIENE MERECIDO.

ELLA SE LO HA BUSCADO.

Aquellos pensamientos se repetían una y otra vez desde hacía días, respiración tras respiración, en un oleaje continuo. Con una fuerza implacable, se habían convertido en una corriente que arrastraba cualquier atisbo de sentimiento, de conciencia reptante, de aviso susurrante de que algún día podría aparecer una brizna de arrepentimiento.

—Hola —dijo Anabelle, con recelo—. No esperaba verte.

ESTA CHICA SE LO MERECE.

ELLA SE LO HA BUSCADO.

—¿Quieres pasar?

Desde la acera, asintió con una sonrisa forzada. Entonces Anabelle abrió del todo la puerta, la música sonó más fuerte y la figura entró con grandes zancadas mientras se prometía —al menos por aquel breve instante— que no volvería la vista atrás.

CAPÍTULO UNO

L a taza de café perfecta es una cosa desconcertante. A muchos de mis clientes, su preparación les parece una especie de proceso alquímico que no se atreven a hacer en casa. Que los granos sean robusta en lugar de arábica, que el tiempo de tueste sea demasiado largo o demasiado corto, que el agua de filtrado esté demasiado caliente o demasiado fría, que la molienda sea demasiado fina o demasiado gruesa, que la infusión se deje reposar durante demasiado rato..., todo puede dañar el resultado. La vigilancia es lo que proporciona el café perfecto: vigilancia y obstinación para proteger la calidad.

Como decía el almanaque cafetero de 1902: «Cuando el café es malo, es lo peor de la ciudad; cuando es bueno, es lo más glorioso».

Por supuesto, la búsqueda de ese café perfecto no está exenta de riesgos. Por ejemplo, después de encontrarlo y de hacerte adicta a él, te vuelves vulnerable, porque las mañanas en que no puedes conseguirlo, por decirlo con la zafiedad de mi exmarido, *estás jodida*.

Justo en esa situación me encontraba yo la mañana en que encontré el cuerpo de Anabelle.

Atrapada tras el volante de mi Honda de diez años, llevaba unos tres meses en un atasco y hacía unas cuantas horas que se me había pasado el efecto del café expreso de las seis de la mañana. Como las áreas de descanso de la autopista solo ofrecían su habitual gama de brebajes —desde flojos como agua tibia de fregar hasta quemados y amargos—, empecé a practicar una especie de ejercicio zen de visualización de cafeína.

Durante todo el trayecto desde Jersey, al cruzar el túnel Lincoln y pasar por las calles del centro de Manhattan, imaginé que una taza del Village Blend flotaba frente a mi parabrisas, con el líquido terroso en su interior, suave y cálido, pero intenso y agradable, y unos zarcillos de vapor color perla se enroscaban en las nubes...

—¡Hijo de...!

Un taxi había virado hacia mi carril y me cortaba el paso para recoger a un pasajero. Pisé a fondo el freno y mi parachoques se detuvo tan cerca de su puerta que pensé que las tarifas por kilómetro impresas en el lateral del vehículo se me quedarían tatuadas en la frente.

Toqué el claxon. El taxista enturbantado maldijo. Y el hombre trajeado de Brooks Brothers subió a su caja de alquiler amarilla sobre ruedas. Con un portazo, retomamos la marcha. Media manzana más... y otra parada.

—Estupendo. Fenomenal.

En un instante estremecedor, el mundo real me había arrebatado mi taza perfecta. Unos segundos más tarde supe cómo se sintió Shackleton al intentar navegar entre icebergs. Por la Cuatro cincuenta y cinco al menos habíamos avanzado, pero ese atolladero que decía ser la ruta entre el centro y el West Village me iba a llevar al homicidio.

Para colmo, una sensación de desesperanza flotaba en el aire frío del jueves. Las nubes de primera hora de la mañana eran tan negras que los empleados procedentes de la periferia se apresuraban para llegar a los altos edificios de oficinas y de tiendas antes de que el pesado cielo de septiembre se abriera sobre ellos.

Menos mal que ya casi he llegado.

Esa había sido, literalmente, la última noche en mi casa de Jersey. Después de unas cuantas semanas en venta, le habían vendido la casa en las afueras de tres dormitorios, jardín delantero y garaje trasero a un joven matrimonio del Upper West Side cuyo camión de mudanzas llegó cuando yo me marchaba. Ya había donado la mayoría de mis muebles (prácticos, aunque carentes de estilo) de IKEA a la beneficencia, junto con mis últimas hombreras de los años ochenta. Ahora la mayoría de mis cosas estaban en un almacén o ya las había trasladado a la ciudad.

Esa mañana empaqueté lo que me quedaba y cogí a mi gata Cafelito sin mirar atrás. El felino estaba sentado en su transportín rosa de PetLove y se lamía la pata de color café, indiferente al desesperado agobio de su dueña.

—Bueno, que al menos una de las dos tenga un buen viaje.

Cuando por fin me acerqué a la cafetería Village Blend —y al apartamento dúplex que se ubicaba encima de esta— solo vi una plaza libre, justo al lado de Hudson. Con un par de aleluyas, aparqué. ¡Por fin un poco de suerte conductora! (Vale, estaba cerca de una boca de incendios. Pero no pegado, la verdad, y tampoco tenía previsto tardar mucho. Después de descargar el coche, me lo llevaría a un garaje cercano donde había alquilado una plaza).

Agarré el transportín de Cafelito y me dirigí a la fachada de ladrillo rojo de la cafetería, concebida así para parecer poco comercial, dispuesta a ver a Anabelle —que a esa hora estaría sirviendo el desayuno— y con ganas de saborear una taza de la celestial mezcla de la casa antes de empezar a descargar. Sin embargo, al acercarme a los ventanales arqueados de cuatro metros de altura, vi que las luces del interior estaban encendidas, pero el local estaba vacío.

Vacío.

Sin clientes.

Ni uno.

Inconcebible, pensé.

Pese a lo malo que había sido el anterior encargado (en seis meses redujo la clientela a casi un cincuenta por ciento), el Blend siempre tenía mucho ajetreo por las mañanas.

Intenté abrir la puerta. Estaba cerrada. ¡Y en el cartel del cristal ponía CERRADO!

¿Qué demonios pasa aquí? Eran casi las nueve. ¡Se suponía que el Blend recibía el reparto de la panadería a las cinco y media y abría al público a las seis!

Eso significaba que ya habríamos perdido a los clientes habituales de la hora punta: los trabajadores de Satay & Satay Publicidad, los oficinistas del Assets Bank, los empleados de Berk and Lee Editorial y la gente de la Universidad de Nueva York. Si no abría pronto, perderíamos incluso a los clientes habituales del barrio, que a menudo se tomaban un café a media mañana antes de irse a otras zonas de la ciudad por negocios.

¡Anabelle Hart había sido siempre digna de confianza, desde hacía ya un mes, cuando recuperé el puesto de encargada en el Blend!

—No te preocupes, Clare, yo me ocupo de todo.

Esas habían sido las últimas palabras que me había dirigido después de ofrecerse voluntaria para cerrar la cafetería la noche anterior y abrirla de nuevo por la mañana. Sin nadie más que me sustituyera, era la única forma de terminar la mudanza desde Jersey. Incluso le había prometido compensárselo con una buena gratificación en la siguiente nómina.

Anabelle era una de mis mejores trabajadoras. Una vez corregido el defecto en la formación recibida que le hacía preparar los cafés demasiado rápido (sí, demasiado rápido, pero luego hablaré de eso), se convirtió en mi mejor empleada. No tanto por sus habilidades como camarera, que fueron fundamentales para la buena fama del Blend, sino porque podía confiar en ella.

En este negocio se aprende una cosa: el carácter no se enseña. O eres de fiar o no lo eres. O haces lo que dices que vas a hacer o no lo haces. Anabelle tenía carácter. Nunca se saltó un turno ni puso excusas para irse antes de tiempo. Estaba allí cuando la necesitaba, no descuidaba ni trataba mal a los clientes, y sabía gestionar de manera encomiable cualquier insulto que le lanzaran a ella o al resto del personal. Al fin y al cabo, el Blend era un pequeño negocio. El insulto era la norma. Y encima se ubicaba en Nueva York, la ciudad de los insatisfechos crónicos.

A falta de capa de Wonder Woman, había que tener una personalidad especial para no devolver el doble de lo que te lanzaban y disipar como por arte de magia toda la hostilidad del ambiente.

La mayoría de mis empleados a tiempo parcial eran universitarios ingenuos que apenas habían superado la adolescencia, por lo que recibían esa hostilidad con reacciones bumerán la mar de inmaduras. Por eso necesitaba subencargados con los rasgos antes mencionados.

Anabelle tenía la misma edad que mis estudiantes universitarios a tiempo parcial, pero mostraba un grado de madurez mucho más elevado. Un incidente ocurrido la semana anterior me lo había demostrado.

Una ejecutiva de publicidad demacrada, vestida con traje de Anne Klein y una expresión de disgusto casi permanente en el rostro delgado y pálido, pidió un café canela. En ese momento estábamos muy ocupados y Maxwell, uno de nuestros camareros a tiempo parcial, se lo sirvió enseguida y se volvió para seguir con las demás comandas.

—¡Eh, tú! —lo llamó la mujer.

—¿Sí?

—¡Te has cargado el café al echarle demasiada canela!

—Señora, lo hacemos siempre así.

—Tú eres idiota.

—¿Qué me ha llamado, pedazo de zo...?

—¡Señora! Déjeme arreglarlo —intervino Anabelle, y se deslizó con el desparpajo de una gaviota para recuperar la bebida de la discordia.

Yo estaba repasando los horarios en un rincón y, admirada, observé el rescate. En dos segundos, Anabelle se había interpuesto entre el camarero enfadado y la ejecutiva estresada, había aplacado el malestar con disculpas arguyendo que a ella tampoco le gustaba demasiado la canela y, en un periquete, había conseguido un nuevo café. Hasta colocó el dispensador de canela junto a la taza para que la mujer se espolvorease la cantidad que quisiera.

—Recuerda, la basura siempre va hacia abajo —le dije a Anabelle durante la primera semana, tras recuperar mi puesto como encargada del Blend—, y un porcentaje de los habitantes de esta ciudad sale de sus oficinas, tiendas, hospitales y casas buscando cualquier excusa para verternos una parte de esa basura directamente en la cabeza.

—No te preocupes, Clare —me respondió—. Si tengo experiencia en algo, es en el manejo de la basura.

Nunca le pregunté por qué ni cómo había adquirido esa experiencia. Solo sabía que era mi ángel de la guarda, alguien en quien había confiado durante el primer mes para hacer renacer el Blend. De hecho, acababa de ascenderla a subencargada.

Después de buscar la llave en el bolso, abrí la puerta de cristal y maldije como el taxista que casi me había matado en la Novena Avenida.

No había señales de que Anabelle —ni nadie más— se dispusiera a abrir. Ni siquiera había rastro del habitual aroma a café. Y el equipo de música estaba en silencio. Ni una nota clásica en el aire.

Suspiré con esa profunda decepción que sueles reservar para tus hijos.

—Eh, A-na-beeelle —canturreé de forma parecida a cuando regañaba a mi hija—. Te estás jugando la gratificacióóón.

Solté el transportín de Cafelito y caminé por el reluciente suelo de madera recién encerado (que, con el anterior encargado, Moffat Flaste, se había convertido en una ruina arañada y mugrienta). Pasé por delante del expositor de bebidas frías (Pellegrino, Evian y refrescos italianos de jengibre, limón y naranja) que le recomendé instalar a Madame, la propietaria, cuando dirigí el Blend diez años antes (y que había supuesto un incremento del diez por ciento en las ventas anuales). Recorrí la distancia marcada por la barra de mármol de color arándano y me detuve, horrorizada, ante la vitrina de los pasteles.

Los estantes de la vitrina de dos metros de largo tendrían que haber estado repletos de cruasanes calientes, magdalenas, roscas, rollos de canela cremosos y dulces de manzana recién horneados. El pedido de la tarde anterior habría consistido en una mezcla de productos variados: pastas, tartas, galletas, pastelillos de estilo europeo y bizcochitos. ¡Pero esa vitrina jamás de los jamases debía estar vacía, como lo estaba en ese momento!

Pasé del salón a la trastienda, que consistía en una superficie cuadrada de suelo de madera con una despensa a la izquierda, una escalera de servicio a la derecha y la puerta trasera enfrente. La puerta no tenía la cadena echada, pero estaba cerrada con pestillo, y toda la zona estaba a oscuras.

Pisé algo resbaladizo, perdí un poco el equilibrio y casi tropecé con un objeto de gran tamaño. Al encender la luz, vi que uno de los cubos de basura de acero inoxidable de debajo del mostrador estaba en la parte superior de la escalera de servicio que conducía al sótano.

¡Qué hace esto aquí!, pensé al instante.

¿Por qué habría movido Anabelle ese cubo tan pesado cuando podía haber sacado la bolsa de plástico sin dificultad y haberla llevado al contenedor exterior?

La tapa metálica no estaba a la vista y los posos negros del café habían rebosado el borde hasta el suelo de madera y los escalones superiores.

—¡Anabelle, te voy a matar! —grité, frunciendo el ceño al ver el desastre.

A continuación, miré escalera abajo y me quedé sin aliento.

Al parecer, alguien se me había adelantado.

CAPÍTULO DOS

E ché a correr hacia el sótano y estuve a punto de resbalarme con los posos de café esparcidos por los escalones. El cuerpo de Anabelle yacía desplomado al fondo, sobre el frío suelo de hormigón. Sus facciones delicadas estaban pálidas, casi tan blancas como la leche. Tenía la cabeza inclinada en un ángulo terrible y su larga coleta rubia se extendía en perpendicular como el penacho amarillo de un pájaro frágil.

Su rostro de veinte años parecía sin vida, pero, si realmente hubiera estado muerta, habría tenido las extremidades rígidas. Y no las tenía. Desde luego, el *rigor mortis* aún no había aparecido. Me arrodillé junto a ella y comprobé sus constantes vitales, procurando no mover el cuerpo por si había sufrido alguna lesión medular. Primero acerqué el oído a nariz y boca. Gracias a Dios, ¡respiraba! Una respiración superficial, pero perceptible. A continuación, le puse dos dedos en el cuello. Tenía la piel fría, algo húmeda. El pulso era débil, como el aleteo de una mariposa.

—¿Anabelle? ¿Anabelle?

Parecía llevar la misma ropa que la noche anterior: unos vaqueros azules y una camiseta blanca corta con el lema DANCE 10 estampado en el pecho.

Volví corriendo a la planta de arriba y llamé a urgencias; estaba desesperada. Luego avisé a su compañera de piso, Esther Best, una estudiante de Filología de la Universidad de Nueva York. Era oriunda de Long Island y trabajaba los fines de semana como camarera, también en el Blend. Vivía con Anabelle en un apartamentito alquilado a unas diez manzanas de distancia.

—Esther, soy Clare Cosi. Anabelle... —le dije.

—Ah, no está aquí —interrumpió ella—. Anoche no vino a casa, aunque eso tampoco es raro. Estará con el Lerdo, prueba a llamarla al móvil. A no ser que ya tenga otro nuevo... Otro novio, quiero decir, no otro móvil.

—Esther, escucha. Anabelle ha tenido un accidente. Ven al Blend ahora mismo.

Volví abajo para sentarme junto a Anabelle hasta que llegara la ambulancia.

Los siguientes quince minutos parecieron quince horas. Me pasé la mayor parte del tiempo preocupada, rezando, mirando la esbelta figura de Anabelle y pensando en mi Joy. Los rasgos de mi hija no estaban marcados con la misma perfección que los de Anabelle, sino que eran más normalitos, como los míos. Sin embargo, mi hija Joy hacía gala de una energía traviesa, una especie de inocencia despreocupada de la que Anabelle, solo un año mayor que ella, parecía carecer.

Siempre había admirado la madurez de Anabelle Hart como trabajadora, pero al verla así tuve que admitir que había algo quebradizo y un poco desesperado en ella. Algo frágil y también triste.

No puede ser el final de su vida —recé—. Nadie debería morir tan joven... por un descuido como este.

Por fin, las sirenas resonaron en las casas adosadas de estilo federal y en los escaparates de las *boutiques* de Hudson Street. Tras un momento de silencio, los zapatos de suela gruesa de los sanitarios empezaron a repiquetear por el primer piso.

—¡Aquí abajo! ¡Deprisa! —grité. Cuando los vi doblar la esquina, estuvieron a punto de resbalarse, como yo un rato antes—. ¡Cuidado!

Los dos jóvenes hispanos con camisa blanca y pantalón de vestir soltaron una palabrota y continuaron escaleras abajo. Me aparté y se pusieron a trabajar. Comprobaron el latido con el estetoscopio, le miraron las pupilas con una linternita e intentaron despertarla llamándola por su nombre. Probaron con sales aromáticas. Nada funcionó.

Por último, le colocaron un inmovilizador en la cabeza y el cuello, la trasladaron a una tabla y la amarraron con unas correas. En ese momento, parecía más un cadáver que una persona viva. Tenía las extremidades flácidas y el rostro ceniciento.

Me reventaba no poder ayudar, me reventaba contemplar impotente cómo se la llevaban unos desconocidos.

Las lágrimas me nublaron la vista y me hicieron moquear. *Esto no puede estar pasando,* resonó en mi mente tantas veces que ya no estaba segura de si lo estaba pensando, lo estaba diciendo o lo estaba gritando.

En lo alto de la escalera, los sanitarios colocaron la tabla en una camilla plegable que empujaron a toda prisa por el salón principal.

En ese momento, Esther Best irrumpió en la puerta del Blend. Se detuvo en seco ante el cuerpo pálido de su compañera de piso, que parecía una muñeca de trapo.

—¡Dios mío! ¿Qué ha pasado? —gritó con una emoción poco corriente. Incluso sus ojos castaños, por lo general entrecerrados tras las gafas de pasta negra con un gesto escrutador hastiado y crítico, miraban ahora conmocionados.

Por delante de mí, los dos sanitarios apartaban las mesas de su camino. Yo los seguía de cerca, tan concentrada en la camilla, cuyas ruedas retumbaban sobre el suelo de tablones de madera, que ni siquiera oí la voz masculina que me llamaba, hasta que intenté salir detrás de Anabelle por la puerta principal.

Como una cortina de acero, un muro azul e impenetrable se cerró ante mí. Camisas azul marino, cinturones con pistolera, insignias plateadas. Me choqué de bruces contra ellos.

Los dos policías estaban hombro con hombro. No debían de tener ni treinta años. Uno era alto y delgado, el otro, más bajo y ancho de pecho y hombros. El alto, de pelo claro y ojos grises, en cuya placa de identificación se leía LANGLEY, habló primero. Sujetaba un cuaderno.

—¡Eh, cuidado, señora! Perdone, tenemos que hacerle varias preguntas.

—¿Adónde la llevan? —pregunté mientras retrocedía de un salto. En ese momento, intenté sortearlos, pero ellos se movieron para cortarme el paso: izquierda, derecha, izquierda, derecha, izquierda...

Parecía un lamentable partido de baloncesto de uno contra dos. Y, si teníamos en cuenta mi baja estatura, no me esperaba ninguna oferta de la NBA.

—Cálmese, señora. La llevan al hospital St. Vincent —dijo el otro policía, el más bajo, de ojos y pelo oscuros. En su placa ponía DEMETRIOS.

Traté de mirar otra vez por detrás de los jóvenes uniformados. En la calle se había congregado una multitud de curiosos: estudiantes con mochilas y residentes mayores, muchos de ellos parroquianos del Blend. Esther hablaba con uno de los sanitarios.

Todas las miradas se centraban en el otro, que cerraba las dos puertas traseras de la ambulancia a la vez. El portazo suscitó en mí una terrible premonición de final.

—Eso es —añadió Langley—. Harán todo lo que puedan. Su compañera de piso dice que irá al hospital. Nos ha proporcionado algunos datos básicos de la víctima, pero necesitamos que usted nos cuente lo sucedido.

Después de que la ambulancia se alejara —demasiado despacio, en mi opinión—, Letitia Vale, una de las clientas habituales del Blend, asomó la cabeza de trenzas grises por la puerta principal.

—¿Clare? ¿Estás bien? ¿Qué ha pasado?

Letitia era la tercera violista de la Orquesta Sinfónica Metropolitana. Consumidora de infusiones (aunque no fueran la especialidad del Blend, teníamos una selección con *earl grey,* jazmín, manzanilla...; en resumen, las que cabría esperar). Letitia decía que lo que más le gustaba del Blend era el ambiente y las galletas italianas de anís.

Cuando dirigí el Blend por primera vez, hacía casi diez años, Letitia era una clienta fiel. Montó incluso una pequeña orquesta de cámara para tocar en las fiestas anuales de la cafetería.

—Ay, Letitia, Anabelle ha tenido un accidente... —Mi voz se entrecortó.

—¡Dios mío de mi vida! ¿Puedo ayudar en algo? —preguntó Letitia.

—Lo siento, señora —le dijo el policía llamado Demetrios mientras se movía para bloquearle el paso, en un nuevo juego de esquivar—, pero tenemos que cerrar el negocio.

—¡Ah! Ah, por supuesto. Clare, vuelvo luego. —Me hizo un gesto tranquilizador con la mano.

Asentí, sin confiar ya en mi voz.

—Muy bien, señora —dijo Langley mientras abría el cuaderno—. Es usted Clare, ¿verdad? Si le parece, empezaremos por su nombre completo y su dirección.

Lo miré fijamente. De pronto, me costaba concentrarme.

—¿Señora? —preguntó Langley.

—¿Qué?

Se quedó mirándome durante un rato.

—Bien, señora, necesito que se tranquilice, ¿de acuerdo? Respire hondo y siéntese. —Señaló una silla vacía de entre las veinte mesas italianas de mármol de la cafetería—. ¿Puede decirnos cómo encontró el cadáver...?

—¿El cadáver? —Se me revolvió el estómago y la boca se me llenó de saliva—. No me encuentro bien.

Demetrios le lanzó una mirada a Langley.

—Disculpe, señora —se apresuró a decir—. Queríamos decir a la chica.

—Siéntese, ¿le parece? —me aconsejó Demetrios—. No tiene usted muy buen aspecto.

Lo intenté, pero no pude. Solo conseguí sentirme peor. Solo podía pensar en lo que la abuela Cosi les decía a las mujeres que acababan de sufrir una pérdida o una noticia impactante y acudían a su cocina para que les leyera los posos del café. *Haz algo cotidiano para no desmayarte.* Levanté la vista. Vi la placa con el nombre de Demetrios.

—Es un apellido griego, ¿verdad? —pregunté.

—Sí.

—Le prepararé un café.

—¿Cómo? No, señora, no hace falta...

Pero yo ya estaba detrás del mostrador, había agarrado el *ibrik* de latón, alto y con el mango alargado, y medía el agua antes de colocarlo sobre el quemador eléctrico.

Los policías, que murmuraban entre ellos, no parecían muy contentos con mi actividad, pero de ese modo empecé a sentirme menos entumecida y más normal. Había preparado café griego (también conocido como café turco) muchas veces. Lo aprendí de mi exmarido, que viajaba por todo el mundo y disfrutaba con aquel sabor fuerte, más potente aún que el del café expreso.

Mientras preparaba el café, los policías me observaron desde la barra. Al cabo de un minuto más o menos, empezaron a preguntarme cosas. (¿A qué hora había llegado esa mañana? ¿El negocio estaba abierto o cerrado? ¿Desde cuándo trabajaba allí la chica?).

Reparé en que, si estaba ocupada con el café, podía responder bastante bien. (Cerca de las nueve. Cerrada. Desde hacía seis meses, pero yo la conocía desde hacía uno).

Les conté que acababa de mudarme encima de la cafetería. Que había dirigido el negocio hacía diez años, antes de marcharme a vivir y a trabajar a Nueva Jersey.

Quisieron saber por qué había vuelto después de tanto tiempo.

—Por muchas razones —les respondí, con tono despreocupado.

Y durante los minutos siguientes, mientras aún preparaba el café griego en silencio, recordé para mis adentros algunas de esas razones, empezando por aquella llamada telefónica de Madame de madrugada, hacía cuatro semanas...

CAPÍTULO TRES

—**M**e he deshecho de Flaste —me anunció Madame esa mañana sin más preámbulos—. Es un imbécil integral.

—¿Flaste? ¿Flaste? —Intenté recordar con un bostezo. ¿Quién era Flaste? ¿Y cómo se habría «deshecho» de él?

Por fin me vino a la mente la imagen de un hombre rechoncho y afeminado, seguida de una secuencia surrealista: vi que las manos arrugadas de Madame empujaban al hombre gordo desde el tejado del Village Blend, a cuatro pisos de altura; vi que sus dedos enjoyados vertían arsénico en el café con leche matutino del hombre; vi que sus nudillos decididos apretaban el gatillo frío y metálico de un revólver.

Me froté los ojos para espabilarme y me di la vuelta. El cable negro del teléfono se enroscó en mi almohada blanca y almidonada. Unos dígitos rojos como la sangre brillaban junto a la cama. Distinguí un cinco, un cero y un dos.

Las 5:02 de la mañana.

Madre santa.

Las persianas entreabiertas revelaban un cielo estriado, una bóveda cobalto oscuro que se atenuaba en franjas celestes. Las estrellas plateadas parpadeaban en una batalla perdida, su luz menguante era un alarde pálido frente al brillo ruidoso que se presentaba bajo el horizonte.

Sabía cómo se sentían esas pobres estrellas. Con treinta y nueve años y sumando, yo era cuarenta años más joven que Madame Dreyfus Allegro Dubois, pero siempre me sentía pequeña y débil frente a su desbordante energía.

Aquella llamada de Madame al amanecer podía parecer extraña, pero desde que su marido falleció, seis meses antes, su preocupación por el Blend se había acentuado casi hasta la obsesión. Había empezado a llamarme para contarme cualquier cosa que hubiera ido mal o que se hubiera gestionado mal, con todo lujo de detalles y a las horas más intempestivas.

—¿Sabes lo que ha hecho ese idiota traidor? —preguntó Madame—. ¿Lo sabes? —Por fin, esperó a que respondiera.

—No —contesté.

—Tuvo la poca vergüenza de venderle la placa, ¡la placa del Village Blend!, a un anticuario ambulante.

Torcí el gesto. En parte, me daba pena el pobre desgraciado que se había convertido en el último de una larga serie de encargados del Blend contratados y despedidos. Pero, madre mía, si Flaste había vendido la placa, no cabía duda de que era un imbécil integral.

Desde que abrió sus puertas en 1895, la única señalización del Village Blend había sido esa placa de latón, grabada con una sencilla tipografía negra: CAFÉ RECIÉN TOSTADO SERVIDO A DIARIO. «La cafetería es como tiene que ser», insistía siempre Madame. Sin luces, sin toldos, sin vulgares letreros de neón gigantes. Solo con la placa antigua. Sutil. Refinada. Como una dama. Elegante, sofisticada y sin llamar la atención; la gente se sentía atraída hacia ella por su aire majestuoso y su cautivadora fragancia.

Situada en una tranquila esquina de Hudson Street, en las dos primeras plantas de un edificio de cuatro pisos de ladrillo rojo, hacía más de cien años que desprendía su intenso y terroso aroma a café recién hecho por las sinuosas callejuelas de Greenwich Village. Por aquellas calles históricas habían pasado Thomas Paine, Mark Twain, E. E. Cummings, Willa Cather, Theodore Dreiser, Edward Albee, Jackson Pollock y un sinfín de músicos, poetas, pintores y políticos influyentes en la cultura estadounidense y mundial.

A pocas manzanas se encontraba la casa de Commerce Street donde Washington Irving escribió *Sleepy Hollow;* la iglesia histórica de St. Luke in the Field, cuyo sacristán fundador, Clement Moore, compuso *The Night Before Christmas,* y el teatro independiente Cherry Lane, creado en los años veinte por un grupo que incluía a la poetisa Edna St. Vincent Millay, donde, décadas después, contrataron a una joven acomodadora llamada Barbara Streisand.

En fechas más recientes, numerosas estrellas del cine, el teatro y la televisión habían frecuentado el Blend, junto con novelistas, periodistas, músicos y diseñadores de moda. Tanto los millonarios como los cazadores de fortunas y casi todos los residentes famosos del Village se habían pasado alguna vez por allí para tomar nuestro afamado café.

La cafetería había formado parte de la historia del barrio en los buenos y en los malos tiempos. Y su placa no era solo un letrero. Era prácticamente una reliquia sagrada. Todos los encargados del Blend comprendían enseguida que su ubicación correcta no era tanto una cuestión de nostalgia como de seguridad laboral.

—No solo lo he despedido, sino que también me he ocupado de que lo visiten dos polis a la una de la madrugada.

Madame no se andaba con chiquitas.

Eso yo lo sabía muy bien. Durante casi una década, entre los veinte y los treinta años, yo había sido la encargada de su adorado Blend (ella insiste en que siempre fui «la mejor, con diferencia»). En consecuencia, conocía a mi antigua jefa tanto como a mi madre (si hubiera conocido a esta última, claro, porque mi madre nos abandonó a mi padre y a mí antes de que yo cumpliera siete años, pero esa es otra historia). En cualquier caso, después de marcharme del Blend conservamos la amistad.

—Y por curiosidad —dije después de un enorme bostezo—, ¿cuánto le dieron a Flaste por el cartel?

—Mira qué curioso. Lo vendió por novecientos setenta dólares; en eso tuvo suerte, según los agentes que lo detuvieron.

—Pues no veo la suerte por ningún lado.

—Faltaron treinta dólares para llegar a mil.

—Y qué.

—A ver, cielo, un robo por un importe superior a mil dólares es un delito de clase E, pero los agentes se vieron obligados a ficharlo solo por hurto, un simple delito menor. Así que Moffat «se fue de rositas», según palabras de la policía, después de presentarse en el juzgado de guardia.

—Hombre, tampoco es un caso para el abogado Alan Derschowitz —dije.

—Aun así, le canté las cuarenta.

—Ah, ¿sí?

—Seré vieja, pero no tonta.

Me eché a reír.

—¿Y qué ha pasado con la placa?

—Ah, me la devolvieron esos chicos tan majos de la comisaría número seis que me habían ayudado a poner la denuncia. Me alegré tanto cuando la coloqué en su sitio que les propuse que vinieran a tomar un kona gratis cuando quisieran. Del auténtico, ya sabes, Clare.

En efecto, lo sabía.

Puede que el café y la delincuencia no guarden mucha relación a primera vista, pero te sorprendería saber la cantidad de veces que van emparejados. Un ejemplo es el gran escándalo del kona. En 1996 pillaron a un grupo de productores de café —Madame conocía bastante bien a uno de ellos— que habían cambiado el nombre de varias mezclas centroamericanas más baratas para exportarlas a través de Hawái etiquetadas con la denominación de kona, un tipo de grano excepcional e irónicamente suave pese a estar cultivado sobre lava volcánica. Hasta donde se sabe, al menos en el momento de escribir estas líneas, el amigo de Madame sigue en una prisión federal.

—Bueno, pero en realidad te llamaba por otro asunto —continuó Madame—. Tienes que venir a verme, Clare. Esta misma mañana.

Se produjo un largo silencio en el que solo se oía música de ópera al otro lado de la línea. El dulce tenor cantaba una pieza excepcionalmente hermosa del *Turandot* de Puccini. *Nessun dorma!* Traducción del italiano: «¡Que nadie duerma!».

Muy apropiado, pensé, porque Madame no solo había puesto ópera: intentaba decir algo más. Aparte de ser una de mis piezas favoritas —impregnada del trágico anhelo y de la hermosa angustia propios de la ópera italiana—, aquella música orquestaba lo que Madame me prometió que algún día llegaría: mi toque de diana.

No, no puedo ir, le dieron ganas de decir a la cobarde que hay en mí. *Tengo una fecha de entrega.* Lo cual era cierto. Llevaba veinte días enfrascada en un artículo en dos partes para la revista *Bebida al por mayor* sobre la calidad de las cosechas de café latinoamericanas. Tenía que entregarlo la semana siguiente.

Pero había que admitir, aunque solo fuera para mis adentros, que agradecía la llamada y la invitación a salir de casa... porque estaba a punto de tirarme de los pelos. El problema no era la temática del artículo, sino el aislamiento.

Trabajar en casa estuvo bien mientras criaba a Joy. Pero desde que mi vivaracha hija se había mudado un mes antes, la casita del tranquilísimo extrarradio de Nueva Jersey comenzaba a ser poco estimulante. De un tiempo a esa parte había empezado a constatar cómo crecía la hierba en el jardín delantero y a pensar en las rabiosas palabras de Madame el día en que dejé el trabajo como encargada del Blend.

—Entiendo que necesites marcharte —me dijo Madame después de muchos lamentos y golpes de pecho—. Pero ¿a las afueras? Clare, estoy segura de que un día te despertarás y te darás cuenta de que esos barrios tienen demasiadas cosas en común con el cementerio.

—¡El cementerio!

Estaba indignada, dolida y enfadada con Madame por su falta de apoyo, dadas las circunstancias personales que yo vivía por aquel entonces.

—Sí— replicó Madame—. Ambos tienen césped bien cuidado, demasiado silencio y poco tráfico en todas las variantes de la condición humana.

—¡La periferia es segura! ¡Y tranquila!

—Disfrutaré de la seguridad y del descanso cuando esté muerta. Te lo advierto, Clare, cometes un error y algún día me lo reconocerás.

Ni que decir tiene que no le hice caso a Madame y me mudé a noventa minutos al oeste de la ciudad, decidida a demostrarle que se equivocaba. Y Madame se equivocó en casi todo...

Criar a Joy había sido un placer y los ingresos generados por una combinación de trabajos (ayudando de forma remunerada en una guardería, cocinando a tiempo parcial para un proveedor de proximidad y escribiendo la columna «En la cocina con Clare» para un pequeño periódico local) me habían ayudado a cubrir la diferencia entre las facturas mensuales y la frecuencia errática con que mi exmarido abonaba la pensión alimenticia.

El año pasado, tras un trigésimo noveno cumpleaños bastante introspectivo, me animé a enviar artículos a revistas especializadas en el sector de la alimentación y de las bebidas, como *Bebida al por mayor, Tazas* y *La alacena,* donde, milagro de los milagros, me habían publicado algunos.

Pero ahora que Joy había hecho las maletas y se había mudado a Manhattan para estudiar cocina..., en fin, las cosas eran distintas. A diferencia de muchos adolescentes, mi hija había construido su vida social en torno a su hogar y a un grupo íntimo de amigas. No era raro que siempre hubiera media docena de adolescentes por casa. Y a menudo me unía a sus fiestas de películas alquiladas y a las «Veladas de supervivientes de Martha Stewart», un juego que consistía en recortar las recetas de cocina que la famosa presentadora publicaba en la revista *Living,* elegir una al azar y completarla en menos de noventa minutos, aunque para ello fuera necesario salir corriendo al supermercado en busca de los ingredientes.

(Con semejante juego, no era de extrañar que Joy y cuatro de sus amigas, al acabar el instituto, se matricularan en diferentes escuelas de cocina y programas de dirección de restaurantes).

Sea como fuere, en aquella época me pasaba las noches comiendo galletas Snackwell (¿qué sentido tiene elaborar repostería para una sola?), viendo películas en Lifetime y soplándole burbujas de hierba de gato a Cafelito (cuyo pelaje coincidía con el de un grano arábica de tueste medio).

La verdad era un residuo amargo que se acumulaba en el fondo de mi vida mal aprovechada: la plenitud (excepto en lo referente a mi hija) aún era un concepto escurridizo. La llamada telefónica de Madame era una buena excusa para tomar el autobús rápido hasta la terminal de Port Authority de la calle 42. Y, después de mi café expreso matutino y de una ducha reparadora, eso fue precisamente lo que hice.

Madame vivía cerca de Washington Square, en uno de esos apartamentos amplios y lujosos que coronan los viejos edificios de la Quinta Avenida y que cuentan con un foso de hormigón y un portero vestido como el refugiado de una opereta de Gilbert y Sullivan. Pierre Dubois, su difunto segundo marido, insistió en que se trasladara allí con él a comienzos de los años ochenta, porque lo prefería al dúplex de Madame que había encima del Blend, más modesto, donde tuvieron sus primeros encuentros amorosos.

Como la propia Madame, aquel venerable domicilio de la Quinta Avenida abarcaba dos mundos. Estaba cerca de la New School University, meca de escritores, artistas y filósofos que sirvió de «universidad en el exilio» para los intelectuales huidos de la Alemania nazi en los años treinta. También estaba cerca del edificio de la revista *Forbes,* que albergaba una fastuosa colección de objetos que pertenecieron al millonario Malcolm Forbes, desde maquetas de barcos hasta huevos Fabergé creados para zares rusos. Ese edificio hacía las veces de otro tipo de meca: la del capitalista.

Pierre se había inclinado hacia el extremo Forbes de aquel espectro particular. Su amplio apartamento de la Quinta Avenida lo reflejaba claramente, así como su afinidad por todas las cosas del «viejo mundo». Era antiquísimo, como el siglo XVIII.

Las cortinas de brocado, los pesados muebles con bordes dorados y las estatuas recargadas me hacían sentir como si estuviera en un museo francés. Por otra parte, el difunto cónyuge de Madame siempre profesó un gran amor por Napoleón, a quien, con su baja estatura, se parecía ligeramente.

Durante las visitas al apartamento siempre pensaba en las contradicciones de Madame. Aunque entendía que se hubiera enamorado de un hombre del viejo mundo, el nuevo mundo aún era muy importante para ella. ¿Acaso no era evidente el deje de orgullo con el que contaba anécdotas sobre Jackson Pollock, Willem de Kooning y otros expresionistas abstractos que acudían al Blend para recuperar la sobriedad con más de un café de tueste francés, sobre algún poeta en apuros (como el joven Jean-Louis *Jack* Kerouac) o sobre algún dramaturgo desahuciado que dormía en uno de los sofás del segundo piso?

Cuando llegué, Madame salió del dormitorio aún vestida de riguroso luto, pero tan elegante y majestuosa como siempre. Llevaba un vestido sin adornos impecablemente confeccionado. Como única joya, lucía la alianza de diamantes y platino de Pierre. Su cabello, antes castaño oscuro, había encanecido hacía mucho tiempo y ahora ostentaba una melena plateada por encima de los hombros. Ese día lo llevaba recogido en un moño francés, sujeto por una sobria peineta de perlas negras.

Aquella elegante fachada había engañado a mucha gente a lo largo de los años, pues daba a entender que no era más que una dama elitista de la alta sociedad.

Pero yo sabía que no.

Bajo el guante de satén de aquella mujer había mármol irrompible y yo lo había visto usar contra todo tipo de personas en Nueva York: desde inspectores de sanidad corruptos hasta basureros turbios, desde vendedores machistas hasta jovencitas malcriadas, desde ejecutivos engreídos hasta *exhippies* narcisistas.

La clave de sus contradicciones era muy sencilla. Provenía de una familia muy adinerada del París de entreguerras que lo perdió todo a causa de la invasión nazi y se vio obligada a huir con lo puesto a Estados Unidos, donde vivían unos parientes humildes.

Puede que la pequeña Blanche Dreyfus se criara como una niña consentida y refinada en el viejo mundo, pero el desgarrador viaje a América, en el que su madre y su hermana murieron de neumonía, hizo que se sintiera agradecida por la acogida y que todos los días, desde su llegada al nuevo mundo, se levantara de la cama decidida a aportar su granito de arena a la ciudad más grandiosa.

Así que, pese a lo que pudiera parecer, su sistema de creencias no difería del de cualquier otro inmigrante desamparado. Poca gente reparaba en ello, pero yo lo veía gracias a mi abuela inmigrante, con quien prácticamente me crie desde los siete años. La abuela Cosi tenía el mismo sentido del honor, el mismo ánimo, la misma combinación de gratitud, determinación y orgullo deshilachado. Supongo que por eso yo le caía tan bien a Madame: sabía lo mucho que la entendía.

—Por cierto, ¿qué hizo Flaste con el dinero después de vender la placa del Blend? —pregunté sin preámbulos.

(Madame y yo siempre compartimos la capacidad de retomar nuestras conversaciones horas, días o incluso semanas después de haberlas iniciado).

—Se lo gastó de inmediato —contestó Madame mientras nos instalábamos en la sala de exposición de antigüedades francesas que los Dubois utilizaban como salón—. La factura confirmó que el importe total se utilizó para comprar un par de gemelos que al parecer había llevado Jerry Lewis durante la fiesta de inauguración de *El ceniciento*.

—Estás de broma.

—Clare, ya sabes que, cuando se trata de estafadores, no bromeo.

—Ya... De todos modos, parece más un aficionado al cine que un delincuente.

—Un obseso del famoseo, como la mayor parte del mundo occidental. Seguro que pretendía lucirlos en una de esas fiestas que dan después del cine a las que tanto le gusta asistir.

—Bueno, si lo que buscaba era un objeto famoso, me extraña que no se quedara con la placa en sí, dada su relevancia en la historia cultural...

—Sí, sí —dijo Madame con absoluta gravedad—. Como un cuento de O. Henry, un grabado de Andy Warhol o una canción de Bob Dylan...

—Aunque también entiendo que Flaste no lo quisiera —añadí—. Me refiero a que no se puede llevar una placa de latón de tres kilos a un cóctel. Incluso como tema de conversación, sería incómodo.

—Es un estafador, hazme caso. Con una despreciable falta de respeto por el patrimonio de Blend. Y encima, un cerdo.

—¿Era muy sucio?

—No, querida. Se lo comía todo. En los seis meses que han pasado desde que lo contraté, ha engordado cinco kilos: se zampaba la mitad de la confitería matutina de la cafetería. Los beneficios nunca han sido tan bajos.

—¿Y por qué puñetas lo contrataste?

—Bueno, es el resultado de una larga serie de decepciones. Aunque parezca increíble, Eduardo Lebreux me lo recomendó encarecidamente. Flaste había trabajado para él. Y como Eduardo, a su vez, había trabajado para Pierre...

Madame sacudió la cabeza y suspiró.

—Entiendo —dije.

—Qué quieres que te diga, la jugada me salió mal. Y ya estoy harta de arriesgarme. Quiero que vuelvas como encargada.

Contuve la respiración durante al menos diez segundos.

—Sabes que no puedo.

—No, no lo sé. Venga ya, Clare, ¿no estás cansada de vivir en la selva?

—Es Nueva Jersey, Madame. No Nepal.

—Tu querida hija ahora está en la ciudad. ¿No preferirías estar más cerca de ella?

Odiaba cuando Madame daba en el clavo. Me revolví sobre los cojines de terciopelo. Sin embargo, había algunos problemas. Grandes. En primer lugar, estaba el largo trayecto hasta el trabajo y, por otro lado, los alquileres astronómicos de Manhattan. Tenía casi cuarenta años y no estaba dispuesta a volver a mis años universitarios de compartir piso, ni loca.

También estaba la cuestión de mi futuro y de mi continua lucha por hacer carrera a partir de una serie de encargos para revistas como autónoma. A pesar de que el aislamiento propio de la escritura no me hacía sentir feliz, lo cierto era que me iba bastante bien. Ese mismo mes acababa de vender un artículo breve sobre las tendencias del consumo de café en Estados Unidos a *The New York Times Magazine*. (Casi el cincuenta por ciento de la población lo toma, en una media de tres tazas al día, y el mercado tiende a elegir variedades de mayor calidad).

Pero por encima de todas esas razones, había un motivo insalvable por el que no quería volver al Blend. Era como un gran tigre azul en el centro de la sala, y ni yo ni Madame queríamos verlo.

Con un suspiro, Madame abrió una pitillera de veinticuatro quilates con incrustaciones de piedras preciosas y sus iniciales en filigrana. Pierre se la había comprado unos años antes en el Ponte Vecchio de Florencia, famoso por su comercio de oro. Sacó un cigarrillo sin filtro y lo encendió. Solo muy de tanto en tanto veía hacer eso a Madame, a menos que estuviera muy nerviosa.

—¿Te acuerdas del primer café que me preparaste?

—Por supuesto. Un expreso —respondí.

—En una vieja cocina de gas y una cafetera de cinco dólares.

Sonreí. Mi abuela Cosi, una inmigrante asentada en el oeste de Pensilvania (que recibió diversas oleadas de italianos para trabajar en las acerías), regentó una tienda de comestibles italianos con su marido durante la mayor parte de su vida. Se había traído de Italia una cafetera plateada de tres tazas que me regaló el día que me fui a vivir a Nueva York.

Sabía que aquella cafetera octogonal de dos piezas parecía demasiado anticuada, incluso sospechosamente simple para la mayoría de los estadounidenses, aficionados a los electrodomésticos y convencidos de que cuanto más gasten en una cafetera, más felices serán.

Cuando era pequeña, todas las cocinas italianas de mi barrio tenían esa misma cafetera modesta. Para mí, siempre sería la mejor forma de preparar aquella bebida tan fuerte que condensaba en una tacita la verdadera esencia del café después de haber extraído del grano la concentración de aromas más exquisita.

Ese tipo de cafetera suele estar disponible en modelos de tres, seis o nueve tazas. Es muy fácil de usar. Primero, se desenrosca la parte de abajo y se llena de agua hasta la válvula. A continuación, se muelen los granos enteros (el Blend utiliza una cucharada colmada de café molido por cada diez centilitros de agua).

El término *expreso* se refiere al método de preparación y no al grano, por lo que cualquier grano de calidad dará buen resultado, aunque el Village Blend sugiere un café de tueste oscuro, como el francés o el italiano.

Se muelen los granos hasta obtener partículas finas, ¡pero sin pasarse! Una molienda demasiado fina, convertida en polvo, amargará la infusión.

Una vez molida la cantidad adecuada, se coloca en el embudo portacafé y se prensa. Esa pieza queda por encima del agua al enroscar la parte superior.

A continuación, se pone la cafetera sobre el hornillo a fuego lento. Al cabo de unos minutos, el agua hierve y el vapor la empuja a través del café hasta llenar, casi al instante, el depósito superior vacío.

Este método también deja más posos en la taza que otros. Los posos son esenciales para las «lecturas». No me dejo llevar por supersticiones, pero tampoco las desprecio. De pequeña, mi abuela me enseñó a leer los posos del café y siempre me ha gustado ese juego de salón.

—He tenido baristas romanos que usaban máquinas de mil dólares y no hacían un café tan bueno —me dijo Madame aquella mañana con cierto orgullo maternal.

Me sorprendió el ligero rubor que me brotó en las mejillas. Hacía mucho tiempo que nadie se sentía orgulloso de mí, ni siquiera recordaba cuándo había sido la última vez. (Consecuencia inevitable de la mediana edad y de la maternidad: hay que reconocerlo, todo el mundo espera que seas tú quien exprese orgullo por los demás).

—Venga ya —repuse, para quitarle importancia—. Lo que pasa es que te sentiste aliviada cuando me conociste. Temías que fuera una fulana con camiseta de tirantes y tatuajes. Y como te gusté, decidiste que también te gustaba mi café.

—Nunca intento que me guste el café, querida, y lo sabes muy bien. O es bueno o es una bazofia. Y el tuyo era excelente.

—Ya sabes que fue mi abuela quien me enseñó a perfeccionarlo —le recordé.

—Sí. Ella te enseñó. Pero luego te enseñé yo.

—Sí, claro. Ya lo sé. Te debo mucho, Madame...

—A mí no me debes nada. Te lo debes a ti misma, Clare. Todas las mujeres nos lo debemos. Y se nos olvida.

Cambié de postura y carraspeé.

—¿Crees que no soy fiel a mí misma?

—Exacto. Tú sabes cuál es tu sitio. Sabes lo que te haría feliz, pero miras hacia otro lado.

Respiré hondo.

—Tengo que hacerlo así.

—Te estás escondiendo. De él.

Ahí está —pensé mientras me preparaba para lo que me iba a decir—. *El gran tigre azul.*

—Es una actitud cobarde —continuó Madame—. Y no tiene sentido si no es lo que quieres en la vida. —Madame soltó una bocanada de humo y arqueó una ceja—. Me fijé en lo que dijiste al final de tu artículo en el *Times:* «Cuando tomamos café, nos bebemos su historia, que es también la nuestra».

Me estremecí. En el artículo no le había atribuido esa frase a Madame. Con la idea de impresionar a mi editor, decidí expresar esa opinión como parte de mi coeficiente intelectual cafetero, pero lo cierto era que gran parte de ese conocimiento procedía de mis años al frente del Village Blend bajo la tutela de Madame.

—Lo siento —me disculpé en voz baja—. Debería haberte acreditado como autora de esas palabras...

—No seas boba. No lo he dicho para regañarte, sino para recordártelo.

Madame se levantó, se acercó a una mesa auxiliar, cogió el *Times Magazine* de la semana anterior y lo sacudió hacia mí con orgullo, regresó a su sitio y se colocó las gafas de leer en la punta de la nariz.

—Cito —comenzó a leer—: «Si aceptamos que somos una civilización consumidora de café, el café que compramos, preparamos y tomamos debería ser tan imponente como nuestra herencia cívica. Porque, aunque el café pueda parecer una nimiedad, es un ritual que refleja el estándar diario que nos marcamos a lo largo de la vida. Ya sea el más alto o el más bajo, es el estándar que transmitimos a nuestros hijos. Y si no conseguimos transmitir lo más elevado, ni siquiera en las cosas más pequeñas, ¿cómo esperamos progresar como civilización? Quizá T. S. Eliot tuviera razón: algunos medimos nuestra vida con cucharillas de café. Razón de más para prestar atención a la calidad del grano». —Madame sonrió—. Esa no era yo, querida; eras tú.

—Lo aprendí de ti.

—Ah, ¿sí? Entonces, demuéstralo. —Apagó el cigarrillo a mitad y cogió una campanilla—. Te he preparado una oferta, Clare. Quiero que la leas y que la aceptes.

El tintineo de la campanilla invocó a la sirvienta. Sobre una bandeja de plata traía un contrato de aspecto oficial junto a un pequeño temporizador en forma de huevo, una jarra térmica con agua hirviendo y una prensa francesa que, por el aroma, supe que contenía *blue mountain* de Jamaica perfectamente molido.

Casi me desmayo.

La cosecha de ese grano con cuerpo aunque suave y deliciosamente aromático cultivado en las Montañas Azules de Jamaica a dos mil metros de altitud es limitada: apenas ochocientos sacos al año, frente a los quince mil sacos de otras variedades jamaicanas de menor calidad (la *high mountain* y la *prime jamaica washed*). Los importadores y tostadores han mezclado el *blue mountain* con otros tipos de café para reducir el precio y la calidad, ya que la variedad auténtica se vendía a ochenta dólares el kilo o más. Hacía diez años que no lo probaba. Desde que me marché del Blend.

En silencio, Madame me puso el contrato en la mano, vertió el agua humeante sobre el café en la prensa, volvió a colocar la tapa, giró el temporizador y me lanzó una mirada que decía: *Tienes cinco minutos.*

Madame esperaba que leyera el contrato y lo aceptara en el tiempo de infusión del café.

Respiré hondo y leí las cláusulas. Si firmaba por cinco años, recibiría:

1. Una participación en el negocio inmediata del quince por ciento y un cinco por ciento adicional por cada ejercicio fiscal con un beneficio mínimo del diez por ciento.

2. Las llaves del dúplex amueblado de encima de la cafetería. (Imposible pasar por alto la oportunidad única de vivir en un piso de dos habitaciones sin pagar alquiler, con chimenea, balcón y patio ajardinado, en el corazón del barrio más demandado de Manhattan).

Y por último:

3. La garantía de que no tendría que tratar con el carismático y desconcertante proveedor de café del Blend más de una semana al mes.

—A él no puedes controlarlo con un contrato, y lo sabes. Todavía es un pirata.

Una vez agotado el tiempo, me pareció necesario puntualizarlo.

—Digno hijo de su padre —contestó Madame mientras empujaba el pistón de la prensa francesa para arrastrar los posos hasta el fondo del recipiente de cristal con un poco más de fuerza de la necesaria. Me miró a los ojos—. ¿Qué más puedo decir?

—Está bien —dije mientras Madame servía el café en las sencillas tazas de estilo francés y color crema que había en la bandeja de plata—. Esto ya lo hemos vivido antes.

—Sí, querida. Y fue movidito... para las dos.

Hubo una larga pausa, como siempre que salía el doloroso tema del hijo de Madame. Matteo Allegro, de cuarenta y pocos años, no solo era el importador de café del Blend y el único hijo de Madame con su difunto primer marido, Antonio Allegro, sino que también era mi exmarido y el padre de mi mayor motivo de orgullo, Joy.

Tomé una taza de la elegante bandeja, añadí un chorrito de nata y probé el *blue mountain* recién hecho. El aroma sensual, dulce y con cuerpo del café me inundó mientras pensaba en Matt y en la oferta tan tentadora que acababa de recibir.

—Entonces, querida, ¿cuál es tu respuesta?

Levanté la vista y por primera vez reparé en que los ojos de mi exsuegra no tenían el color que yo recordaba. Desde la muerte de su segundo marido parecían más grises que azules. Y las escurridizas arrugas que rodeaban su boca y sus ojos, que antes aparecían y desaparecían en función de sus gestos, ahora eran permanentes, como unas inquilinas crueles e inamovibles.

Se me pasó por la cabeza una idea macabra. A veces, los dos miembros de una pareja morían con un año de diferencia.

El primero fallecía de una enfermedad grave y el segundo lo seguía poco después, normalmente por algún motivo menor (como un resfriado que de repente se convertía en neumonía). El diagnóstico de los médicos era un debilitamiento del sistema inmunitario durante una época traumática. Pero no dejaba de ser una muerte por tristeza. Por la pérdida.

Madame parecía un poco frágil ese día, muy diferente de cuando me aleccionó para regentar el Blend por primera vez. El vigor que la caracterizaba hacía una década tenía poco que ver con la cafeína de sus brebajes. Le motivaba el orgullo, el deseo de que el Blend estuviera a la altura de las miles de historias de su propia historia, de sus pintorescos clientes, de sus elevados valores y de su compromiso para servir a la comunidad.

Tras la muerte de su primer marido, Madame dirigió sola el Blend durante años, hasta la víspera de su boda con Pierre, uno de los principales importadores de perfumes, vino y café franceses de la ciudad, antes de que su vida se convirtiera de repente en un torbellino de viajes y de cenas en el centro, de recibir a los clientes de su marido, de adoptar y criar a los hijos adolescentes de Pierre y de gestionar una villa europea todos los meses de agosto.

La cafetería pasó, como los días de su juventud, a un segundo plano. Pero nunca apagó los fogones. Aunque la fortuna de Pierre era inmensa, Madame se negó a vender el Village Blend. Durante todos aquellos años, se había aferrado a ella como quien se aferra a algo tan vital y tan precioso que perdería hasta el último aliento antes de soltarlo.

—Te necesito, Clare —dijo por fin Madame, y bajó el tono a una octava que rara vez oía.

Me ha elegido —pensé en ese instante—. *Quiere que sea yo quien continúe.*

De pronto me pregunté qué opinarían los hijos de Dubois de la decisión de su madrastra. Durante todos esos años, los había conocido a casi todos y ninguno parecía comprender la importancia del Blend, ni para la comunidad como institución ni para su madrastra como símbolo de sus convicciones.

Por supuesto, aquella actitud no me sorprendía. Criados en la opulencia, educados en escuelas de élite, rodeados de arte y cultura por todas partes, los hijos de Dubois se creían por encima de la difícil tarea diaria de gestionar un pequeño negocio. Ya eran mayores. Algunos residían en Europa, otros en la Costa Oeste y en Nueva York, todos en las capas altas de la sociedad y, por consiguiente, desconectados de la forma en que vivía la mayor parte del mundo.

Matteo Allegro no tenía casi nada en común con ellos. Eso era cierto. Pero, al parecer, tampoco era el elegido para custodiar su adorada cafetería.

Aunque Matt trabajaba en el negocio del café, su pasión no consistía en servir los granos, sino en viajar por todo el mundo para encontrarlos (y para encontrar otras cosas; mujeres, por lo general). Era muy trabajador, pero incapaz de asumir un compromiso matrimonial, y mucho menos de aceptar el estilo de vida sedentario que exigía llevar un negocio. Al parecer, su madre también lo sabía, como también sabía que el negocio nunca fue la clave.

El Blend no consistía en comprar y vender. Se trataba de la tradición. Del legado. Del amor. Y por eso, más que por ninguna otra cosa, acepté firmar el contrato.

—De acuerdo, Madame —prometí, y por fin la miré a los ojos.

—Gracias, querida. Gracias.

CAPÍTULO CUATRO

Preparar café griego era, en realidad, un proceso sencillo y exento de complicaciones: ocho centilitros de agua y una cucharadita colmada de café de tueste oscuro por ración. (Yo utilicé la mitad de tueste italiano y la otra mitad de maracaibo, un delicioso café venezolano rico en sabor y con delicados matices a vino llamado así por el puerto Maracaibo, el más importante del país).

El agua y la molienda fina se introducen juntos en el *ibrik* y se pone a hervir a fuego medio.

El *ibrik* no tiene tapa. Es alto, se estrecha en la parte más alta para que el líquido no se salga y tiene un reborde para evitar que caiga el poso al servirlo.

Los dos policías me observaron mientras lo preparaba. Cuando cogí el azúcar, me fijé en lo limpia que estaba la zona de detrás del mostrador. Me di cuenta de que, si Anabelle se había caído por la escalera la noche anterior, tuvo que haberla limpiado y reabastecido antes esa zona. La cafetera exprés estaba reluciente, y los armarios, llenos de tazas, servilletas y agitadores de madera.

Entonces, ¿por qué estaba tan sucia la despensa junto a la escalera? ¿Por qué había arrastrado el cubo de la basura hasta allí y había volcado los posos del café de esa manera tan descuidada?

Seguí removiendo la mezcla encima del fuego y el aroma intenso del café empezó a emanar del *ibrik* y a perfumar la cafetería.

En las ocasiones tristes como los funerales (o cuando se llevan en ambulancia a una ayudante), el café turco se sirve sin azúcar. Pero yo puse una cucharadita colmada por taza con la esperanza de que esa no fuera una ocasión trágica y Anabelle estuviera bien.

—Perdone, ¿está abierto?

Un apuesto treintañero con el pelo alborotado de peluquería y un jersey de cachemir con el cuello a la caja asomó la cabeza por la puerta principal, que estaba abierta.

—No —contestó el agente Langley—. El local está cerrado.

—Vuelva más tarde —añadió el otro policía.

—Solo quería un expreso doble para llevar —insistió el hombre mientras se colaba a toda prisa con sus pantalones militares elegantemente arrugados—. ¿Tanto le cuesta?

—Vuelva más tarde —repitió Demetrios.

—Esperaré en una mesa... —dijo el hombre, que abrió de golpe su *Times* y se encaminó a una silla.

El comportamiento del cliente no me sorprendió. Una parte de la población de Manhattan no entendía la palabra «no». Al menos, cuando se la decían a ellos. Había reglas, claro, pero solo eran aplicables a los demás.

—Estoy hablando su idioma, ¿verdad? —le soltó Demetrios a Langley.

El hombre no consiguió dar dos pasos. Demetrios lo agarró del brazo con fuerza y tiró de él hasta la acera, volvió al interior del local y cerró la puerta con pestillo.

En cuanto la mezcla color ébano del *ibrik* empezó a hervir, vertí la mitad del contenido en tres vasos altos y estrechos en forma de cilindro para mantener los posos alejados de los labios. Coloqué el resto del café sobre el fuego y lo removí para formar una espuma que serví después con una cuchara en los vasos, que tenían unos soportes de plata labrada a modo de asa. Los puse en una bandeja y los llevé a una de las mesas de mármol del salón.

Demetrios me miró con gesto de asombro.

—Has servido hasta la cara —dijo mientras tomaba asiento.

Hice un gesto afirmativo y me senté a su lado.

—Sí, pero he hecho trampa y la he servido con cuchara. No me siento tan serena como para verterla directamente.

—¿Qué cara? —preguntó Langley al ocupar la tercera silla.

—La espuma —expliqué. (Otro día podría haber servido ese resto de café espumoso directamente del *ibrik* sin verter ni rastro de posos).

—Sí —asintió Demetrios—. A la espuma la llaman «la cara», porque pierdes la cara si sirves café sin ella. —Sorbió y suspiró. Luego dijo algo en griego.

Le lancé una sonrisa tímida.

—¿Qué has dicho?

—¿Cómo? ¿Haces este café griego tan bueno y no eres griega?

Negué con la cabeza.

Demetrios se rio.

—Decía que es como el que preparaba mi madre.

—Pues mi madre no lo hacía así —dijo Langley después de tomar un sorbo—. Por Dios, qué fuerte está.

—Pero ¿está bueno? —pregunté.

—Sí —convino Langley mientras daba otro sorbo—. Aunque necesitaría *whisky* irlandés y mucha nata líquida.

—Tómalo como un hombre, Langley. Te saldrá pelo en el pecho —dijo Demetrios, y me guiñó un ojo.

Por regla general, odio los guiños y los chasquidos de dedos. Pero aquel no fue el típico guiño de vendedor de coches de segunda mano que parecen decir: «Era broma, pero no lo entiendes». Fue más un guiño del tipo «Ánimo, estamos aquí para lo que necesites» que me alivió un poco las ganas de vomitar.

—Eso es lo que nos decían a los niños griegos —continuó Demetrios—. Y créeme, a Langley no le vendría mal un poco de pelo en el pecho.

—Ya saltó Platón —repuso Langley—. Se le olvida que los griegos no tienen pelo solo en el pecho, lo tienen en todas partes. Sobre todo en sitios donde preferiría no tenerlo.

Sonó un golpe fuerte en la puerta principal. Al otro lado del cristal había un hombre alto. Llevaba pantalones marrones, camisa blanca y una corbata suelta de rayas rojas y doradas. De los hombros anchos le colgaba una gabardina beis desgastada que necesitaba una visita a la tintorería. Llevaba el pelo rubio oscuro pragmáticamente corto y su rostro cuarentón lucía barba incipiente y ojeras.

Me cayó bien a primera vista y, por un momento, me sentí mal por tener el local cerrado. A diferencia del cliente anterior, este tipo demacrado y exhausto sí parecía necesitar de verdad un expreso doble. Pero tenía buenos motivos para cerrar, así que sacudí la cabeza y le hice un gesto con la mano para que se marchara.

—Oh, mierda. —La maldición provino de Langley, quien de repente se levantó, corrió hacia la puerta, la abrió y la sujetó como si aquel señor engabardinado y lúgubre fuera el mismísimo príncipe de Gales.

—¿Podemos abrir ya? —le pregunté a Demetrios esperanzada.

Empecé a maquinar. Llamaría a Tucker (el camarero de las tardes) para que se ocupara de la cafetería; de ese modo, podría irme corriendo al hospital St. Vincent para ver a Anabelle.

—No, seguimos cerrados —aclaró Demetrios—. Langley le ha abierto la puerta al teniente Quinn, de la brigada de investigación de la comisaría número seis.

—¿Un detective? ¿Qué investiga?

—Homicidios.

De repente volví a sentirme regular.

CAPÍTULO CINCO

—Muy bien, señora, ¿cómo se llama? El teniente Quinn tenía una voz como de café hervido: condensada y amarga.

Mientras intentaba encontrarle algún sentido a la presencia de un detective de homicidios en mi cafetería, me fijé en la mancha beis que tenía en la solapa de la gabardina. A buen seguro, un sucio rastro de robusta de algún ultramarinos hispano de la Sexta Avenida. *Con leche y sin azúcar,* aventuré.

¿Por qué diantres los policías consumían esa bazofia cuando a pocas manzanas y por solo un dólar más podían tomar canela en rama? ¿Acaso una experiencia intensa, cálida y gratificante no valía un dólar?

—¿Señora? —preguntó el detective—. ¿Me está oyendo?

Entorné los ojos. ¿No le había contestado ya? Dudé por un momento. Mi cerebro parecía procesar aún la idea de que un detective de homicidios se presentase allí después del accidente de Anabelle.

¿Accidente... —me sorprendí pensando— *u homicidio?*

¿Había entrado alguien en la cafetería de Madame, de cuyo negocio yo era la encargada, y había agredido a Anabelle? Mientras se me pasaba esa idea por la cabeza, debí de parecer indispuesta, de perder el color o algo por el estilo, porque el detective se volvió y dirigió su perfil de mandíbula cuadrada hacia el agente Langley.

—¿Necesita atención médica?

Las palabras sonaron casi acusatorias. Langley respondió con un encogimiento de hombros.

—¿Eso qué significa? —preguntó el detective—. Deme una respuesta clara, agente.

Demetrios, que se había puesto en pie de un salto en el momento en que el detective entró en escena, interrumpió:

—Solo estábamos...

—¿Te he hablado a ti, Demetrios? —preguntó el detective.

Demetrios apretó la mandíbula y se puso tenso. Quiso replicar, pero se lo pensó dos veces y apartó la mirada.

El detective volvió a dirigirse a Langley, se cruzó de brazos y esperó.

Langley se encogió de hombros otra vez.

—Creo que no necesita atención médica, teniente. No está en estado de *shock*. Está operativa. Demetrios y yo hemos pensado que le vendría bien darse una vuelta para recuperar la calma.

—¿Darse una vuelta? —repitió el detective—. ¿Darse una vuelta por el posible escenario de un crimen?

—Sí, exacto —respondí por fin; era eso o dejar que siguieran hablando de mí en tercera persona, lo cual me parecía un exceso de condescendencia—. El oficial Langley tiene razón y eso es justo lo que hacía.

El teniente Quinn me miró. Le devolví la mirada.

Ahora se encontraba frente a mi silla, aunque no exactamente de pie, sino más bien cernido sobre mí. O erguido como una torre. Medía por lo menos un metro noventa y me miraba con unos ojos azules como la noche, enrojecidos pero lo bastante afilados como para cortarme la respiración.

Despacio, levantó las cejas de color rubio oscuro.

—Bueno, señora..., ¿o señorita?

—Eso es irrelevante, ¿no le parece?

Emitió un suspiro casi imperceptible y prosiguió:

—¿Me dice su apellido, entonces? —preguntó—. Los agentes Langley y Demetrios no lo han apuntado.

—Cosi. Clare Cosi. —Me levanté con las manos en jarra, algo indignada, mientras intentaba recuperar un poco el control. Al fin y al cabo, era la encargada del negocio.

Pero mi gesto no ayudó demasiado. Con las cómodas botas de tacón medio que me había calzado esa mañana y mis vaqueros favoritos de pierna recta apenas llegaba al metro sesenta, unos treinta centímetros por debajo de lo que medía el detective, lo cual pareció percibir con cierta guasa.

—Deletréelo, por favor. —El teniente Quinn sacó el cuaderno y empezó a garabatear mientras me preguntaba la misma información general que ya les había proporcionado a Langley y Demetrios, excepto mi apellido, por supuesto, lo que en mi opinión no había sido más que un simple descuido.

—Muy bien, señora Cosi —dijo el detective—. Muéstreme dónde encontró el cuerpo.

—A la chica —dije.

—¿Cómo dice? —masculló Quinn. En ese momento miraba a su alrededor sin dejar de tomar notas.

—Digo que no es un cuerpo. Es una chica. Está viva y coleando.

—Es una forma de hablar —espetó Quinn.

—Anabelle Hart no es una forma de hablar. Es una preciosa joven que vive y respira. No es un cuerpo... La verdad, no entiendo qué hace usted aquí. ¡No ha muerto nadie!

El bolígrafo del detective se detuvo sobre el cuaderno rectangular. Me miró. Luego miró a Langley y a Demetrios. No les veía el rostro, pero sabía que el mío estaba ardiendo. Probablemente ya estaba rojo como un tomate y me costaba respirar.

—Los detectives de homicidios de Nueva York no solo investigamos disparos, apuñalamientos y estrangulamientos —respondió Quinn con tanta calma y lentitud que tuve la sensación de que me consideraba a un paso del psiquiátrico de Bellevue—. Investigamos cualquier muerte sospechosa o accidente que pudiera acabar en muerte. No se lo tome a la tremenda, señora Cosi.

Siempre me tomo a la tremenda que un hombre me diga que no me tome algo a la tremenda. Mi ex también lo hacía. Si mal no recuerdo, lo dijo el mismo día en que tuve que anunciarle que nuestro matrimonio había terminado. Ojalá todo lo demás se hubiera acabado también ese día. Pero no fue así. Pasó más de un año hasta que me quité su anillo.

De repente me fijé en la alianza de oro de la mano izquierda del detective. De forma automática, eché un vistazo a los bolsillos de su gabardina. En uno de ellos había una señal reveladora: unas manchitas de chocolate imprimidas por unos deditos curiosos. *Papá, ¿qué me has traído?*

Matteo jugaba a eso mismo con Joy cuando era muy pequeña. Al volver del continente que hubiera explorado ese mes, siempre le traía algo especial, una baratija, un juguete exótico o una chuchería. A medida que crecía, los regalos infantiles se convirtieron en casetes de grupos de música pop extranjeros o en recetas autóctonas interesantes; y cuando se convirtió en una mujer y empezó a comprender que papá a veces se ausentaba demasiado tiempo —sin siquiera enviar una postal del hotel—, los regalos se volvieron realmente lujosos: mochilas y chaquetas de cuero cosidas a mano, anillos de filigrana y collares de perlas, platino, jade y marfil.

Al principio, aquellos regalos me molestaban, me parecían los sobornos baratos y apaciguadores de un hombre demasiado ocupado para ser padre. Pero luego comprendí lo mucho que significaban para Joy. Y lo mucho que su padre significaba para ella. A partir de entonces, no dije ni mu.

—Por la tarde tenemos unos pastelillos en miniatura increíbles —le dije al detective—. Pequeños petisús de chocolate y *minicanolli*. A los niños les encanta.

El teniente Quinn frunció el ceño. Ahora sí que me miraba como si hubiera perdido la chaveta.

—Su bolsillo derecho —aclaré al reparar en que el comentario sobre los pastelillos seguramente había sonado como el mayor disparate de la historia.

—¿Mi qué?

—Su bolsillo derecho. El de la gabardina. —Langley, Demetrios y Quinn miraron el bolsillo—. Tiene manchas de chocolate —señalé—. Una huellita de mano. Usted tiene un crío, ¿a que sí? Un crío que busca en el bolsillo de papá una golosina cuando llega a casa...

Langley sonrió. Demetrios soltó un gruñido divertido. Y el detective se sonrojó ligeramente. Les lanzó una mirada de advertencia a los dos jóvenes agentes y luego volvió su afilada mirada azul hacia mí.

—Señora Cosi, aquí soy yo quien hace las preguntas...

—Si tiene hijos, entenderá lo que siento por Anabelle. No la conozco desde hace mucho, pero es mi empleada, y solo es un año mayor que mi hija...

—Es decir, que tiene...

—Veinte años. —Fue Langley quien contestó esta vez tras consultarlo en su cuaderno—. La víctima tenía..., eh..., perdón.

—Me miró con gesto culpable—. Tiene veinte años. Estudiante de danza. Entrevistamos a su compañera de piso antes de que la trasladaran al hospital.

Quinn me miró con los ojos entornados.

—Entonces, ¿tiene usted una hija de diecinueve años?

Asentí y me lanzó una mirada escéptica. La evaluación duró unos segundos como mucho. A mí, sin embargo, me pareció que el tiempo se detenía durante un día entero.

Empezó por la punta de mis botas negras, subió a toda prisa por mis vaqueros rectos y se detuvo en la curva de mi cadera como un deportivo en un giro cerrado. El escrutinio continuó por mi jersey negro de cuello alto. Se detuvo mucho más de lo necesario en mi copa C, que, lo admito, siempre ha supuesto una generosa ventaja para una mujer de complexión menuda, pero dadas las circunstancias no me sentí cómoda con la atención prestada a ese aspecto en particular. Por último, su mirada se posó en mi cara acorazonada y en mi pelo castaño, largo hasta los hombros.

Sus ojos de color cobalto se estrecharon al cruzarse con los míos, verdes.

—¿Y usted cuántos años tiene?

—Treinta y nueve. —Dios, qué dolor decirlo en voz alta.

El detective apartó la vista y pasó unas páginas del cuaderno.

—No los aparenta —susurró mientras lo anotaba.

—Gracias —respondí con otro susurro.

Entonces el detective se volvió hacia Langley y Demetrios.

—Bien, enseñádmelo.

Los dos agentes guiaron al detective por la planta rectangular de la cafetería. Había quince mesas de mármol color coral, muchas de ellas de 1919, dispuestas a lo largo de una hilera de puertas de cristal blancas que bañaban la sala de sol y que, durante los meses más cálidos, se abrían para ocupar la acera. Mientras caminábamos, el detective pareció revisar las cristaleras, que iban del suelo al techo, supuse que en busca de alguna pista que indicara una entrada forzada. Pero no se veía rastro alguno.

Al fondo del salón principal había una pared de ladrillo visto con una chimenea y una escalera circular de hierro forjado que conducía al segundo piso, que consistía en una sala con diferentes asientos que también se utilizaba para fiestas privadas. La escalera circular era de uso exclusivo para los clientes. Los empleados utilizaban la escalera de servicio, que estaba en la zona hacia la que nos dirigíamos.

Los agentes y el detective avanzaron por el pasillo corto que conducía a la puerta trasera, situada en el rellano justo encima de las escaleras de servicio que bajaban al sótano. Me fijé en que el detective observaba en silencio y tomaba notas. Frunció el ceño al ver el desbarajuste de posos negros y resbaladizos que rebosaba del pesado cubo de basura de acero.

—Esto no debería estar aquí —dije—. Me refiero al cubo.

—¿De dónde ha salido? —preguntó el detective.

—Tenemos tres cubos en la zona de trabajo, detrás del mostrador de mármol: uno debajo del fregadero, otro debajo de las cafeteras y otro junto al lavavajillas. Este es el que estaba debajo del fregadero, el más cercano a esta zona.

—Entiendo.

—Sin embargo, no tiene sentido —puntualicé—. Anabelle sabe que no debe traer hasta aquí el cubo porque pesa mucho. Nuestra costumbre es quitar la bolsa de plástico y llevarla al contenedor.

—¿Y dónde está el contenedor?

—Si sale por esta puerta trasera, se encuentra a la derecha después de bajar cuatro escalones. Es un callejón privado. Llevamos veinte años con la misma empresa de recogida de basuras.

—¿Paserelli e Hijos?

—Sí.

El detective asintió mientras, con las manos en la espalda, examinaba la puerta trasera. Era metálica y pesada, sin cristal.

—Ellos se ocupan de la recogida en casi toda Hudson Street. ¿Encontró así la puerta?

—Sí —contesté—. Con el cerrojo echado, pero sin la cadena.

—¿Suelen cerrarla con cadena?

—Sí, sobre todo por la noche.

—¿Y Anabelle Hart era la encargada de cerrar anoche?

—Sí.

—¿Sola?

—Sí.

—¿Y a qué hora cierran?

—Los días de diario, como anoche, a las doce. Los viernes, sábados y domingos, depende de la clientela.

—¿Viene mucha gente? —preguntó el detective.

—Sí, tenemos un montón de restaurantes y discotecas cerca. Ya sabe, parejas que congenian y buscan un lugar donde seguir conociéndose después de la cena o el baile.

—Qué romántico —repuso Langley distraído.

Demetrios se echó a reír.

—Caramba, Langley, no sabía que fueras un Romeo.

—Pues sí, Platón. Pero tú dedícate a pensar que ya me ocupo yo del romanticismo.

—En mis tiempos —comentó el detective mientras bajaba los escalones con cuidado— no íbamos a las cafeterías después de entrar en calor en la pista de baile, simplemente nos íbamos a la cama.

—Sería antes del sida —repliqué.

—Tampoco se crea —gritó él mientras examinaba la zona donde había encontrado a Anabelle—. ¿Hay más puertas en el sótano?

—Solo una. La trampilla de la acera. Pero solo la usamos para entregas a granel. Debería estar cerrada con llave.

—Sí, está cerrada —gritó el detective—. Está bien. Aquí abajo no hay nada. —El detective volvió a subir las escaleras—. ¿Qué es esta máquina grande de aquí?

—Una tostadora de café. Tostamos el grano aquí mismo.

Quinn asintió.

—Huele muy bien.

—Esa es la idea —le dije—. Más del cincuenta por ciento del placer de tomar un buen café consiste en el aroma.

—Mmm.

Quinn me miró fijamente con el parpadeo inexpresivo de los no conversos. Típico de un bebedor de cafeína de grano robusta, pero no me desanimé. Ya lo convertiría.

Quinn siguió subiendo por la escalera trasera.

La segunda planta del Blend también era rectangular y tenía una hilera de ventanas en uno de los laterales. Al igual que en el primer piso, la pared del fondo era de ladrillo visto con chimenea. En el otro extremo, una puerta conducía a mi pequeño despacho de dirección. El suelo de madera estaba cubierto por varias alfombras grandes. También había mesas de mármol, pero la mayor parte del mobiliario consistía en asientos mullidos.

La mezcla intencionadamente dispar de sofás, sillones, butacas y lámparas de lectura, toda ella de mercadillo francés, estaba dispuesta para crear rincones de conversación acogedores.

Parecía un salón bohemio y, a efectos prácticos, lo era. Dada la cantidad de residentes del Village hacinados en estudios minúsculos y apartamentos de una sola habitación, la segunda planta del Blend se había convertido en una extensión de su espacio vital. También servía como lugar de reunión privado para distintos grupos de vecinos.

—Qué bonito, señora Cosi —dijo el detective mientras inspeccionaba las ventanas cerradas.

Ya habíamos revisado mi despacho y todo seguía como siempre. Tanto la caja fuerte de la pared como la vitrina sellada de al lado, que contenía el valiosísimo libro de recetas secretas del Blend que pertenecía a la familia Allegro desde hacía más de un siglo, estaban intactas.

—Gracias. Deje que le prepare un café.

—No hace falta.

—De verdad, no me importa. Le prometo que será mil veces mejor que su habitual café con leche sin azúcar del ultramarinos de la Sexta Avenida.

El detective se detuvo y me miró con una mezcla de estupefacción y fastidio.

—La solapa izquierda —puntualicé.

Bajó la vista, vio la mancha de café y arrugó la frente.

—¿Qué le parece un café recién molido? —pregunté esbozando una sonrisita—. Como le decía, tostamos aquí mismo el grano, en el sótano.

Se acercó a mí, lo cual enfatizó de nuevo su imponente altura.

—En otra ocasión —dijo con rotundidad.

—Invitará la casa —le propuse, estirando el cuello.

Dios —pensé—, *si su mujer es tan bajita como yo, necesitará tracción cervical todas las noches.*

—No hay indicios de entrada forzada —les dijo a los jóvenes agentes—. Vámonos. —Nos condujo de nuevo a la escalera de servicio y se detuvo en la segunda puerta del rellano—. ¿Adónde lleva esto?

—A mi dúplex. Está un piso más arriba. Por aquí se llega a la escalera privada. Hay otra entrada independiente en una escalera exterior que sube desde el jardín trasero.

—¿Mantiene esta puerta siempre cerrada?

—Por supuesto.

El detective buscó en un bolsillo, se puso un guante de látex en la mano derecha e intentó abrir. La puerta no se movió. Examinó el marco.

—Cerrada. De acuerdo, volvamos abajo.

Bajamos las escaleras de servicio y regresamos al salón.

—Voy a revisar el callejón trasero —dijo Quinn, y salió por la puerta principal hacia la parte de atrás. Observé cómo desaparecía su espigada figura al doblar la esquina y me volví hacia los jóvenes agentes.

—Quinn es un detective muy serio, ¿no?

Langley se rio. Demetrios gruñó.

—¿Qué tiene tanta gracia? —pregunté.

—Si usted supiera... —dijo Demetrios.

—¿Saber qué?

—Que sí —dijo Langley—. Quinn puso una frase del libro de los Proverbios en la sala de detectives de la comisaría. Lo escribió con ese tipo de letra tan recargada... Es como su pasatiempo... ¿Cómo se llama eso? Ya sabe...

—Caligrafía —dijo Demetrios.

—No entiendo la gracia.

—Lo entendería si leyera la frase —dijo Langley.

—Bueno, ¿y qué dice? —pregunté.

Langley miró a Demetrios, cuyos ojos negros descendieron y volvieron a subir con una de esas miradas tremendamente serias que se reservan para las morgues de la ciudad.

—«El hombre cargado con la sangre de otro huirá hasta el sepulcro sin que nadie lo detenga».

CAPÍTULO SEIS

La puerta principal se abrió de nuevo; Quinn ya estaba de vuelta.

—¿Ha visto algo? —pregunté.

—En el callejón no hay señales de que hayan intentado forzar la entrada ni nada fuera de lo normal, salvo esto.

Las largas piernas de Quinn me alcanzaron en pocas zancadas. Con la mano enguantada en látex me tendió un trozo de cartulina rota impresa con tinta negra.

—JFK —leí en voz alta.

Langley le echó un vistazo.

—Es una etiqueta de equipaje, de esas de los aeropuertos.

—No tiene ni una mancha, ni una huella —observó Quinn—. Impoluta. Y estaba en su callejón. Diría que se cayó hace muy poco. ¿Podría ser suya, señora Cosi?

—No. Y no se me ocurre nadie del personal que haya vuelto de viaje en las últimas semanas.

—Tal vez no sea nada —me dijo Quinn mientras la metía en una bolsita de plástico y la dejaba con cuidado sobre una de las mesas de mármol—. Pero debo preguntarle algo. El agente Langley me informó de que la puerta principal de la cafetería estaba abierta cuando él llegó. ¿Estaba también abierta cuando llegó usted?

—No —respondí—. Estaba cerrada. Ya lo he mencionado, ¿no? Tuve que usar la llave para entrar.

El detective miró a Langley y a Demetrios, que estaban detrás de mí, pero no supe interpretar su expresión.

—Gracias, solo necesitaba confirmarlo. Es muy importante. ¿Y faltaba algo en el local? ¿Algo de valor?

Un atraco. El pensamiento me abofeteó por su obviedad. Estaba tan alterada por los acontecimientos de la mañana que ni me había planteado la explicación más evidente. *¿Un atraco? Dios mío, un atraco.* Corrí hacia la caja registradora y me llevé la mano al bolsillo de los vaqueros en busca del gran manojo de llaves. Separé la más corta y, cuando estaba a punto de introducirla en la cerradura para abrir el cajón, una palabra resonó por toda la cafetería:

—¡QUIETA!

El tono comedido de un detective desapasionado se transformó de repente en el bramido explosivo de un policía callejero que no se anda con tonterías.

Ni que decir tiene que me quedé quieta.

—¿Qué pasa? —pregunté mientras Quinn se acercaba a toda velocidad por detrás.

—Ha estado a punto de alterar pruebas.

—¿Qué pruebas?

—En el escenario de un crimen, señora Cosi, todo son pruebas.

—Ah. Vale. —Supongo que a él le parecía elemental, pero aquel era mi entorno, mi mundo, no podía considerarlo el escenario de un crimen así como así. Además, Demetrios y Langley ya me habían permitido preparar café griego detrás del mostrador, ¿no? Los miré de soslayo y de repente parecieron más que incómodos con aquel tema de conversación. Decidí no decir nada más si ellos no lo hacían.

El detective examinó la caja registradora, de nuevo con las manos a la espalda.

—Parece intacta —dijo—. ¿Puede abrirla?

—Sí, claro. ¿Por qué cree que he venido corriendo y he sacado la...?

—Ábrala.

Introduje la llavecita en la cerradura y la giré. Pulsé el botón de SIN VENTA y el cajón, lleno de billetes de veinte, diez, cinco y uno, se abrió.

—Parece la recaudación habitual de una tarde.

—¿Dónde guarda el dinero del negocio?

—En la caja fuerte. En la oficina de arriba.

—Vamos a echar otro vistazo.

El interior de la caja fuerte tampoco estaba alterado, ni había nada distinto en la oficina. Volvimos al primer piso.

—¿Algo más que pudiera faltar? —insistió el detective—. Fíjese bien.

Inspeccioné con rapidez la sala, que mostraba una ecléctica colección de antigüedades cafeteras del siglo pasado: desde un molino de hierro fundido de dos ruedas (que se empleaba a finales del siglo XIX, cuando el Blend era más que nada una tienda al por mayor) hasta cafeteras inglesas de cobre, pasando por *ibriks* turcos de latón con asa lateral.

Detrás de la barra colgaba una ristra de tacitas de colores procedentes de diversas cafeterías europeas y una cafetera exprés Victoria Aruino de un metro de altura en forma de bala. Importada de Italia en la década de 1920 y repleta de esferas y válvulas, la máquina solo servía como decoración desde que la sustituyó otra mucho más eficiente y recortada.

En las paredes había carteles de latón de principios de los años veinte que anunciaban distintas marcas de café y, sobre el anaquel de la chimenea, aún reposaban el samovar ruso y la urna de café lacada procedente de Francia que Madame había colocado allí hacía unos años. No parecía que faltara nada ni que hubiera algo cambiado.

Entonces me acordé. ¡La placa! Corrí hacia el ventanal delantero.

—No. Sigue ahí.

—¿Qué?

—La famosa placa del Village Blend. Tiene más de cien años, es probable que sea la antigüedad más valiosa del local. La robó el encargado anterior. Creo que su comisaría se encargó de su detención.

—Moffat Flaste —dijo Demetrios—. Me acuerdo. Fuimos nosotros, señora Cosi. Nosotros lo fichamos.

—¿Usted y el agente Langley?

—Sí.

—Al final no se pasaron a por el café kona, ¿verdad? Al menos yo no los he visto por aquí. —Los policías se encogieron de hombros—. Bueno, pues vengan sin falta. No le hagan ese feo a Madame. Ella nunca ofrece un café gratis así como así, y mucho menos si se trata de kona...

—Disculpe. —El detective parecía un poco harto—. Es ese cartel de la ventana, ¿verdad? Está ahí, ¿no?

—Sí.

—¿Y las pertenencias de Anabelle? ¿Tenía el bolso cuando la encontró?

—No. Suele dejarlo en el despacho de arriba, colgado del perchero, pero no he visto que estuviera, ni tampoco su chaqueta.

—Vale —dijo Quinn—. Tal vez ahí tengamos una pista. Faltan el bolso y la chaqueta...

—Aunque, si se estaba preparando para cerrar —lo interrumpí—, puede que los bajara.

Volví a situarme detrás del mostrador de mármol azul y recordé que no podía tocar nada. Al pasar por delante del *ibrik* usado un rato antes me corregí a mí misma y pensé que ya había tocado eso antes, pero que no debía tocar nada más. La chaqueta vaquera y el bolsito de cuero de Anabelle estaban en una estantería vacía detrás del mostrador.

—Aquí —los señalé—. Aquí están.

El detective rodeó el mostrador, volvió a ponerse los guantes de látex y agarró la chaqueta y el pequeño bolso de cuero rojo. Abrió el bolso y lo vació. Un cepillo con mechones de pelo rubio, brillo de labios transparente, una polvera, una cartera de cuero rojo y sus llaves.

—Llaves —dijo de forma inexpresiva, con decisión, como si fuera la puntuación final de una frase.

—¿Es el juego de llaves del establecimiento de Anabelle Hart? —preguntó Quinn.

Miré el grueso manojo. Reconocí el logotipo de Ferretería y Bricolaje Pete en algunas de las copias. En esa tienda hacíamos todos los duplicados, desde los de las puertas hasta los de las despensas. Al ver el pequeño llavero plateado de una bailarina de *ballet,* no tuve la menor duda.

—Sí, son las llaves de Anabelle.

Langley y Demetrios se miraron y asintieron.

—Eso es todo, entonces —dijo el detective mientras colocaba las cosas de Anabelle de nuevo en el bolso y lo dejaba con cuidado en el mostrador, encima de la chaqueta vaquera.

—¿Qué pasa? —pregunté—. No entiendo...

—El local estaba cerrado. No han forzado la entrada. No hay señales de que haya pasado nada raro. No han robado las llaves para volver a cerrar la puerta, porque están aquí. El hospital examinará a la chica por si hubo agresión sexual o cualquier otro signo de ataque, pero parece un trágico accidente —explicó el detective—. Fin de la cuestión. Lo siento.

—No. Espere. Eso no puede ser...

—No le dé más vueltas —dijo Quinn—. El negocio tiene seguro, ¿verdad?

—Para la hospitalización de Anabelle, por supuesto.

—¿Y para la demanda?

—¿La demanda?

—Claro. Los empleados suelen demandar en estos casos. Por falta de seguridad en el trabajo.

—¡Aquí no hay falta de seguridad!

El detective me puso las manos en los hombros y susurró:

—Para Anabelle la ha habido.

De repente volví a sentirme mal. Pero esta vez no perdía el control. El calor de las manos de Quinn parecía ayudar; eran grandes, fuertes y reconfortantes.

—No fue un accidente —repuse—. Aunque todas las pruebas digan lo contrario, conozco esta cafetería mejor que la palma de mi mano. No tiene pinta de accidente.

—¿Cómo lo sabe?

—Lo sé. Instinto.

—El instinto dice cosas que luego hay que demostrar. Los casos se basan en pruebas, señora Cosi. ¿No es así, Langley? —El detective miró al joven agente.

Langley asintió:

—Lo siento, señora Cosi —dijo con suavidad—, pero el teniente tiene razón.

Me separé de ellos y empecé a caminar.

—Escúcheme. Si Anabelle sacó el cubo de basura de debajo del mostrador, ¿por qué no hay ningún rastro de basura por el suelo? ¿Y por qué tuve que encender la luz de la trastienda al llegar? Si la caída de Anabelle hubiera sido un accidente, la luz se habría quedado encendida. ¿Quién la apagó?

—Está hablando de pruebas circunstanciales, señora Cosi —objetó Quinn frotándose el puente de la nariz con el pulgar y el índice—. Podría haber distintas explicaciones. Quizá la chica tenía prisa, no encendió la luz, perdió el equilibrio y volcó el cubo antes de dar un paso en falso y caer por las escaleras.

—Pero Anabelle es estudiante de danza, teniente. Tiene un equilibrio excepcional, unos pies muy ligeros. Tendría que ver cómo se mueve por el local. Es tan bonita y grácil... No camina, se desliza, flota.

Sabía que buscaba una justificación, una explicación lógica para lo que sentía. Sabía que Quinn tenía razón, que había visto cien escenarios de crímenes y yo solo uno. Pero mi instinto nunca fallaba. Bueno, casi nunca, pero como había tardado treinta y nueve años en aprender a confiar en él, ahora no iba a descuidarlo.

—¡No, no, no! —Sacudí la cabeza con violencia—. Aquí ha pasado algo malo. No ha sido un simple accidente.

—Señora Cosi, sabemos que todo esto es una molienda, y no me refiero a la del suelo, pero hay que tener motivos para pensar en un delito.

—¿Y si Anabelle se despierta y nos dice cuáles son esos motivos? —pregunté—. ¿Y si resulta que alguien intentó hacerle daño? ¿No haría falta reunir pruebas para demostrar esas acusaciones?

Quinn asintió.

—La Unidad de Criminalística está en camino. Demetrios, comprueba con la centralita el tiempo estimado de llegada.

—Por supuesto. Ya deberían estar aquí.

—Ha sido una noche movidita.

—¿Por el tiroteo de Ivanoff? —preguntó Langley.

—Sí —corroboró el detective.

—¿También está metido en eso, teniente? —preguntó Demetrios.

—Jackson y yo llevamos con eso desde la medianoche. Drury está de baja. Sánchez tiene gripe, y Turelli y Katz están trabajando en un apuñalamiento reciente. Así que estoy doblando con este caso. —El detective miró el reloj—. Llevaré despierto unas veintiocho horas.

—No se lo tome a mal, detective —dijo Langley—, pero se le nota.

—Deje que le ofrezca un café —le insistí—. Puedo prepararlo arriba, en mi apartamento, y bajarlo para no tocar nada más.

Quinn retiró una silla y se sentó. Cuando lo hizo, el rostro se le desmoronó y todo su cuerpo pareció ceder por fin al agotamiento.

—Sí —convino después de una larga exhalación—. Supongo que me vendrá bien mientras espero a que lleguen los de Criminalística. Gracias.

—Faltaría más —dije—. Enseguida vuelvo.

—¿Señora Cosi? —me llamó Quinn.

—¿Sí?

—Necesitaré una lista con los nombres y las direcciones de los empleados…, de todos los que hayan trabajado aquí desde que Anabelle empezó.

—¡Por supuesto, por supuesto!

—Otra cosa... No se haga ilusiones —me advirtió mientras yo recogía el transportín de Cafelito y me dirigía a las escaleras traseras. (La gata se las había arreglado para echarse una siesta durante toda la escena digna de *Dos sabuesos despistados* que acabábamos de vivir).

—¿A qué se refiere? —le pregunté.

—Me refiero a que, aunque seguiré con esto durante un tiempo limitado, lo más probable es que se trate de un mero accidente, así que esté preparada. Si las pruebas médicas confirman esa conclusión, la chica podrá llevar a juicio a la cafetería; será mejor que avise a la propietaria. Y si muere, la familia podría quedarse con el local.

No respondí. ¿Qué podía decir? No estaba en condiciones de discutir con Quinn. Tan solo apreté los dientes y me dirigí en silencio al dúplex, encima del Blend, dispuesta a averiguar qué había ocurrido la noche anterior, con o sin la ayuda del teniente detective de homicidios Quinn.

CAPÍTULO SIETE

—**M**uy bien, Cafelito, te voy a soltar. Mientras me mantenían en espera en el hospital St. Vincent, abrí la puerta del transportín PetLove y aparecieron una nariz rosa y unos bigotes blancos seguidos de cuatro patas de color café. Cafelito olfateó nerviosa toda la alfombra de intrincados dibujos que cubría un gran cuadrado del suelo de parqué.

Por fin se puso al teléfono una enfermera. Anabelle había ingresado en la unidad de cuidados intensivos, pero no podían decirme nada más. Suspiré, colgué y recé una breve oración mientras Cafelito me restregaba el suave pelaje marrón contra la pierna. Me agaché para acariciarla. Se estiró, arqueó el lomo y siguió olisqueando el salón.

—¿Qué te parece tu nuevo hogar?

El maullido sonó a aprobación, pero Cafelito siempre tuvo buen gusto. Madame había vivido allí mucho antes de que el mercado inmobiliario del West Village elevara el valor de un dúplex como ese al millón de dólares.

Aquel precioso apartamento era una de las razones por las que había aceptado volver a dirigir el Blend. Eso y la posibilidad de estar más cerca de Joy. Al pensar en ella, marqué su móvil de manera automática. Sonó cuatro veces y luego oí su voz: «Has llamado a Joy. Lo más probable es que ahora esté rehogando algo, así que deja un mensaje».

—Hola, cariño, soy yo. —Me esforcé para que no me temblara la voz—. Esta mañana ha pasado algo en el Blend... y... bueno, ya sabes, me gustaría verte esta noche. Si estás libre, ven a cenar. O si no, quizá puedas pasarte a tomar un cafelito...

—Miaaau.

—Tú no, Cafelito —le dije a mi gata mientras colgaba con cierta sensación de culpabilidad.

Joy estaba ocupada con la escuela de cocina en el Soho y con su nueva vida social en Manhattan. Lo último que necesitaba era que su mamá se entrometiera en su vida. Pero después de ver a Anabelle inmóvil en el frío suelo del sótano, sabía que no lograría conciliar el sueño hasta que volviera a ver a mi hija.

Con un suspiro, examiné la habitación.

—No está mal, ¿verdad, Cafelito?

Madame había hecho acopio de romanticismo para decorar aquel lugar. El salón, con el sofá y las sillas de seda y palisandro tallado, la alfombra persa de tonos azules, verdes y coral, la chimenea de mármol crema y la puertas acristaladas que daban a un estrecho balcón de hierro forjado con jardineras, parecía más propio de un patio de Montmartre que de un edificio de estilo federal sin ascensor.

Las paredes eran de un color melocotón tenue; las cortinas, de seda marfil; de la moldura en forma de flor de lis del centro del techo colgaba una espléndida luminaria de bronce que sostenía seis globos de cristal tallado color melocotón. Una silla antigua con respaldo de lira se apoyaba en una pared y, a modo de guiño colonial, en el acogedor comedor adyacente al salón había una mesa chippendale con cuatro sillas de patas de garra y un aparador inglés de caoba y madera de satén.

En la planta de arriba había un dormitorio aún más digno de suspiros, junto a un gran baño de mármol de lujo y un amplio vestidor.

—Recuerda, Cafelito, nada de afilarse las uñas en la alfombra persa.

—¡Miau!

Se dio la vuelta con la cola levantada y aire ofendido, aunque, claro, ella nunca admitía sus fechorías. Así era como dominaba a su desventurada dueña.

En realidad, la alfombra no me preocupaba mucho. Por lo general, mantenía las garras de Cafelito bien recortadas y ya había colocado al lado, como un faro gatuno, su rascador favorito con hierba gatera.

Con la idea de ofrecerle un buen señuelo al teniente Quinn, me dirigí a la cocina para prepararle el café. Podía elegir entre varios métodos, pero reduje las opciones a tres: cafetera de filtro, cafetera de goteo eléctrica y método Melitta.

Si estaba acostumbrado a ese café espantoso de los ultramarinos, prefería no escoger un método demasiado extraño, ya que podría desanimarlo. Vi la cafetera de prensa francesa en un estante e inhalé casi con dolor. De repente, se me pasó por la cabeza la imagen de mí misma sirviéndole a la figura desgarbada de Quinn un kona recién prensado a primera hora de la mañana.

—Cielos, Clare, contrólate.

Quinn era un hombre atractivo, pero también estaba casado y tenía hijos. Y era una auténtica frivolidad por mi parte pensar algo así mientras Anabelle se encontraba postrada en una cama de hospital.

—Esto me pasa por vivir durante una década como una monja en un barrio de la periferia, la tierra de las parejas —le dije a Cafelito entre dientes, indignada conmigo misma—. El primer hombre interesante más o menos de mi edad que me suelta un cumplido y ya me imagino escenas de dormitorio con prensa francesa incluida. Elección del grano, Clare, concéntrate en el cafelito...

—¿Miaaau?

—No, tú no, Cafelito.

—¡Miau!

Comprendí que a Cafelito le importaba un rábano la elección del grano: lo que quería era comer. Abrí una caja de Cat Chow y se puso a masticar con alegría mientras yo seguía con mi tarea.

—¿Tueste ligero, medio u oscuro? —me pregunté en voz alta mientras inspeccionaba el despliegue de recipientes de cerámica herméticos de la estantería del armario. Conservar bien el café era un asunto muy serio en mi casa, fundamental para mantener la frescura y sabor del café.

Cada vez que entro en una cocina y veo en la encimera un tarro de cristal transparente lleno de café en grano, me estremezco. La exposición a la luz afectará a la frescura y el café perderá su sabor.

Y me estremezco todavía más cuando veo las indicaciones de almacenamiento de algunas de esas marcas inferiores de café de supermercado. De hecho, al decir «Guarde el café en el frigorífico», dan a entender que hay que coger el paquete que acabas de comprar, abrirlo, meterlo en el frigorífico y sacarlo a diario. ¡Craso error!

Cuando se saca la bolsa o el recipiente del frigorífico o del congelador para el consumo diario, el café queda expuesto a la humedad del ambiente. Después, si el recipiente vuelve al congelador o al frigorífico, la humedad se condensa y echa a perder el café.

El frigorífico o el congelador deberían utilizarse solo para almacenar el café a largo plazo. Un paquete sellado al vacío, por ejemplo, puede guardarse en el frigorífico o en el congelador y abrirse justo en el momento en que se vaya a consumir. Pero una vez abierto, los granos deben transferirse a un recipiente adecuado y no volver a refrigerarse.

Mis clientes siempre me preguntan cuál es el mejor método de conservación. Y esto es lo que les contesto...

A la hora de conservar el café, recuerda estos cuatro puntos básicos:

1. Mantén los granos alejados del aire, de la humedad, del calor y de la luz excesivos.

2. No congeles ni refrigeres el suministro diario de café.

3. Conserva el café en un recipiente hermético y en un lugar oscuro y fresco.

4. Compra café recién tostado, solo el que vayas a utilizar a lo largo de una o dos semanas, ya que su aroma y sabor empiezan a perder intensidad casi inmediatamente después del tueste.

En cualquier caso, allí estaba yo, examinando mis recipientes de cerámica bien cerrados (ordenados por colores según la mezcla) y pensando en Quinn. ¿Cómo podría impresionarlo, sorprenderlo y, al mismo tiempo, no desanimarlo con una experiencia demasiado exótica?

—Muy fácil —murmuré mientras escogía la mezcla de la casa del Village Blend, una compleja selección de granos importados de América Central y del Sur, de tueste oscuro pero con un final suave a nuez y notas ricas y terrosas. No contenía la cafeína de un tueste más suave, pero tampoco la horrible acidez de aquella porquería rancia que Quinn estaba acostumbrado a tomar a diario. Nuestra mezcla de la casa recién hecha era una taza maravillosamente suave—. Perfecto.

Si conseguía enganchar a Quinn, volvería a por más. Y si volvía a por más, estaría dispuesto a ayudarme a llegar al fondo de lo sucedido con Anabelle, sin importar la normativa oficial.

Molí los granos frescos, llené el depósito de agua de la cafetera eléctrica de goteo, añadí el aromático café tostado en la cesta dorada del filtro y pulsé el botón de encendido.

Mientras se hacía el café, preparé una bandeja con azúcar, nata fresca y seis tazas, pues di por hecho que los de la Unidad Criminalística a quienes esperaba Quinn también querrían probarlo.

Estaba a punto de coger el termo para transportar el café cuando oí algo...

Un ruido sordo. Justo encima de mi cabeza.

Luego, un golpe.

Después, los tablones del piso de arriba empezaron a crujir.

Me quedé inmóvil, agucé el oído y escuché cuanto pude. Clonc, clonc, clonc...

No había duda. Alguien pesado caminaba por el piso de arriba, desde el dormitorio principal hasta el baño.

No tenía ni idea de cómo había entrado esa persona en mi dúplex y, en ese momento, me daba igual. Lo único que sabía era que se oían unas fuertes pisadas y entonces...

—¡Dios mío! —caí en la cuenta.

Si Anabelle había sido víctima de un ataque, el autor podía ser un psicópata en busca de más víctimas.

El sonido de la ducha abierta al máximo bastó para hacerme salir por la puerta. A su pesar, metí a Cafelito de nuevo en el transportín y bajé volando por la escalera de servicio hasta el primer piso de la cafetería.

—Necesito su ayuda.

Quinn estaba sentado donde lo había dejado y charlaba con Langley y Demetrios. Al verme la cara, dejaron de hablar.

—Alguien se ha colado en mi apartamento...

Quinn se puso de pie y los párpados caídos de sus ojos azules y cansados se levantaron con rapidez.

—¿Está segura de que es un intruso? —preguntó.

—Sí. No tengo compañeros de piso ni invitados. Y mi hija aún no tiene llave.

—De acuerdo —dijo Quinn. Se quitó la gabardina y la chaqueta marrón de *tweed* y las arrojó sobre el respaldo de la silla, con lo que dejó al descubierto una pistolera de cuero marrón oscuro encima de una camisa de vestir blanca. Quinn desabrochó la pequeña correa que sujetaba la pistola bajo el brazo izquierdo y se volvió hacia Demetrios.

—Vigila el callejón de atrás.

—Por supuesto, teniente. —Demetrios salió por la puerta principal hacia la parte trasera del edificio.

—Es la única salida además de esta, ¿verdad? —preguntó Quinn—. Antes mencionó unas escaleras exteriores que llevan a su apartamento; solo se accede a ellas por el callejón, ¿no?

—Sí, eso es.

—De acuerdo. Langley, sígueme.

En sentido estricto, Quinn no me había dicho que lo siguiera. Pero tampoco me había dicho que me quedara allí, de modo que solté el transportín de Cafelito sobre una mesa y seguí en silencio a los dos hombres escaleras arriba.

—Quédese detrás de nosotros —me advirtió Quinn al verme.

Entraron en el apartamento con cuidado, examinando el salón, el pequeño comedor y la cocina.

Quinn observó la otra vía para entrar y salir del dúplex: la puerta de la cocina, que daba a una escalera exterior. Esa segunda puerta estaba bien cerrada y con la cadena echada. Era obvio que nadie había entrado por allí.

—¿Está segura de que ha visto a alguien, señora Cosi? —preguntó Quinn.

—Lo he oído. Arriba. —Señalé el corto tramo de escalera de madera enmoquetada que había junto a un gran armario en un lado de la cocina.

Los tres nos quedamos quietos y prestamos atención.

El crujido de las tablas del suelo era inequívoco. Alguien rondaba por allí.

—Apártese —me susurró Quinn.

Metió la mano en la funda de cuero que llevaba atada al hombro y sacó el arma.

(En realidad, yo solo había visto pistolas en la serie *Policías en Nueva York* y en alguna película negra del canal Turner Classic Movie. Aquella de la vida real me pareció gigantesca y, sin darme cuenta, solté un grito ahogado).

El teniente apuntó al suelo con el arma, que parecía un cañón en miniatura, y se dirigió al pie de la escalera.

Langley lo siguió con una pistola desenfundada e igual de grande.

—¿Es necesario? —susurré.

—Espero que no —susurró Quinn, y luego movió un pie como Cafelito, con cuidado, despacio, para evaluar el primer escalón, que emitió un suave crujido. Volvió a mirar a Langley y le hizo un gesto para que se quedara.

Contuve la respiración mientras Quinn subía la escalera; nunca imaginé que un tipo tan grande pudiera moverse con tanto sigilo. Por un momento me pregunté por qué Langley se quedaba abajo, pero entonces comprendí que a Quinn le preocupaba que el intruso lo esquivara. En ese caso, era obvio que necesitaba que alguien lo retuviera abajo en caso de que intentara huir. Y yo prefería quedarme con alguien más grande que yo, más aún si iba armado.

Quinn dobló la esquina y se produjeron unos segundos horribles de silencio absoluto. Luego llegó una débil voz de sorpresa seguida de la del detective:

—Policía. Las manos en la cabeza. Ya.

Langley subió corriendo.

Más voces débiles.

Quinn habló con Langley. Luego Langley le respondió algo a Quinn.

Hubo un forcejeo, un ¡puf!, una sucesión de palabrotas.

Voces recias.

Silencio de nuevo.

—Muévase.

Langley apareció en la parte superior de la escalera. Comenzó a bajar acompañado por el intruso, que iba detrás de él con las manos en la espalda. Vi que lo habían esposado. *Bien.* Cuando Langley se apartara, por fin podría verle la cara a aquel sinvergüenza.

Lo vi por partes. Los pies descalzos, los vaqueros desgastados, un trozo de pecho bronceado y escultural...

Ay, madre, pensé. Conocía ese pecho y ese mentón marcado. La nariz aguileña. El corte de pelo negro a lo César.

—Matt —dije sin aliento—. ¿Eres tú?

—¿Clare?

Oh, mierda.

—Señora Cosi, ¿conoce a este hombre? —preguntó Quinn desde la retaguardia de aquel trenecito de «detengan al malhechor».

—¡Sí, claro que me conoce! —afirmó Matt—. ¡En el sentido bíblico de la palabra!

—¿Acaso le he preguntado a usted...?

—Lo conozco, teniente —me apresuré a responder—. Pero no tengo ni idea de qué hace aquí.

—¿Quién es? —volvió a preguntar Quinn.

—Mi exmarido.

CAPÍTULO OCHO

*E*sto no puede estar pasando. Esto no puede estar pasando. Sabía muy bien que repetirme esa frase no haría que la imagen ridícula que tenía delante desapareciera. Pero en ese momento estaba tan desesperada que era capaz de cualquier cosa.

—Detective...

—Clare, ¿qué mierda pasa? Dime que esto no es por los retrasos en la pensión alimenticia. ¡Pensé que habíamos llegado a un acuerdo! Mientras pague la matrícula de Joy...

—Matteo —empecé a decir—, no te alteres...

—¿Que no me altere? ¿Que no me altere? Clare, ¡has hecho que me esposen!

—¡Cálmate! Yo no he hecho que te esposen. Eres tú quien... —Me detuve al reconocer en mi voz aquel bochornoso tono de exmujer. Cerré los ojos y recordé todas las peleas domésticas que había visto en los programas de telerrealidad de policías.

—Detective —comencé de nuevo, con excesiva calma—. Es evidente que ha habido un error.

Matt se volvió hacia Quinn.

—Ya la ha oído. —Sacudió las muñecas encadenadas—. Quíteme las puñeteras esposas. Ahora.

Durante diez segundos, Quinn no movió un solo músculo.

El agente Langley, en cambio, se mostraba inquieto. Se volvió hacia mí.

—Señora Cosi, dice usted que este hombre es su ex...

—Exmarido, sí —afirmé.

El joven agente miró a Quinn y se rascó la cabeza; era obvio que no sabía si se trataba de otra de las pruebas del detective. Entonces Langley se acercó a las muñecas de Matt. El brazo de Quinn le cerró el paso.

—¿Detective? —preguntó Langley.

—Primero tengo que hacerle unas preguntas.

—¡Me cago en...! —renegó Matt.

—Antes de nada, señora Cosi... —comenzó a decir Quinn.

—Señora Allegro —espetó Matt.

—Cosi es mi apellido de soltera —expliqué.

—Sí, lo recuperó en un tiempo récord —anunció Matt como casi siempre, asumiendo el papel de víctima, algo que en mi opinión no tenía ni pies ni cabeza, teniendo en cuenta cómo se había comportado durante nuestro matrimonio.

—Señor Allegro —Quinn volvió a dirigirse a él—. Necesito que se tranquilice.

—No me trate como a un crío.

—Necesito que se tranquilice —repitió Quinn.

—Dios...

Quinn miró a Langley.

—Vamos a buscarle una silla.

Langley agarró el amplio bíceps de Matt, pero se detuvo al notar que se tensaba. Durante años, la ocupación de Matteo había consistido en visitar cafetales de gran altitud. Las regiones remotas habían alimentado su pasión por el senderismo, el ciclismo, la escalada y el salto de acantilado, actividades que le habían otorgado un físico formidable.

No me extrañó que hubieran hecho falta dos hombres para esposar a mi exmarido, y Langley no parecía muy contento de tener que bregar con él. Pero la resistencia inicial de Matt solo fue un reflejo automático. Al cabo de un instante suspiró, soltó un «de acuerdo, vamos» y permitió que el agente lo condujera al salón.

Quinn los siguió y le indicó a Demetrios, mientras señalaba las ventanas traseras, que todo estaba en orden. A continuación apartó de la pared la silla con respaldo de lira y la dejó frente a la chimenea, justo en el centro de la alfombra persa.

Se me cortó la respiración. Si la memoria no me fallaba, Madame me dijo una vez que solo existían treinta y dos sillas como aquella. Se tallaron originalmente para la iglesia de Saint Luke in the Fields, fundada cerca de allí en 1822, cuando el barrio de Greenwich Village no era más que una aldea.

La iglesia conservaba el aspecto ordenado y acogedor de una parroquia rural y era una de las más antiguas de Manhattan. En 1953, Madame asistió allí al funeral del poeta Dylan Thomas. En 1981, cuando un incendio destruyó la capilla original, se organizó una subasta de reliquias para financiar su restauración. El Village Blend ofreció de manera gratuita café y pasteles, y compró aquella silla tan elegante.

Cuando Langley acompañó a Matt hasta la silla, temí que un nuevo forcejeo la dañara.

—¡Un momento! —grité—. ¡No os mováis!

Los tres hombres se quedaron petrificados mientras yo corría a la cocina para volver con una resistente imitación de una

Thonet francesa color café de principios del siglo xx, con respaldo de ratán, adquirida en Pottery Barn.

La dejé en el suelo, devolví la silla con respaldo de lira a su sitio junto a la pared y anuncié:

—Adelante, detective... Ya puede interrogarlo..., o lo que sea.

Matt soltó un bufido ante las miradas de confusión de los otros hombres.

—Antes estaba cuerda —explicó Matt—. Cuando la conocí. Antes de que mi madre se apoderase de ella.

Lo miré con furia y él ladeó la cabeza con aquella mirada maliciosa y segura que parecía decir: «No dejas de sorprenderme, Clare». Luego se sentó en la silla, adornada con un cojín de terciopelo burdeos, y se reclinó con frialdad.

—Bueno, detective. Ya estoy sentado. Ya estoy más o menos tranquilo. Pero, a menos que me acuse de algo, no pienso responder a una sola pregunta.

—De acuerdo —convino Quinn—. Entonces, ¿entiendo que no quiere explicar esto?

La mano del detective desapareció en el bolsillo de su camisa y reapareció con un frasquito entre el pulgar y el índice. Tres cuartas partes del frasco estaban llenas de polvo blanco.

—Acabáramos —dijo Matt con aire cansado.

—¡Dónde ha encontrado eso! —le grité a Quinn, aunque prefería no saberlo.

—En el bolsillo delantero derecho de los vaqueros de su exmarido.

Cerré los ojos y sacudí la cabeza. No quería oírlo. No quería verlo. No quería pasar por eso. Otra vez, no.

—Tranquila, Clare —dijo Matt—. No es lo que piensas...

—Matt, no me puedo creer que hayas vuelto a las andadas...

—No he vuelto a las andadas.

—Podría detenerlo ahora mismo por posesión —dijo Quinn.

—¿Posesión de qué, detective? ¿Qué piensa que hay ahí?

—¡Cocaína! —exclamó Langley—. ¿Verdad, detective?

—Se equivocan —dijo Matt.

—Ya, claro —repuso Quinn—. Y por la reacción de su exmujer, ¿me va a decir que no ha consumido antes?

—Madre mía. Es cafeína.

—¿Perdone? —preguntó Quinn.

—Cafeína. Cafeína pura.

Me eché a reír. Estaba un poco histérica, lo reconozco, pero sabía que Matt decía la verdad. El año anterior me mencionó que estaba buscando algún método para sobrellevar el *jet lag* sin tener que someterse a los insidiosos caprichos del café de los aeropuertos. Parecía haber encontrado la solución.

—Frótese las encías con ella, detective, y lo verá —dijo Matt—. La cocaína las adormece, esto no.

Quinn agitó el frasco para contemplar el polvo.

—¿Cafeína?

—Pero ¿la cafeína no es marrón? —preguntó Langley.

—El café es marrón —le expliqué— debido al proceso de tostado al que se somete el grano verde. En caso de que ese polvo blanco sea cafeína, es un subproducto del proceso químico de descafeinado del grano. Es la cafeína que se les añade a los refrescos.

—Y en caso de que sea cafeína, ¿esta cantidad es legal? —preguntó Quinn.

—Bueno —respondió Matt—, ahí hay unos diez gramos. Una taza de café contiene entre cien y doscientos miligramos de cafeína. Supongo que si quiere detenerme por poseer el equivalente a cien tazas de café, puede intentarlo.

—No lo sé —dijo Quinn sin dudarlo un instante—. Podría creerle. O podría hacer que analicen una muestra. Eso llevaría su tiempo. Un día o dos, incluso. ¿Y dónde cree que esperaría usted mientras tanto?

—Vale —claudicó Matteo al fin—. Pregúnteme lo que le dé la gana. ¿Qué mierda quiere saber?

No me lo podía creer. Hacía años que no veía a nadie ganarle un pulso a Matteo Allegro. Quinn lo había conseguido en cinco minutos.

Quinn miró a Langley.

—Quítale las esposas.

—Gracias —dijo Matt, poniéndose de pie para que Langley pudiera soltarlo.

—¿Qué hace usted aquí? Su exmujer dice que no vive en esta casa.

—Me paso la mayor parte del año viajando —explicó Matt mientras se frotaba las muñecas y volvía a sentarse en la Thonet con respaldo de ratán—. Pero mi madre es la propietaria de este edificio y, hace cosa de un mes, cuando estaba en Río, me envió un contrato que me daba derecho a utilizar este dúplex cuando viniera a Nueva York...

—¿Que hizo qué? —No es que no pudiera creerme lo que estaba oyendo, es que no quería creérmelo.

—Señora Cosi —dijo Quinn—. Tengo que preguntarle...

—¡Tu madre no me ha dicho nada de eso! —interrumpí.

—¿Por qué iba a hacerlo? —preguntó Matt—. Tú vives en Nueva Jersey, ¿no?

—Ya no. El mes pasado yo también firmé un contrato con ella —respondí—. Ahora dirijo el Blend a cambio de un sueldo, una parte del negocio y el derecho a vivir en este dúplex.

—Joder... —Matt suspiró—. Otra vez no.

Madame había perpetrado un sinfín de artimañas para que Matt y yo volviéramos a estar juntos. Obviamente, esa era una más.

—Matt, no me digas que también te ha ofrecido una parte en el negocio...

—En efecto —contestó—. Según parece, quiere que seamos copropietarios de esto.

—Disculpe, señora Cosi —interrumpió Quinn—, pero si no me permite continuar con el interrogatorio, tendré que pedirle al agente Langley que la acompañe fuera de la sala.

—De acuerdo, de acuerdo. Me sentaré allí a escuchar.

Durante uno o dos minutos después de tomar asiento en una de las sillas de palisandro tallado no hice más que lamentarme en silencio. ¿Cómo podía Madame haberme engañado así? ¡¿Cómo?!

Mientras tanto, Quinn le preguntaba a Matt sobre su paradero durante la noche anterior. Vi que anotaba con cuidado el nombre de la compañía aérea con la que había viajado y su número de vuelo, y comprendí, cada vez más alarmada, que Quinn trataba de determinar si Matt tenía algo que ver con la caída de Anabelle.

—¿Alguien fue testigo de su llegada aquí? —preguntó Quinn.

—Claro. El taxista.

—¿Apuntó usted su nombre o su número de licencia?

Durante cinco segundos interminables, Matt sonrió a Quinn con aire de suficiencia.

—¿Usted qué cree?

—¿Y nadie más lo vio llegar?

—Eran las cinco y cuarto de la mañana. Estaba agotado después de un viaje de seis horas en todoterreno por los Andes peruanos, un vuelo de conexión de catorce horas desde Lima al JFK con transbordo en Dallas, y dos horas y media de milonga en la aduana estadounidense. Recogí el equipaje, pillé un taxi y me desplomé en la cama en cuanto llegué. No hubo más.

—¿Notó que alguien entrara o saliera del edificio cuando llegó? —preguntó Quinn.

—No.

—¿Notó algo fuera de lo normal? Cualquier cosa.

—No.

—Piénselo bien, señor Allegro. ¿Qué vio al bajarse del taxi?

Matt empezó a moverse en la silla. Cruzó las piernas, se frotó la frente y se volvió hacia mí.

—Clare, ¿pasó algo anoche en la cafetería?

—No hable con ella —dijo Quinn—. Limítese a responderme.

Matt tomó aire y cerró los ojos.

—Las luces de la cafetería estaban encendidas. Recuerdo que pensé que aún era pronto para eso, pero luego miré el reloj y me di cuenta de que el pedido de pastelería llegaría entre las cinco y media y las seis.

—¿Y vio a alguien dentro, a través de las ventanas?

—No.

—¿No entró en la cafetería para nada?

—No. Estaba agotado. Entré por el callejón, subí las escaleras del jardín trasero hasta el dúplex y nada más.

—¿Conoce a Anabelle Hart?

Matt parecía desconcertado. Me incliné hacia delante.

—¿Anabelle Hart? —preguntó Matt—. ¿Qué tiene ella que ver con...?

—Contésteme —insistió Quinn.

—Claro que la conozco. Es una de nuestras camareras.

—¿Y?

—¿Y qué? Eso es todo.

Quinn parecía insatisfecho con la respuesta de Matt. O con su forma de responder. Lo miró unos instantes en silencio.

—¿No tiene ningún tipo de relación especial con ella?

—Por Dios. Tiene la edad de mi hija.

—¿Qué quiere decir?

—Que es una niña. Trabaja en la cafetería. Trabaja bien. Tiene novio. Eso es todo lo que sé. ¿Por qué? ¿Qué le ha contado ella?

—¿Tiene alguna razón para estar enfadado con ella?

—¿De qué va esto? ¿Clare?

Estaba a punto de responder cuando Quinn levantó la voz:

—La señorita Hart ha tenido un accidente. Se cayó por la escalera de servicio.

Los ojos de Matt se cruzaron con los míos.

—Clare, ¿está bien?

Negué con la cabeza.

—No. Está en cuidados intensivos.

—Uf, no...

—Señor Allegro, usted tiene llave del dúplex, ¿correcto? —preguntó Quinn mientras seguía garabateando en su cuaderno rectangular.

—Pues claro que sí.

—¿Y tiene llave de la cafetería de abajo?

—Sí, por supuesto. Soy el comprador del café del Blend y el hijo de la propietaria.

—Puede que tengamos que hacerle más preguntas, señor Allegro —dijo Quinn—. ¿Tiene pensado salir de la ciudad la semana que viene?

—No. Estaré aquí por lo menos dos semanas.

—¿Y vivirá aquí?

—¡No! —solté—. De eso nada.

Matt levantó una ceja.

—Ya veremos —masculló. A continuación, se levantó y buscó en el bolsillo trasero—. Aquí tiene mi tarjeta. El número de móvil está ahí.

—Estupendo —dijo Quinn. Levantó el frasco de polvo blanco—. Haré que lo analicen.

—Por Dios —dijo Matt—. ¿Por qué? No pienso participar en ninguna prueba olímpica en las próximas cuarenta y ocho horas, y no se me ocurre ninguna otra organización que considere la cafeína como sustancia prohibida.

Matt estaba en lo cierto. Uno de nuestros clientes, antiguo esgrimista olímpico y amante del café, estuvo a punto de dar positivo por más de doce microgramos de cafeína por mililitro de orina. Había bebido unas tres tazas de café antes de la prueba. Solo dos más y lo habrían expulsado de la competición.

—Voy a analizarlo por el bien de la señora Cosi —dijo Quinn—. Creo que tiene derecho a saber si su exmarido le dice la verdad al afirmar que lo ha dejado.

Los ojos de Matt se encontraron con los míos.

—Es verdad.

Un momento después, Langley abrió la puerta de la escalera trasera, dispuesto a salir. Quinn estaba a punto de seguirlo cuando Matt lo llamó:

—Detective...

—¿Sí?

—Siento mucho lo de Anabelle. Si puedo hacer algo más, dígamelo. En serio.

Quinn hizo una pausa para estudiar el rostro de Matt, luego asintió y, tras dirigirme una mirada fugaz e inescrutable, se dio la vuelta y se fue.

CAPÍTULO NUEVE

Al otro lado de la puerta, dos pares de zapatos de suela pesada bajaron la escalera trasera con la convicción de quienes saben exactamente adónde van y por qué. En nuestro lado, en cambio, el clima era totalmente distinto. Matt y yo no nos movíamos.

No hablábamos.

No respirábamos.

Se instaló tal frío polar que, en caso de que hubiéramos respirado, habrían aparecido nubes de condensación.

El silencio era tan ensordecedor que el timbre del teléfono pareció una sirena antiaérea de la Segunda Guerra Mundial. Di un respingo y Matt se estremeció. Cuando sonó por segunda vez, Matt se acercó a la mesa auxiliar, donde el receptor inalámbrico estaba encajado en su cargador.

Pero aquel era mi apartamento, pensé, y, por lo tanto, mi teléfono, así que yo también me acerqué y logré coger el aparato un milisegundo antes que él.

Pero no había contado con la colisión.

En los últimos años, Matt presentaba algunos signos de la edad en las tenues arrugas de alrededor de los ojos y en las mechas grises que le salpicaban el pelo negro, pero su cuerpo atlético apenas parecía haber cambiado y, por desgracia, nuestro contacto inesperado lo demostró.

Teléfono en mano, reboté en su torso bronceado y estuve a punto de caerme, pero me abrazó por la cintura con rapidez en una especie de parada automática que acabó con mis mullidas copas C aplastadas contra la losa de granito de su pecho.

El teléfono volvió a sonar. Pulsé el botón y me lo acerqué a la oreja.

—¿Diga?

—Hola... —Intenté zafarme de la carne caliente y desnuda del pecho de mi exmarido. Para mi disgusto, los musculosos brazos de Matt se mantuvieron firmes—. Mamá, ¿qué pasa? Me has dejado un mensaje muy raro.

—Todo está bien, cariño...

Mi mirada se cruzó con la de Matt.

—Es Joy —susurré, tratando de pasar por alto el olor fresco y limpio a piel masculina recién duchada.

—¿Con quién estás? —preguntó mi hija de inmediato.

—Con tu padre.

—¡No me digas que ha vuelto! ¡Bien! Pásamelo, que quiero saludarlo.

—Sí, vale...

De mala gana, le ofrecí el receptor inalámbrico. Sentí que Matt soltaba uno de los brazos para alcanzarlo, pero aún me agarraba fuerte con el otro. Podía retroceder, razoné, pero si lo hacía, me alejaría demasiado y no oiría la conversación con Joy.

—Hola, pastelito —dijo Matt.

—¡Hola, papi! —A Matt se le iluminó la cara. Una sonrisa de oreja a oreja—. ¿Cuándo has llegado? —preguntó Joy.

—De madrugada.

—¿Qué haces en casa de mamá?

Una de las oscuras cejas de Matt se arqueó de manera insinuante mientras me miraba.

—Meterme en líos.

—¡Como siempre!

—Sí, más o menos.

—Mamá me ha invitado a cenar —dijo Joy—, de modo que estaré por allí esta noche. Díselo, ¿vale?

—Vale —dijo Matt.

—Y espero que tú también te quedes, papá. ¿Eh?

—No me lo perdería por nada del mundo.

Mierda —pensé—. *No ha sido una buena idea...*

—Y papi, dile a mamá que llevo una sorpresa, ¿de acuerdo?

—Claro. Eso le gustará. Yo también tengo una sorpresa para ti.

—¡Genial! —gritó Joy—. Te dejo, que voy tarde. Tengo clase de Salsas.

—Adiós, cariño.

—Adiós, papá, nos vemos esta noche.

Colgó el teléfono y suspiré. Después de lo acontecido durante la mañana, me alegré, al menos, de haber oído por fin la voz de Joy.

—Viene a cenar esta noche. —Con el brazo libre, volvió a agarrarme por la cintura.

Ya lo he oído.

—Entonces sabrás que yo también estoy invitado.

—Sí, pero ¿crees que es buena idea...?

—Pues claro —respondió Matt, sin hacer el más mínimo caso a mi tono de duda—. Va a traer una sorpresa...

—Matt, creo que no es buena idea...

—Me pregunto qué preparará esta vez.

—... que nos vea a ti y a mí aquí juntos.

—Me escribió para contarme que lo está pasando mal con las salsas francesas. Tal vez traiga un postre nuevo. Le encanta hornear.

—Matt, te digo que no es buena idea. ¿Te acuerdas de cuando tenía trece años y pasamos la noche juntos? Pensó que...

—¿Sabes qué, Clare?

—¿Qué?

—Que hoy no te he saludado con un beso.

Sentí que movía los músculos y que intentaba ejercer una presión aún mayor con la parte inferior del cuerpo.

—Ya no nos saludamos con besos —le recordé mientras me retorcía de nuevo.

—Pero me gustaría.

Apartó una mano de mi cintura y la colocó, ligera como un gorrión, sobre mi nuca. Comenzó a mover los dedos despacio, con ternura, y a deshacer los nudos de tensión que ni siquiera yo sabía que estaban ahí.

Podía dejar que me besara. Yo lo sabía.

Y lo disfrutaría. Eso también lo sabía.

Los besos de Matt eran como una taza de café de tueste medio oscuro a última hora de la tarde. Cálidos, terrosos, relajantes a la par que estimulantes. Él se afanaba en que así fueran. Y, también como el café de tueste medio oscuro, despertaban una parte de mí que no quería que despertara.

Decídete ya —me dije—. *Porque dentro de un minuto será tu cuerpo quien decida por ti.*

—No, Matt —dije—. No.

Escogí el tono glacial. Un nivel del termostato que él conocía muy bien. Con la palma de la mano en su pecho, empujé. Fuerte.

Se separó de inmediato y dio un paso atrás.

—Lástima —dijo, y en sus ojos marrones se reflejó dolor, rechazo. La víctima.

Madre mía, qué valor tenía mi exmarido. Esa idea hizo que mi presión arterial comenzara a subir de nuevo.

—Se ha pasado —añadió al cabo de unos segundos. Su mirada había cambiado. Entrecerró los ojos con aversión.

—Se pasó hace mucho, Matt —respondí mientras examinaba nuestra relación. Aunque después de todo, pensé, la química entre nosotros aún era la misma. Nuestros problemas eran más...

—El café, Clare.

—¿El café?

—Sí, eso he dicho. —Matt olisqueó y apunto con la barbilla hacia la cocina—. Ahí huele a café quemado.

—¡Ay, Dios! ¡El café del teniente Quinn!

Eché a correr hacia la cocina y el olor punzante me sacudió. El café llevaba al fuego casi tres cuartos de hora. ¡Qué desperdicio! Al cabo de diez o quince minutos, dieciocho como mucho, ya no tenía ningún sentido fingir que un café estaba bueno, y mucho menos estupendo.

Tiré el brebaje amargo por el desagüe y apagué la cafetera eléctrica de goteo. Luego cogí la jarra de agua filtrada de la nevera y la vertí en un hervidor. La cafetera eléctrica de goteo tardaría diez minutos en enfriarse, así que tendría que utilizar el método Melitta.

Saqué el cono de la Melitta, limpié el filtro de malla bañada en oro y lo inserté dentro; después, lo coloqué todo en la boca de la jarra térmica. Añadí los granos enteros en el molinillo.

—No te vas a quedar aquí, que lo sepas —dije, en dirección al salón.

Matt se acercó, cruzó los brazos sobre el pecho desnudo y se apoyó en el arco de entrada a la cocina.

—Esto también es mío, Clare —replicó—. Por contrato.

—Acabo de vender mi casa, Matt, y no pienso irme.

—Pues no te vayas.

—No estoy dispuesta a cohabitar contigo.

—¿Cohabitar? —Matt se echó a reír—. ¿Otra vez viendo pelis antiguas de Doris Day en el canal Classic Movie o qué?

—Vete a un hotel.

—Solo necesito usar el apartamento, como mucho, diez días al mes. Habrá meses enteros en los que no me verás el pelo. No te voy a molestar.

—Me vas a molestar, y lo sabes.

—¿Tienes idea de lo que cuestan diez días de hotel en Manhattan?

—Me da igual.

—No debería darte igual si quieres que siga ocupándome de la matrícula y de la pensión alimenticia de Joy.

—Si el dinero es un problema, pídeselo a tu madre.

Matt suspiró.

—Ah, ¿no estás al tanto?

—¿De qué tendría que estar al tanto?

—De que no tiene dinero, Clare.

—¿Qué dices? Si solo el ático de Pierre ya vale...

—Justo, has dado en el clavo. El ático, la villa, las acciones, las participaciones, todo el dinero..., todo era de Pierre y ahora lo controlan sus hijos.

—No. No puede ser. Madame fue su esposa durante veinte años...

—Fue su segunda esposa. La difunta primera esposa de Pierre heredó el negocio de importación de su padre. Al casarse,

Pierre aportó la mayor parte de su fortuna, pero ella estipuló en el testamento que no le dejaría nada a una futura esposa. Todo cuanto él poseyera pasaría a sus hijos.

Me senté y me quedé un momento con la mirada perdida. El silbido de la tetera me llevó de vuelta (el agua para el método Melitta debe llevarse a ebullición). Me levanté y vertí el agua humeante sobre los granos de café recién molidos, amontonados dentro del filtro dorado como tierra marrón sobre el tesoro de un minero.

El truco del método Melitta consiste en verter lentamente el agua y removerla para que se filtre con suavidad a través de las capas de molienda hacia la jarra sin que se estanque. Y, por supuesto, hay que utilizar un filtro cónico. En mi opinión, los filtros de fondo plano deberían estar prohibidos, ya que para obtener un café igual de intenso requieren más cantidad de grano por decilitro de agua. El fondo plano disipa y los conos concentran, ahorran grano y, en consecuencia, dinero, algo que me daba la impresión que iba a necesitar esa familia.

Nunca esperé que Madame pagara mis gastos, pero sí di por hecho que le dejaría a Joy una buena herencia, lo suficiente como para no tener que preocuparme jamás sobre su situación financiera. Tras aquella breve conversación con mi exmarido, comprendí que esa conjetura había sido un error garrafal por mi parte.

—Entonces, si está arruinada, ¿por qué no vende la cafetería?

—Tú sabes la razón —contestó Matt.

La sabía. Estaba claro que las facturas de Madame se pagaban gracias a algún tipo de acuerdo final de Pierre con sus hijos. Aparte de eso, la mayor preocupación de Madame parecía ser la herencia del Blend y dejarles algo de valor a Matt y a Joy. Y, según parecía, también a mí.

—¿Cómo crees que seguirá Anabelle? —preguntó Matt en voz baja, cambiando de tema. Entró en la cocina, se sentó e inhaló el aroma del café que se infusionaba lentamente sobre la mesa.

—Llamé a St. Vincent, pero no pudieron o no quisieron decírmelo. Su compañera de piso, Esther Best, la acompañó al hospital, pero Anabelle estaba inconsciente y no tenía buen aspecto.

Matt suspiró.

—¿Quieres que vaya al hospital?

—No. Prefiero ir yo, si no te importa quedarte a cargo del Blend. Tucker es el barista de esta tarde. Espero que para entonces podamos abrir de nuevo.

—¿Por qué no abres ahora?

—La Unidad de Criminalística. El teniente Quinn los está esperando abajo. Si vienen, se supone que primero buscarán pruebas físicas. Por eso estoy preparando café. Para ellos... y para el teniente Quinn. Está acostumbrado a ese aguachirri barato y me gustaría convertirlo.

—Clare. Cuéntame lo de la caída de Anabelle. ¿Por qué crees que ha sido una agresión?

—Instinto. Por la forma en que me la encontré. Y porque no me cuadra. Por cierto, ¿qué sabes de Anabelle que no le has querido contar a Quinn? Te conozco y sé que te estás guardando algo.

Matt cambió de postura; lo noté inquieto.

—Me enteré de que algo iba mal entre ella y su novio.

—¿Cómo te enteraste?

—Ella me lo contó. Me dijo que estaba tratando de resolver algunos problemas importantes.

—¿Qué tipo de problemas? Haz memoria. Intenta recordarlo.

—Fue hace unas seis semanas, la última vez que estuve en Nueva York. Estaba abajo, tomando un expreso, y Anabelle se sentó en mi mesa y me dijo que tenía problemas con su novio y que quería preguntarme unas cuantas cosas acerca de los hombres.

—¿Qué cosas?

—Por ejemplo..., cómo conseguir que quieran casarse.

—¿Te pidió consejo sobre el matrimonio? ¿A ti? —Hice un terrible esfuerzo por no soltar una carcajada—. ¿Qué le dijiste?

—¿Y tú qué crees, Clare? Pues le dije que yo no era la persona más indicada para dar consejos sobre los hombres. Apenas sé lo que me mueve a mí. Pero ella insistió, dijo que había oído que yo era un soltero empedernido y me preguntó si alguna vez me había planteado casarme. Entonces le dije que había estado casado. Me preguntó qué había hecho que me comprometiera y se lo expliqué.

—Joy.

—Sí.

—¿Y qué dijo ella entonces?

—Dijo: «Gracias, eso me ayuda mucho». Nada más.

—Es bastante revelador, Matt.

—No veo por qué.

—Pues porque da la impresión de que intentaba saber si quedándose embarazada conseguiría que su novio se casase con ella. Por eso.

—Y eso qué más da. No es asunto del detective.

—Lo es si su novio fue quien la empujó por la escalera.

—¿Ves? Por eso no les dije nada a esos polis tan aficionados a esposar a la gente. Un comentario en una conversación pasajera y me habrían hecho inculpar a un pobre chico inocente.

—Pero, Matt, ¿y si no es inocente? ¿Tú lo conoces?

—No.

—Yo tampoco. Ojalá se lo hubieras contado al teniente. Está claro que Quinn pensó que le ocultabas algo. Y el agente Langley también.

—¡Que piensen lo que quieran! No me caen bien.

—Ya me he dado cuenta. ¿Y por qué no? Aparte de lo de las esposas. Ten en cuenta que pensé que eras un intruso y trataron de protegerme.

—Es probable que sean policías corruptos.

—¡Menuda tontería!

—¿Eso crees? Escucha bien lo que te digo: nunca volverán a decir nada sobre el frasco de polvo blanco. Lo repartirán esta noche en algún bar de polis. O se lo darán a algún yonqui a cambio de información para quedar bien en la comisaría. Aunque les va a salir el tiro por la culata, porque el subidón de la cocaína no lo consigues esnifando cafeína.

—Matt, has pasado demasiado tiempo en repúblicas bananeras. Esos tipos son buenos policías. Sobre todo el teniente Quinn...

—Ese es el que menos me gusta.

—¿Se puede saber por qué?

—Para empezar, no me gusta cómo te mira.

—¿Y cómo me mira?

—Como si tú le interesaras.

—¿Sí? ¿De verdad?

Matt me miró fijamente.

—Dios mío, Clare, a ti también te interesa él.

—¡Claro que no! —dije—. No seas bobo. Está casado.

—¿Y?

—¡Cómo que «y»! ¿De verdad crees que me liaría con alguien casado? Bueno, yo no soy como tú, Matt. Eso tenlo claro. Y ¿sabes qué? Lo que me interesen o me dejen de interesar otros hombres no es asunto tuyo. Ya no. A ver si te crees que puedes colarte aquí y..., y...

Me quedé sin gasolina. La mañana había sido muy larga. Me di la vuelta, me acerqué a la ventana y crucé los brazos. La lluvia que había estado amenazando toda la mañana empezó a caer por fin.

Matt se quedó inmóvil durante unos instantes, pero por fin soltó un gruñido de indignación y se dirigió hacia la escalera.

—Supongo que es hora de que termine de vestirme, antes de que coja más frío.

Cinco segundos después oí un golpe seco y supe que, al subir las escaleras, le había dado un puñetazo a la pared.

CAPÍTULO DIEZ

E n 1849, cuatro hermanas de la caridad fundaron el hospital para pobres St. Vincent en una pequeña casa de ladrillo de la calle Trece; contaba con treinta camas.

Hoy, St. Vincent tiene setecientas cincuenta y ocho camas y es el único centro de traumatología de Manhattan por debajo de la calle Catorce. También funciona como hospital universitario, cosa que sé de primera mano porque sus médicos residentes son unos clientes excepcionales.

Supuse que alguno de los jóvenes residentes de ojos rojos que acudían con regularidad al Blend para tomarse un café con leche doble, un café expreso triple o un café de tueste italiano durante las guardias de treinta horas me informaría sobre el estado de Anabelle. Por eso, en cuanto los de Criminalística abandonaron el local y Tucker llegó para ayudar a Matteo a abrir, cogí un paraguas y subí, bajo la lluvia torrencial, por la Séptima Avenida Sur.

Cuando llegué a la entrada del hospital, me detuve junto a uno de los muros del edificio. La lluvia fría salpicaba la piedra gris oscura y goteaba como lágrimas por su rostro liso y vacío.

Sin embargo, hace unos cuantos años, este muro gris no estaba tan despejado.

Aún recordaba los cientos de fotos, las caras, los nombres, los mensajes desesperados garabateados en aquella fachada: «¿Alguien ha visto a...?», «Por favor, llamen a...», «Busco a mi... mujer, marido, hijo, hija, hermano, hermana, amante, amigo...».

La mañana del 11 de septiembre de 2001 yo estaba en Nueva Jersey viendo las noticias por televisión, como la mayor parte del país, y aún recuerdo la dureza de los detalles. Los degüellos de las azafatas, el terror de los pasajeros cuando los aviones comerciales se convirtieron en misiles teledirigidos, la terrible muerte de los trabajadores del Trade Center: gente de todas las naciones, de todas las clases sociales, de todos los niveles económicos, gente que simplemente había llegado pronto a trabajar, oficinistas, empleados de restaurante, ejecutivos de banca, guardias de seguridad y personal de mantenimiento.

Muchos de los asesinados vivían en ese barrio. Se habían levantado esa mañana sin sospechar nada, sin saber que sería la última mañana de sus vidas, la última oportunidad de sentir el sol de un nuevo día, de oler y saborear una taza de café recién hecho.

Con el paso de los años, la gente olvida, pero esta ciudad nunca olvidará. El terror, la tragedia, el valor...

Los bomberos que subían corriendo mientras otros huían. El empresario que no abandonó a su amigo en silla de ruedas. Dos siluetas en una ventana, muy por encima de la calle, un hombre y una mujer con las manos entrelazadas, saltando juntos, como tantos otros que antes y después decidieron que era mejor caer que quemarse vivos en medio de una nube tóxica de muebles de oficina derretidos y cientos de litros de combustible de avión.

Aquella mañana, cuando la realidad golpeó y la mayor parte de la ciudad se paralizó, Madame Dreyfus Allegro Dubois bajó de su ático de la Quinta Avenida, a pocas calles de distancia, para dirigirse al Blend y pedirles a sus camareros que no dejaran de preparar café y que lo llevaran en termos, cada dos horas, a todos los puestos de enfermería del St. Vincent. El hospital del Village atendió a más de mil cuatrocientos pacientes, incluidos algunos de los traumatismos más graves.

—En situaciones como esta, cada uno hace lo que puede —me dijo Madame—. Nosotros sabemos hacer café, y eso es lo que haremos.

Y así fue. Joy y yo lo dejamos todo para ayudar. Durante las semanas siguientes, transportamos las jarras de café por la autopista West Side hasta la Zona Cero, el lugar en llamas donde se había derrumbado el World Trade Center, en la punta de la isla de Manhattan, donde bomberos, herreros y cientos de voluntarios trabajaron sin descanso durante meses para recuperar restos y retirar toneladas de chatarra humeante.

Nada acabaría con la angustia de aquel otoño e invierno; desde luego nada tan trivial como el café. Sin embargo, cada vez que Joy, Madame o yo poníamos un vaso de cartón caliente en manos de un voluntario exhausto, comprendía por qué Madame quería llevar todas esas jarras.

Lo que animaba y calentaba durante unos minutos a aquellas personas agotadas no era el extracto líquido de un puñado de granos, sino la idea de que alguien se lo hubiera preparado. De que alguien se había preocupado por ellos. De que alguien había sentido amor, un recordatorio esencial para cualquiera que se enfrente a diario a las consecuencias grises y retorcidas del odio ajeno.

—El almanaque del café lo explicaba muy bien. —A Madame le gustaba recordarnos durante aquellos días tan largos unas palabras escritas a principios del siglo pasado—: «El café alegra a un hombre triste, activa a un hombre lánguido, calienta a un hombre frío y entusiasma a un hombre tibio. Despierta facultades mentales que se creían muertas y, si se deja en la habitación de un enfermo, la impregna con su fragancia... El simple olor del café aterroriza a la muerte».

Para Madame, el café de la mañana era algo más que un estimulante, era un refuerzo frente a cualquier cosa que el mundo estuviera a punto de arrojarte a la cara, ya fuera bueno o malo.

Mis temores por Anabelle se reavivaron. Tras aquel momento de silencio junto al muro empapado por la lluvia de St. Vincent, entré en el hospital y encontré los ascensores.

La subida duró los cuatro meses habituales, con celadores, enfermeras y visitantes que entraban y salían en todas y cada una de las plantas. Durante una de esas breves paradas, las puertas del ascensor se abrieron y vislumbré un rostro familiar en uno de los pasillos del hospital.

Madame estaba sentada en una silla de ruedas y charlaba con un médico de bata blanca y sienes canosas. Antes de que me diera tiempo a salir, las puertas se cerraron.

—Perdone, ¿qué planta era esa? —le pregunté al celador alto y filipino que estaba a mi lado con una silla de ruedas vacía.

—Oncología —contestó.

Se me cayó el alma a los pies.

Oncología. Dios mío.

Madame parecía más cansada de un tiempo a esta parte. Y los contratos que nos había hecho firmar a Matt y a mí... *Dios mío,* pensé de nuevo. Todo tenía sentido: estaba enferma. Por eso quería dejarnos el Blend en herencia. Por eso se había atrevido a darnos permiso a los dos para vivir en el dúplex: quería que volviéramos a estar juntos antes de que ella..., antes de que ella...

Dios mío.

Seguía procesando aquella horrible revelación cuando se abrió la puerta del ascensor en la planta de cuidados intensivos. Aún aturdida por la noticia que acababa de recibir, sabía que la situación de Anabelle sería aún peor, así que, como una enfermera de triaje, intenté apartar a Madame a un segundo plano.

Al entrar en la sala de espera de la uci, me fijé en una joven de pelo oscuro y encrespado con ropa holgada que, a través de una gran ventana de observación, miraba fijamente una sala llena de camas. Era la compañera de piso de Anabelle, Esther Best (abreviación de Bestovasky, el apellido de su abuelo, según me contó ella cuando nos conocimos).

La cama de Anabelle no estaba lejos de la ventana. Parecía inconsciente y estaba conectada a una serie de aparatos que no hacían concebir muchas esperanzas. Una enfermera sentada a los pies de la cama vigilaba los monitores. Junto a ella, una mujer rubia y delgada nos daba la espalda.

Esther me miró a través de sus modernas gafas rectangulares de montura negra. Como buena madre, me sorprendí a mí misma pensando en lo bonitas que eran sus facciones y en lo hermoso que tenía el cutis para taparlos con aquellas greñas largas y despeinadas y aquellas gafas negras tan bastas.

La verdad era que sentía debilidad por Esther Best porque yo había sido como ella durante la adolescencia (aunque un poquito menos hostil). Con el tiempo se me pasó. Perdí peso, me preocupé por mejorar mi aspecto, me enfrenté a mi ira y acepté las cosas que no se podían cambiar, como suele decirse.

El mayor problema de Esther, como me pasó a mí, era su actitud. El enorme resentimiento que sentía lo descargaba contra el primero que pasaba por su lado, sobre todo si era alguien del sexo opuesto, de quienes se burlaba con bastante frecuencia. Por lo que le oí decir cuando hablaba con el pobre Tucker, le «alucinaba» ver lo antipáticos que eran, al cabo de un par de horas con ella, los pocos chicos que la invitaban a salir.

Saludé a Esther. Ella asintió con la cabeza y luego volvió a mirar por la ventana y soltó uno de sus característicos comentarios:

—No pensé que fuera tan torpe.

Jolín, qué afable, pensé con un suspiro.

—Anabelle no es torpe, Esther. Es bailarina.

—Ya sé que es bailarina. Todo el mundo lo sabe. Dios, es lo primero que sale de su boca, no sé si lo sabes, sobre todo con los hombres: «¡Soy bailarina!». Pero joder, Clare, resbalarse por las escaleras y terminar aquí es de torpes. A mí me parece de una torpeza supina.

Como reza el viejo dicho: «Si no tienes nada bueno que decir, ven y siéntate a mi lado». Bueno, parece que Esther estaba comodísima ocupando las dos plazas del sofá.

—¿Y quién dice que haya sido un resbalón? —le pregunté a Esther.

—¿Qué quieres decir?

—Que tal vez la empujaran —respondí mientras observaba su reacción—. Yo creo que alguien la empujó.

Esther entrecerró los ojos.

—¿Quién?

La verdad es que la Unidad de Criminalística del Departamento de Policía de Nueva York no había descubierto nada que apoyara mi teoría. La única prueba física era la etiqueta del equipaje del JFK del callejón trasero, que, para mi disgusto, Quinn entregó a los de Criminalística para que la adjuntaran al expediente (incluso después de que Matteo la identificara como procedente de su equipaje) junto con la chaqueta y el bolso de Anabelle.

Durante unos treinta minutos, inspeccionaron el cubo de basura rebosante que yo había encontrado arriba de la escalera, así como cualquier superficie susceptible de ofrecer alguna pista. Encontraron huellas de más de una docena de personas. Era obvio que esas huellas eran irrelevantes, a menos que alguien que trabajaba en el Blend hubiera pensado que sus huellas no demostrarían nada.

Carraspeé y levanté una ceja mirando a Esther con la intención de parecer astuta.

—No sé quién empujó a Anabelle, pero voy a averiguarlo. —Esther puso cara de resignación—. Por cierto —continué—, ¿dónde estuviste anoche?

—En el recital de poesía Palabras en la Octava, ¿por qué?

—¿Y después?

—En el Sheridan Square Diner con unos amigos. Luego volví al apartamento. Sola.

—¿Y cuándo fue la última vez que viste a Anabelle?

—¿Tú de qué vas? ¿Ahora trabajas para la policía de Nueva York o qué? Los polis ya me preguntaron todo eso.

—Contéstame.

—La vi por última vez antes de irme al recital. Me dijo que se iba al Blend, que tenía turno desde las ocho hasta medianoche.

—¿Y?

—¿Y qué?

—¿Recuerdas algo más? ¿Mencionó haber quedado con alguien?

—Como le dije a la policía: no, *nyet, niente, nein*.

Suspiré, ya sin preguntas, y tomé nota mental de pedirle consejo al teniente Quinn sobre cómo interrogar sospechosos. Quizá él pudiera darme algunas indicaciones.

Volví a mirar a Anabelle por la ventana de observación de la uci. La mujer rubia rodeó la cama para hablar con la enfermera y la vi de frente por primera vez.

Estaba angustiada, eso estaba claro. Y las líneas, arrugas y sombras de su rostro confirmaban que era mucho mayor de lo que aparentaba su cuerpo juvenil y esbelto: tendría cuarenta y muchos años. Su melena, justo por encima del hombro, era rubia, pero se le notaban las raíces oscuras y lo llevaba recogido en una estilosa coleta. Estaba demasiado bronceada para el otoño neoyorquino, y su ropa —pantalón negro ajustado de marca y blusa blanca de seda— parecía hecha a medida.

—¿Quién es esa? —pregunté.

—La madrastra de Anabelle.

—¿Su madrastra? No sabía que estuviera en el área metropolitana de Nueva York. Los formularios de contratación de Anabelle dicen que su pariente más cercano está en...

—En Florida, lo sé —dijo Esther.

—Entonces, ¿qué hace aquí?

—Vino al apartamento hace unos días. Anabelle no parecía muy contenta de verla, te lo aseguro.

—¿Y eso?

—Por temas de dinero. Desconozco los detalles, pero sé que Anabelle le pidió prestados cinco mil dólares a su madrastra para empezar en Nueva York el año pasado. La queridísima mamá está aquí de paso por algún tipo de negocio. Creo que pretendía que se los devolviera.

—¿Qué pasó entre ellas?

Esther se encogió de hombros.

—No paraban de discutir. En realidad, desde hace un par de meses no paran de discutir por pasta.

—¿Discutió ayer por teléfono, antes de irse al Blend?

—Ahora que lo pienso, sí. Se me había olvidado. Recibió una llamada al móvil una hora antes de que yo saliera. Olvidé decírselo a la policía, me acabo de acordar. Tuvo una pelea bastante fuerte...

—¿Por qué? ¿Qué quería su madrastra?

—No se peleó con su madrastra, sino con el Lerdo...

—¿Con quién? —dije.

Esther puso cara de fastidio.

—El novio de Anabelle, Richard.

—¿Qué sabes de él?

—Richard Gibson Engstrum hijo. Un gilipollas integral. Estudia el último curso en la universidad de Dartmouth. Pero el verano pasado estuvo aquí con su familia.

—¿Dónde?

—En el Upper East Side.

—¿Dónde trabaja en verano?

—No trabaja. ¿Has oído hablar de la compañía Engstrum Systems? Su papá se forró en el Nasdaq. Vendieron antes de que estallara la burbuja de las puntocom y el Lerdo ya tiene la vida resuelta.

—¿Y sus padres le dejan hacer el gandul durante todo el verano?

Esther se encogió de hombros.

—Solo sé lo que me contó Anabelle. Desde que lo conoció en julio, no trabaja.

—¿Sabes dónde se conocieron?

—Una noche decidió mezclarse con el populacho y fue con unos amigos a un club del East Village: el Nightrunners o el Rah, uno de esos locales de Alphabet City. Vio a Anabelle en la pista de baile y no hizo falta más. No sé si sabes que a todos se les cae la baba con ella.

—Sí me había dado cuenta, Esther. Y también me doy cuenta de lo mucho que te enfada eso.

—¿El qué?

—Anabelle y su habilidad para captar la atención masculina.

—Oye, una cosita: no soy una de esas Barbies supersimpáticas que ocultan lo que piensan mientras te apuñalan por la espalda a la mínima ocasión. Eso es lo que a Anabelle le gustaba de mí, o al menos eso decía. Le gustaba que dijera la verdad, aunque no fuera bonita. Y lo cierto es que lo de Anabelle no me enfadaba, solo me ponía celosa. Que lo sepas.

—¿Y qué te pone celosa, exactamente?

Esther se encogió de hombros y se dio la vuelta para mirar fijamente a la chica de la uci.

—Es que... es tan guapa... y para ella siempre ha sido todo tan fácil... No sé... —Esther volvió a encogerse de hombros—. Siempre consigue lo que se propone.

—Esther, dime la verdad. ¿Estabas tan celosa como para discutir con ella en el Blend anoche y, tal vez por accidente, hacer que se cayera por las escaleras?

—No. Para nada. Estaré celosa de ella, pero soy su amiga. O sea, vale, no seremos íntimas, pero jamás le haría daño. No de este modo. —La mirada angustiada de Esther me hizo creer que decía la verdad—. Además —añadió con un suspiro, volviéndose de nuevo hacia la ventana de observación—, es absurdo que sospeches de mí.

—¿Por qué es absurdo?

Se encogió de hombros.

—No estuve cerca del Blend en toda la noche. Y compartimos piso. ¿No crees que, si perdiera los papeles con ella, sería en casa, en privado, como sucede en la mayoría de los casos de violencia doméstica?

Pensé que la chica tenía razón.

—¿Has entrado a verla? —le pregunté.

—Sí, cuando la trajeron. Pero en la uci son bastante estrictos. Tampoco han dejado entrar a la madre de Richard.

—¿Dónde está?

—Ah, se fue. Supongo que para informar a su hijo. Llamé a Richard a la facultad y nadie contestó, así que llamé al apartamento de sus padres y vino ella. No permiten que entre más de una persona a la vez. También llamé a la madrastra de Anabelle para contarle lo sucedido y, cuando ella llegó, me echaron a mí.

—Qué amable has sido al quedarte aquí tanto tiempo.

—No tiene importancia.

Empezaba a pensar que la chica tenía un lado altruista que nunca había apreciado cuando reparé en que su mirada absorta pasaba de Anabelle a otra cama más alejada. Un joven y apuesto médico de ascendencia china con bata blanca había terminado su labor y se dirigía con paso ligero hacia la puerta. Los ojos de Esther lo siguieron como un ratón de dibujos animados que observa un trozo de queso.

—Ese es John Foo —le dije a Esther.

—¿Lo conoces?

—Es cliente habitual del Blend.

—¿Por qué no lo he visto antes?

—Porque es de los tempraneros, viene a las seis y media de la mañana, justo después de su entrenamiento de artes marciales. Y tú, querida, te negaste a hacer turnos antes del mediodía.

—Lo reconozco, soy una puta dormilona —dijo Esther, observando todos los movimientos del joven y fornido médico—. Aunque quizá mereciera la pena levantar el culo de la cama más temprano por él. Solo quizá.

El doctor Foo cruzó la doble puerta de la uci y vino directamente hacia nosotras.

—Esther, ¿sigues aquí?

—Sí, doctor —respondió ella, corriendo hacia él—. Esperaba que Anabelle se despertara.

Noté que se me levantaban las cejas. A pesar de que Esther decía ser una persona directa, me dio la impresión de que con el atractivo doctor Foo no lo era tanto. Reparé en que su tono se había suavizado hasta convertirse en un ronroneo perceptible, muy alejado de su gruñido habitual.

—Eso —dije, acercándome a ellos—. ¿Se ha despertado?

—Clare Cosi. Me alegro de verte.

El doctor Foo me tendió la mano y se la estreché.

—Lo mismo digo, doctor.

—Esta mañana no estaba abierta la cafetería —dijo—. He ido a la hora de siempre.

Señalé a Anabelle.

—Tu paciente era la encargada de abrir.

—Ah, ya veo. Lo siento mucho.

—¿Cómo está la chica, doctor?

—Regular. Está en coma.

—¿Te la han asignado a ti?

—No. Creo que está a cargo de Howard Klein.

—No lo conozco. ¿Viene al Blend?

El doctor Foo se echó a reír.

—Klein es un fanático anticafeína.

—Entiendo. Bueno..., ¿te importaría hacerme un favorcillo?

—¿De qué se trata?

—Necesito información.

CAPÍTULO ONCE

—Perdone. ¿Se ha enterado de lo mío? Es un mocachino con leche desnatada.

—¿Viene ya mi café con leche?

—Doble. Era un expreso doble.

—¿Por qué tardan tanto?

—¿Alguien me cobra?

Los consumidores de café solían ser personas muy «activas»: ambiciosas, de ideas rápidas, de movimientos rápidos, agresivas, informadas e implicadas. Me gustaban y me gustaba servirles. Pero los consumidores de café *gourmet* que tenían que esperar demasiado para conseguir su dosis no eran los más pacientes del planeta que digamos.

—Hola, Tuck —grité por encima de la clientela—. ¿Te echo una mano?

—¡Clare! Gracias a Dios que has vuelto.

Tucker Burton era el barista de la tarde. Un actor y dramaturgo gay de treinta y tantos años, nacido en Luisiana e hijo de Elma Tucker, una madre soltera que había intervenido en algunas películas de Hollywood y que, al regresar a su hogar en los años ochenta, afirmó que su único hijo era descendiente ilegítimo de Richard Burton. Así, al cumplir veintiún años, Tucker se trasladó a Nueva York y cambió legalmente su nombre de Elmer Tucker por el de Tucker Burton.

Tal vez fueran sus raíces sureñas, pero cuando estaba preocupado, Tucker adoptaba la entonación de un predicador de carpa de avivamiento. Además, era tan alto que su melena castaña clara y su rostro anguloso destacaban por encima de la multitud de cuerpos alineados en fila de a tres frente al mostrador de mármol azul.

—Clare está aquí, estamos salvados. ¡Aleluya!

Se trataba del público que acudía a la hora del almuerzo desde las oficinas situadas a pocas calles de distancia, en Hudson: empleados del Assets Bank, ejecutivos de Satay & Satay Publicidad y trabajadores de Berk and Lee Ediciones. Los habituales del barrio también estaban, así que respiré aliviada.

A saber los rumores que habían corrido por el barrio después de que apareciera la ambulancia delante del Blend: no descartaba que guardaran relación con el botulismo, con alguna bacteria láctea o con una salmonela en el *strudel* de crema de queso.

Ahora que la policía nos había permitido abrir, me alegré mucho de que nuestros clientes no se hubieran marchado a otra parte. Era la confirmación satisfactoria de que el Blend servía el mejor café de la ciudad.

—¿Conseguiré tomarme el café con leche esta década?

—¡Clare Cosi! —gritó Tucker—. ¿Podrías mover tu bendito culo y venir a ayudarme?

—¡Ya voy, Tuck! ¡Disculpen, disculpen! —Me colé entre la muchedumbre, rodeé el mostrador y me puse un delantal blanco de chef.

—Ocúpate tú de la caja —le dije.

El encargado de la caja apuntaba el pedido, cobraba y servía los cafés normales en vasos de papel con el sello de la firma Blend.

Yo tomé el puesto de barista. Aquella división del trabajo era bastante lógica. Aunque Tuck era bastante competente preparando bebidas con café italiano, a mí se me daban mejor los expresos y me aturullaba menos con la presión. Además, al ser actor de teatro, era un maestro a la hora de dirigir a las masas.

—¡De acuerdo, amigos! ¡Todos en fila! ¡Colaboren conmigo! ¡Una cola, por Dios! ¡Ha vuelto nuestra C. C. y empieza la magia!

Los expresos son la base de la mayoría de los cafés italianos. El distribuidor que le vendió a Madame aquella máquina reluciente y achaparrada afirmaba que un buen barista podía preparar doscientos cuarenta cafés por hora, pero la velocidad no era nuestro objetivo, porque un expreso hecho en menos de treinta segundos era una *merde* (perdón por mi francés). Así que, por mucho que los clientes pidieran a gritos que les sirviéramos más rápido, no estaba dispuesta a sacrificar la calidad.

—Clare, ¿viene ese capuchino?

—¡Marchando!

Una pulsación de expreso recién hecho, llenamos el resto de la taza con una parte de leche hervida y una parte de leche espumosa.

—¡Café *latte*!

Expreso recién hecho, llenamos el resto de la taza con leche hervida y cubrimos con una fina capa de leche espumosa.

—¡Mocachino!

Vertemos dos partes de sirope de chocolate en el fondo de la taza, añadimos una parte de expreso, rellenamos con leche hervida, removemos una vez levantando el sirope desde el fondo, cubrimos con nata montada y espolvoreamos ligeramente con cacao en polvo azucarado y rizos de chocolate rallado.

Claro, desde el otro lado de la barra parecía fácil. Pero ¿cuántos de esos exigentes paladares del café *gourmet* sabían que había más de cuarenta variables que afectaban a la calidad de su expreso? Cuarenta maneras de estropear el café perfecto, entre las que se incluía la limpieza de la máquina, la cantidad de café molido, la distribución y el tamaño de las partículas, la porosidad de la molienda prensada, la forma y la humedad de la pastilla, la calidad, la presión y la temperatura del agua, el tiempo de extracción y, uf..., unos treinta factores más.

El año anterior se había publicado un informe que afirmaba que solo el cinco por ciento de las cafeterías estadounidenses utilizaban sus máquinas de forma correcta. Solo el cinco por ciento ofrecía a sus clientes una auténtica experiencia cafetera.

Me quedé consternada, pero no del todo sorprendida. Por ejemplo, nuestra competidora, la cafetería Espabílate, que abrió sus puertas enfrente del Blend hace unos años, tuvo que cerrar al poco tiempo por una razón de peso: presumían de hacer los expresos en un tiempo récord de siete segundos.

Por supuesto, la mayoría de las personas que trabajan en el sector de la alimentación y de las bebidas estarían de acuerdo en que la rapidez a la hora de elaborar el producto y ponerlo en manos del cliente suele ser una idea lucrativa, pero ahí es donde reside el problema: para producir un expreso de calidad, hay que conseguir que el agua casi hirviendo salga a una presión de entre ocho y diez bares. Esa es la función básica de una cafetera expreso. Por desgracia, con una presión tan alta, el agua puede atravesar el café molido demasiado rápido si el barista no añade una molienda lo bastante fina y lo bastante prensada en el cacillo del portafiltro.

Si la molienda es demasiado gruesa o está demasiado suelta, el café sale casi a borbotones por la boquilla. Con semejante rapidez, solo se extraen los componentes solubles del café molido, por lo que obtendremos un café infusionado, pero no un expreso.

Así se reduce la calidad y, como dice Madame, si reducimos la calidad, perdemos el alma, además de la clientela.

Cuando preparo un expreso, ralentizo el proceso de extracción utilizando una molienda más fina y un cacillo portafiltro muy prensado. De este modo, el expreso rezuma del portafiltro como miel caliente (como debe ser) en lugar de salir a borbotones como el agua. Entonces sabemos que hemos extraído los aceites del café molido y no solo los componentes solubles, como sucede en otros tipos de café.

Un expreso de calidad debe consistir en una rica crema de color marrón rojizo que brota de la boquilla del portafiltro. La crema o espuma de café es lo más importante en un expreso bien hecho. Indica que los aceites del café molido se han extraído y han quedado suspendidos en el líquido, lo que hace que el expreso sea un expreso.

—¿Cómo va ese moca?

—¡Listo!

—¡Un tres equis!

Expreso triple.

—¡Capu de avellana desnatado con alas!

Capuchino con leche desnatada, sirope de avellana y extra de espuma.

—¡Café *caramel*!

Café con leche y sirope de caramelo coronado con nata montada dulce y un chorrito de caramelo caliente.

—¡Café muac-muac!

También conocido en nuestra carta como «bol frambuesa-moca». Una de mis bebidas de postre favoritas.

—¡Listo!

—¡Americano!

También conocido como café americano. Un expreso rebajado con agua caliente.

—¡Grande desnatado!

Café de medio litro con leche desnatada.

—¡Capu doble alto, sin plomo!

Capuchino doble descafeinado.

Descafeinado.

Un escalofrío me recorrió el cuerpo cuando levanté la vista y vi la cara marchita, pálida y angustiada del hombre que pedía el descafeinado.

Vale, lo siento, pero los consumidores de descafeinado me caen mal. Lo entiendo en el caso de las embarazadas, pero quienes toman descafeinado de por vida me dan repelús. Suelen ser el tipo de persona que tiene media docena de alergias imaginarias, que come tortitas macrobióticas y pastillas para la acidez de estómago como si fueran M&M's por la ansiedad que les provoca que el restaurante chino a domicilio les lleve arroz blanco en vez de arroz integral.

A ver, no digo que se deba abusar de la cafeína, pero admitámoslo: los investigadores ya han demostrado que es malo beber demasiada agua, así que ningún exceso es recomendable. Pero me cuesta creer el cuento de que la «salud» dependa del número de miligramos de sal consumidos, de que pidas salsa bearnesa como acompañamiento y —Dios no lo quiera— de que paladees una bebida caliente y gratificante tal y como se ha consumido durante, ¡oh!, unos mil años.

Vale, se acabó el sermón, vuelvo al trabajo...

—¡Capu moca menta, vainilla *latte,* expreso, expreso, expreso! Durante un día normal, cuando las cosas estaban controladas y había suficientes manos, me tomaba un tiempo para hablar con los clientes y disfrutar de su expresión al saborear el primer sorbo.

Pero durante aquellos cuarenta minutos no hubo un instante libre para disfrutar de su placer. Ni siquiera para preguntarle a Tucker dónde demonios se había metido Matteo. Pero la multitud decreció por fin. Aunque en las mesas de mármol de la primera planta aún quedaban unas diez o doce personas, la mayor parte de los clientes se habían marchado de vuelta a sus oficinas de origen, ya fueran cubículos estrechos, recepciones o despachos lujosos. (¡Viva el mocachino!, el gran factor igualador).

Cuando se acabó el ajetreo del almuerzo, preparé, para Tucker y para mí, sendos expresos dobles. A casi todos los consumidores de expreso les gusta solo o con azúcar. A algunos les gusta con ralladura de limón o con un toque de limón y azúcar. Matteo lo toma solo. A Tucker y a mí nos gusta con una pizca de azúcar.

(Al añadir azúcar, hay que acordarse de que sea granulado y blanco: se disuelve mucho más rápido y mejor que los terrones o el azúcar moreno).

Algunos de mis clientes incluso añaden un poco de leche espumosa; esta versión del expreso se llama también café manchado.

Mientras terminaba de preparar los cafés, Tucker puso un CD instrumental de *new age* en el equipo de sonido. La música suave era una tradición que quise recuperar.

Antes de que yo volviera a dirigir el Blend, el encargado anterior, Moffat Flaste, había espantado a la clientela no solo por la impuntualidad, la mala limpieza de las máquinas de café y el desorden en las zonas para sentarse, sino también por la reproducción exclusiva e incesante de melodías de espectáculos de Broadway.

Como dijo Madame: «¿Cómo se puede leer escribir, pensar o conversar con Ethel Merman cantando de fondo?».

Un comentario desafortunado pero cierto. Los musicales de Broadway están muy bien, pero sus estridentes melodías distraen; merecen la pena si estás en una butaca de terciopelo en el teatro o limpiando la nevera, pero son francamente irritantes cuando intentas relajarte con una taza de capuchino.

Así que cuatro semanas antes, en mi primer día como encargada del Blend después de más de diez años, le ordené al personal que volviera a la rutina que la cafetería había mantenido durante décadas: música clásica, ópera y *new age* instrumental por la mañana y por la tarde, y *jazz* y músicas del mundo por la noche.

En menos de una semana, los antiguos clientes empezaron a volver. Y como el boca a boca es tan rápido en el barrio, la concurrencia casi había alcanzado un nivel rentable.

—Bueno, ¿y adónde diantres ha ido Matt? —le pregunté por fin a Tucker.

Él se encogió de hombros.

—Solo sé que me estaba ayudando a abrir y de pronto dijo que volvería en un momento. Subió al despacho, volvió un cuarto de hora después, me explicó que tenía que ocuparse de un asunto muy importante y se fue.

—¿Dijo que era muy importante?

—Bueno, la palabra que usó fue «acuciante».

—Acuciante —repetí, y tomé un sorbo de café reparador. Su estimulante calidez se extendió hasta alcanzar la última terminación nerviosa de mi agotado cuerpo.

Tucker no lo sabía, pero «acuciante» era una palabra cargada de significado para mí, sobre todo en lo relacionado con mi exmarido.

Cuando estábamos casados y Joy era muy pequeña, Matt calificaba como acuciantes las diversas «reuniones de negocios» que a mí me parecían sacadas de una página de la agenda de Hugh Hefner: «Es acuciante que asista a la inauguración de ese club», «Es acuciante que me quede en Río otras dos semanas» o «Es acuciante que acepte la invitación de ese comerciante de café a una fiesta en su *jacuzzi*».

Con el tiempo me di cuenta de que mi marido Peter Pan se limitaba a llamar «acuciante» a lo que en realidad era «apetecible», para obtener así la reacción que deseaba de su mujercita, que se quedaba en casa para cuidar de su hija pequeña y dirigir la pequeña cafetería.

Lo soporté durante casi una década, sobre todo por Joy. Pero, tras unas cuantas revelaciones importantes a raíz de unos descubrimientos menores, me di cuenta de lo tonta que era, me mudé a Jersey con Joy y le dejé una nota muy sencilla: «Querido Matt: Es acuciante que nos divorciemos».

Así termina mi triste historia con esa palabra.

Por desgracia, en esa ocasión Matteo no había exagerado. Lo que descubrió en la oficina de arriba sí que era acuciante, aunque yo no lo sabría hasta un poco más tarde.

Aún era primera hora de la tarde y varias sorpresas estaban a punto de entrar por la puerta principal de la cafetería, empezando por una cacofonía de ladridos y aullidos unida a una estampida de patas largas.

—No soy experto en fauna salvaje —bromeó Tucker con la cabeza hundida tras el mostrador para revisar las existencias—, pero o bien se trata de una manada de hienas desbocadas, o bien es el grupo de Dance 10.

CAPÍTULO DOCE

La horda de jovencitas altísimas, delgadísimas y superatléticas junto con varios jovencitos delgados y musculosos irrumpió por la puerta como si llevara semanas vagando por el Sahara y acabara de descubrir el gran oasis.

Con mallas de deporte y botellas de agua, aquella manada ruidosa solía aparecer a última hora de la tarde durante las pausas de las clases de baile o los ensayos de la academia Dance 10, que estaba a pocas calles de distancia y era donde también estudiaba Anabelle.

—Tucker, hazme un favor —le pedí mientras las veía arremolinarse en el mostrador.

—¿Qué? —preguntó—. ¿Que te ayude a atender a esta gentucilla? Ya me pagas por eso.

—No. Otra cosa.

Muchas veces veía a Tucker reírse con Anabelle y con otros chicos de la academia; por lo general, iba detrás de los atractivos bailarines masculinos, pero eso era secundario. Tucker estaba metido en el mundo del arte y se acercaba más a su edad, por lo que muchas de las chicas parecían tratarlo como a un amigo de confianza. No era un competidor a la hora de acceder a los trabajos de baile y, al ser gay, tampoco podía convertirse en un acosador masculino. El amigo perfecto en quien confiar. Por eso, le dije:

—Cuando se sienten, quiero que me presentes a las amigas de Anabelle.

—¿Amigas? —Tucker levantó una ceja—. Clare, entre las bailarinas ese término es, cuando menos, fluctuante.

—¿Por qué?

—Por envidia, por supuesto.

No obstante, Tucker me hizo caso y me llamó para que me acercara después de que los chicos se hubieran acomodado en varias mesas y los hubiéramos atendido.

—¡Ven, acércate, C. C.!

En realidad, antes de que me llamara ya me había fijado bien en el grupo. Aunque me sentía un poco culpable al pensarlo, la comparación con animales carroñeros hambrientos de la sabana africana que había sugerido Tucker se acentuaba con las mallas de cebra de una de las chicas y el estampado de leopardo en la cinta del pelo y en la chaqueta de otra.

Ya habían estado allí muchas veces, riendo y cuchicheando, cotilleando y chismorreando, pero rara vez me preocupé de escuchar sus conversaciones. (La mayoría de mis escuchas a escondidas las consagraba a otros clientes más talluditos: escritores, pintores, profesores y algún que otro agente de bolsa con un chivatazo).

Ese día, después de pegar la oreja, entendí mejor las comparaciones de Tucker con el «reino salvaje». ¿Por qué? Bueno, para empezar, las conversaciones de las bailarinas incluían comentarios tan refinados y elocuentes como...

—¡Esa es una puta!

—¡Menudo zorrón!

—¡Esa cabrona se cree la mejor!

—Tiene una mierda de equilibrio...

—¡No tiene ni ritmo ni estilo ni talento!

—¡Como intente eclipsarme otra vez, le rompo las piernas!

Y eso solo en los primeros diez minutos.

—Oye, C. C. —dijo Tucker, y me indicó que me acercara a una mesa en la que había cinco chicas: tres cafés con leche dobles y dos tés. Primero me presentó a las dos tés—: Estas son Petra y Vita. Nacieron en Rusia y estudiaron *ballet* en Moscú.

Ahhh —pensé—, *de ahí lo del té.* Matteo me había contado, tras un viaje a Moscú y Leningrado, que el té era la bebida no alcohólica más popular del país, y que se solía consumir durante las pausas de media tarde o después de las comidas.

—Encantada de *conoserrrte* —dijo Petra. Sus ojos eran dos perlas negras y llevaba el pelo lacio y negro cortado con un sobrio estilo dominatrix—. Tienes local bonito —añadió. Levantó la barbilla y señaló el fondo de la sala con un gesto—. Y bonito samovar.

En la repisa de la chimenea, junto a la cafetera francesa lacada de Madame, había un samovar ruso antiguo.

—Perdona, pero ¿qué es un samovar? —preguntó una de las chicas del café con leche.

—Sirve para hacer té muy *fuerrrte* llamado *zavarka* —explicó Petra—. Es tradición rusa servir té después de cena. Se limpia mesa, se pone samovar en *sentrrro* y familia se reúne para té.

—Qué interesante —dije, aunque ya lo sabía. También sabía, por una de las conversaciones vespertinas con Madame que había tenido en tiempos, que la palabra *samovar* significaba «autocalentador» y se consideraba una modificación de la olla mongola utilizada en las regiones transurales para cocinar. Sin embargo, al ver la actitud altiva de Petra, pensé que lo mejor sería mantener la boca cerrada y dejar que ella asumiera el papel de experta.

—¿Y tú eres Vita? —preferí decir.

—Encantada —respondió esta—. Sí. —No se la veía muy segura.

La chica parecía ser el yang de Petra (¿o era el yin?). En cualquier caso, mientras que Petra era oscura, Vita era clara: ojos celestes y pelo rubio peinado en una coleta tan tirante que por un momento creí que se había sometido a un estiramiento facial a los veintitrés años.

Tucker señaló a la primera café con leche.

—Esta es Maggie.

Me recordó a las bailarinas de Las Vegas. Piernas largas. Cintura minúscula. Pelo rojo y voluminoso. Pecho aún más voluminoso. Ojos grandes con pestañas pobladas y de un color verde que no se da en la naturaleza (o eran lentillas o me chupo el dedo).

A continuación, llegó el turno de la segunda café con leche, la cuarta chica.

—Esta es Sheela —la presentó Tucker.

—Qué pasa, Clare —dijo la imponente afroamericana de hombros esculpidos y actitud *hiphopera* tan cortante como sus largas uñas de color turquesa—. Tiene *flow* tu garito, *sis*.

(Le di las gracias y me alegré de que Joy y sus amigas me mantuvieran al día del léxico de la MTV).

—Y esta es Courtney —añadió Tucker. Era la chica que había preguntado por el samovar.

Una belleza frágil de piel pálida, nariz delicada y pelo largo rubio recogido en un moño de bailarina me sonrió con timidez.

Se movía en su silla, toda brazos y codos, como si no supiera qué hacer con ellos en una reunión formal. Parecía el patito feo del grupo.

Antes de que Courtney se atreviera a saludar, Petra se volvió hacia mí, sacudió la cabeza y dijo en voz alta:

—Ha sido *terrrible* lo de Anabelle.

Las demás asintieron al unísono. Por si la presentación de Tucker no me hubiera demostrado la jerarquía por la que se regía el grupo, en ese momento me quedó clarísima. Clavé la mirada en Petra.

—¿Crees que fue un accidente? —pregunté a bocajarro—. ¿Anabelle tenía algún enemigo?

Como esperaba, la franqueza de mi pregunta surtió un efecto parecido al de un buldócer al impactar contra el tronco de un manzano.

Me dispuse a esperar, balde en mano, con la intención de recoger los frutos que cayesen, mientras me preparaba para esquivar cualquier cosa que apuntase directamente a mi cabeza.

Durante un minuto entero, me miraron boquiabiertas sin emitir sonido alguno. Incluso Tucker, con los ojos como platos, pareció asombrarse por mi sinceridad, aunque su expresión no tardó en virar hacia el interés.

Las demás miradas comenzaron a saltar de un lado a otro de la mesa hasta posarse al fin en la emigrante rusa de ojos negros y peinado recto.

—¿Piensas que *quisá* hubo algo raro? —preguntó Petra despacio.

—Sí —contesté—. Me extraña que una chica tan ágil como Anabelle se cayera por la escalera.

—Ah, *entonses* es eso —interrumpió Vita dándole un codazo a su compañera rusa—. No se estrese. Anabelle no era tan buena.

—Ah, ¿no? —quise saber.

—Era bastante buena —le dijo Sheila a Vita, y luego le dio un golpecito con el dedo en el hombro—. Lo suficiente como para llevarse ese trabajo que, según dijiste, Petra y tú estuvisteis a punto de conseguir en Moby's Danse.

Aquella noticia me sorprendió. No estaba muy puesta en danza moderna, pero hasta yo había oído hablar de Moby's Danse, una compañía que contaba con un pequeño teatro en el Soho. Todos los años montaban unos cuantos espectáculos en Nueva York que siempre entusiasmaban al crítico de danza del *New York Times*. Las reseñas aduladoras convertían los espectáculos de la compañía en éxitos repentinos, cuyas entradas se agotaban durante meses, lo cual generaba una expectación que acababa en giras nacionales.

Pero lo que más me sorprendió fue que Anabelle no me hubiera mencionado aquel logro.

—¿Cuándo consiguió el puesto? —pregunté.

—La semana pasada —contestó Sheela.

—Bueno, de momento no bailará para ellos —zanjó Petra entrecerrando sus ojos negros.

—Qué mala —dijo Sheela, ladeando la cabeza.

—Peor fue lo que le dijiste a Vita cuando te quitó la plaza para el vídeo musical de Master Jam J.

—Eso fue distinto —dijo Sheela, con los ojos encendidos.

—¿Por? —preguntó Petra.

—Bueno, para empezar, Vita no está en St. Vincent enganchada a un respirador, está aquí tomándose un té.

Vita y Maggie se rieron con disimulo.

Pero Petra estaba furiosa.

Y Courtney se movió incómoda.

—¿Y tú, Courtney? —pregunté—. ¿Tienes alguna opinión?

—Debería —respondió Maggie, alargando la palabra con los labios de corista de Las Vegas perfectamente delineados de rosa—. Ella es quien se quedará con el puesto de Anabelle. ¿No, Courtney?

Courtney siguió mirando su café con leche doble y asintió.

—¿Es eso cierto, Courtney? —dije, tratando de convencerla para que hablara—. ¿Vas a incorporarte a la compañía Moby's Danse?

La piel pálida de la chica y sus rasgos delicados me recordaron a Anabelle. Pero ahí terminaba el parecido. Aquella joven era mucho más tímida y estaba mucho menos curtida que mi ayudante, que tenía tanta calle, energía y seguridad a la hora de expresarse como las demás chicas de la mesa.

Después de un momento de silencio, Courtney, sonrojada, levantó la vista. Tenía lágrimas en los ojos.

—Creedme —susurró—, yo no quería entrar así en la compañía.

Hay actrices buenas y malas, pero ella de actriz no tenía nada. Los ojos de Courtney decían la verdad. Estaba convencida.

Luego miré a Petra. El contraste era tan marcado que respiré hondo. Donde los suaves ojos azules de Courtney rebosaban lágrimas de dolor, las frías perlas negras de Petra eran tan duras e impasibles como las de un depredador.

Pero antes de que me diera tiempo a hacer más preguntas, la puerta principal se abrió y una voz áspera y directa cortó el melodioso piano de George Winston, uno de los CD instrumentales favoritos de Tucker.

—¿Quién es el dueño del negocio?

Problemas. Los reconoces en cuanto los oyes.

Suspiré.

Antes de apartarme de la mesa Dance 10, le di las gracias a Tucker con la cabeza. Había conseguido lo que quería: una pista que indicara algún motivo. Pensé que al día siguiente visitaría el estudio para hacer más averiguaciones.

—¿Alguien me ha oído? —volvió a preguntar la voz—. ¿Quién es el dueño de este lugar?

—¿Necesita ayuda? —dije a sabiendas de que iba a necesitar más de un expreso doble para sobreponerme a la tarde.

CAPÍTULO TRECE

A quella voz tan exigente provenía de un cuerpo asesino. Pantalones de diseño a medida sobre piernas kilométricas. Botas Gucci y una chaqueta negra de cuero suavísimo sobre una blusa de seda blanca. Pelo rubio recogido en una estilosa coleta. Bolso Coach y un cutis demasiado bronceado para el otoño neoyorquino, maquillado con distintas capas hábiles —pintalabios, lápiz de ojos, rímel— como talismanes destinados a ahuyentar la maldición de los surcos, las arrugas, las manchas y cualquier otro elemento susceptible de traicionar una apariencia juvenil y esbelta.

Caí en la cuenta de que ya había visto a aquella rubia en el hospital: la madrastra de Anabel.

—¿Es usted la propietaria?

Su acento y su entonación eran toscos, ordinarios, desacordes con aquella fachada tan pulida y moderna.

Su voz era grave y un poco áspera en la garganta, propia de una fumadora empedernida de toda la vida, el tipo de mujeres a quienes veía toser de la risa en las maratones de cotilleos de la peluquería junto a la tienda de comestibles de mi abuela en Pensilvania.

—Bueno —empecé a decir—, yo soy la copropietaria y la encargada a tiempo completo...

Me cortó.

—Quiero ver al propietario. Ahora mismo.

El creciente volumen de esa última frase apagó las conversaciones que zumbaban por toda la sala. Miré a mi alrededor y vi que decenas de pares de ojos parpadeaban en nuestra dirección.

Una escenita. Estupendo.

Hace años, mi abuela me dio el mejor consejo para tratar con la gente hostil, a quien tuvo que enfrentarse muchas veces a lo largo de su vida, dado el temperamento de la clientela de clase trabajadora de su tienda y la facilidad de su hijo (mi padre) para traerle más problemas que un barril lleno de amuletos para la mala suerte.

Solo un tiempo más tarde, después de los dos años de universidad que conseguí terminar antes de quedarme embarazada de Joy, comprendí que, en realidad, mi abuela tenía mucho en común con Sócrates y más aún con Abraham Lincoln.

—Clare —me decía—, si quieres ganar una discusión con gente enfadada, no discutas. Limítate a preguntar cosas que demuestren que estás de acuerdo con ellas. Verás que pronto estaréis en el mismo bando.

Esa parte era muy Sócrates.

Y también le gustaba decir:

—Recuerda que se cazan más moscas con miel que con vinagre. Intenta que te vean como a una amiga.

Esa era la parte Lincoln, el presidente que dijo, hace más de cien años: «Es una máxima antigua y verdadera que una gota de miel atrapa más moscas que un galón de hiel. Lo mismo sucede con los hombres. Si quieres ganar un adepto para tu causa, primero convéncelo de que eres su amigo sincero. Ahí está la gota de miel que atrapa su corazón, el cual, digan lo que digan, es el camino hacia su razón».

Me acerqué a la rubia para evitar (con un poco de suerte) que volviera a gritar y le pregunté con voz sosegada:

—Usted es la madrastra de Anabelle, ¿verdad?

Me miró fijamente con unos ojos azules inyectados en sangre y el lápiz marrón/negro y el rímel aplicados a la perfección. Una leve sorpresa desequilibró por un momento esa indignación programada de antemano.

—¿Cómo lo sabe?

—La vi en el hospital...

—Soy su madrastra, sí —confirmó—. También soy su pariente más cercano. Por eso estoy aquí...

—¿Quiere decir que viene de su parte? —pregunté emocionada—. ¿Está despierta?

Los hombros de la mujer cayeron un poco.

—No. Sigue en coma. Pero he oído que está así por culpa de su mala gestión de este sitio.

—No me cabe duda de que estará cansada —repuse con toda la dulzura que pude mientras apretaba los dientes—. Estoy tan preocupada por Anabelle como debe de estarlo usted. ¿No preferiría que habláramos en un lugar más privado? —Señalé hacia la multitud de curiosos—. ¿Qué le parece?

La mujer miró al público.

—Que les den —dijo.

—¿Qué tal una taza de café recién hecho? —le pregunté.

—Tomo té. No café.

—También tenemos té. ¿Le apetece un buen *earl grey*?

—Verde. Sin teína. Es mejor para la piel —respondió mientras buscaba un paquete de Camel en su bolso Coach.

Una chimenea. Estupendo. No se podía fumar en la cafetería. En ninguna cafetería, desde que el Ayuntamiento prohibió el tabaco en lugares públicos. Pensé rápido.

—¿Qué tal si subimos al segundo piso? —sugerí—. No lo abrimos hasta la noche. Estaremos más a gusto y tendremos privacidad.

Y añadí en silencio: *Y así os siento a ti y a tu paquete de Camel junto a una ventana de doble hoja abierta para evitar que el humo ahuyente a la mitad de la clientela.*

—Vale —contestó—. Pero no tengo todo el día.

Vamos bien, me dije. Al menos cuatro «síes» y no había amenazado ni una sola vez con pelearse a puñetazos, algo habitual en mi antiguo barrio, donde se prefería, dos de cada tres veces, usar la fuerza física antes que el cerebro.

Después de preparar el café y el té, nos sentamos en una mesa del segundo piso, que estaba desierto. Me enteré de que se llamaba Darla Branch Hart. Le dije que me llamaba Clare Cosi. Y al instante volvieron las acusaciones:

—Anabelle está en el hospital por una sola razón: negligencia —atacó la mujer mientras apuñalaba el aire con su Camel apagado—. Tuvo un accidente laboral. Así que espero que usted pague las facturas del hospital.

—Anabelle está cubierta, señora Hart —repuse mientras se colocaba el cigarrillo entre los labios para encenderlo. (¿Por qué de repente me imaginaba que el pequeño estallido de la llama encendía la mecha de un cañón?).

—¿Qué quiere decir con que está cubierta?

—Cuando ascendí a Anabelle a ayudante —aclaré—, la incluí en el seguro médico con cobertura de hospitalización de nuestro plan de salud. Las facturas se pagarán, salvo los quince dólares de copago. Y podría haber alguna franquicia...

—Bueno, todo eso lo pagará usted. De hecho, me gustaría que me abonara los quince dólares del copago. Ahora mismo.

La miré fijamente.

—¿Quince dólares?

—Sí —respondió aspirando una bocanada de alquitrán y expulsándola por el lateral de los labios perfectamente delineados—. Ahora.

De pronto me replanteé el uso de los puñetazos como estrategia de resolución de conflictos. A fin de cuentas, como ya he dicho, en mi antiguo barrio se prefería dos de cada tres veces. Y en palabras de Joe Pasquale Cosi (también conocido como mi padre), quien a menudo se veía obligado a recurrir a ese método para cobrar su parte de las ganancias de algún socio moroso: «Pastelito, la pureza de la comunicación que se produce con un simple puñetazo en la nariz es insuperable».

Pero mi abuela no lo habría aprobado.

—Señora Hart, estaré encantada de darle los quince dólares si con ello se siente mejor.

Rebusqué en mis vaqueros Old Navy y saqué un billete de diez y otro de cinco. Fui a dejarlos sobre la mesa, en medio de ambas. Los cogió y se los metió en el bolso Coach antes incluso de que los gastados billetes verdes tocaran el mármol de color coral.

—¿Dónde están las cosas de mi hija? —preguntó a continuación—. En el hospital me dijeron que no llevaba bolso cuando la ingresaron, y su compañera de habitación, esa chica con pinta exótica, ¿cómo se llama?, ¿Esther?, me dijo que el bolso debió de quedarse aquí.

—Lo tiene la policía —respondí tratando de contenerme (lo de «pinta exótica» podría haberse referido también a mí y no me gustó el tono insultante con el que lo había dicho).

—¿La policía? —Darla Hart puso cara de asombro. Tomé buena nota del gesto—. ¿Por qué lo tiene la policía?

¿Y tú por qué te asombras tanto cuando menciono a la policía?, me dieron ganas de decir, pero me ahorré la pregunta y en su lugar respondí:

—La policía cree que la caída de Anabelle no fue un accidente laboral, ¿por qué cree que podría ser? —pregunté. (Vale, tergiversé los hechos: la policía sí pensaba que había sido un accidente. Pero la reina de la mezquindad hecha calderilla no lo sabía).

Darla torció la boca, abrió mucho los ojos y se quedó mirando por la ventana abierta. Dio una larga calada. El papel blanco del cigarrillo junto al esmalte rojo sangre de su manicura me recordó una frase de la obra de teatro *Las mujeres,* de Clare Booth Luce: «Parece que le hubieras desgarrado la garganta a alguien».

—¿Qué creen ellos? —preguntó, con la mirada todavía fija en las nubes de lluvia de la tarde. Le temblaban ligeramente los dedos.

—Bueno, los policías lo llamaron «escenario del crimen» —proseguí—. Tomaron huellas, recogieron pruebas, ese tipo de cosas. Por lo que parece, podrían haberla empujado.

Darla se volvió y me lanzó una mirada reprobatoria.

—¿Quién creen que pudo empujarla?

No lo sabía, por supuesto. Así que mi instinto fue apartar la vista, pero no lo hice. Me obligué a sostenerle la mirada.

—Sospechen de quien sospechen, no me lo van a decir.

Darla volvió a fruncir el ceño. De pronto, se levantó y estuvo a punto de derramar el té verde, que seguía intacto.

—Tengo que irme.

—¿Dónde puedo localizarla?

—En el Waldorf.

Buscó un momento en la mesa y, al no encontrar ningún cenicero, dejó caer la colilla encendida en la taza de té. Puse cara de disgusto al ver que el pálido papel enrollado subía a la superficie del líquido verde y se quedaba flotando, muerto y frío.

—Sepa usted, y puede decírselo a los demás propietarios, que voy a contratar a un abogado —dijo—. No me importa si el seguro cubre las facturas del hospital de Anabelle. Mi hijastra merece dinero por su dolor y su sufrimiento, y me voy a encargar de que lo reciba.

Darla se echó al hombro el bolso Coach de asas cortas, se giró sobre las botas de tacón Gucci y se dirigió a la salida.

Mientras se marchaba, observé que sus movimientos eran tan gráciles como los de su hijastra. Una antigua bailarina, sin duda.

Me recliné en la silla, aparté los ojos de la colilla helada y sin vida que flotaba en el té verde, le di un sorbo a mi café de la casa y pensé en que Darla, pese a alojarse en el Waldorf, había agarrado un billete gastado de diez y otro de cinco como si la vida le fuera en ello. Y recordé que Esther me había contado que Darla había aparecido unos días antes para ocuparse de algún tipo de negocio. Tenía que averiguar de qué se trataba.

Mientras recogía la mesa, le di las gracias en voz baja a mi abuela Cosi. Supongo que su método (por no hablar de los de Sócrates y Abraham) era sin duda el mejor, al menos cuando intentas recabar información de una fuente enfadada. La hostilidad manejada y canalizada a través de la razón y de la estrategia...

—¿Clare? ¿Estás aquí arriba? Es acuciante que hablemos.

Era Matteo. De vuelta de Dios sabe dónde, para hacer Dios sabe qué. Y usando la temida palabra que empieza por *a,* una vez más.

Suspiré, con el deseo de que mi abuela siguiera viva; tal vez entonces me diría por qué, cuando se trataba de mi exmarido, casi siempre me daban ganas de utilizar la estrategia de resolución de conflictos más directa que empleaba mi padre y que (debo añadir) se prefería dos de cada tres veces en mi antiguo vecindario.

CAPÍTULO CATORCE

U nas horas más tarde, subía las escaleras traseras de mi nuevo apartamento. Abajo, todo estaba controlado. Tucker cumplía con su misión de subencargado, y el barista de la tarde, uno de nuestros muchos trabajadores a tiempo parcial, acababa de llegar.

Después de lo sucedido durante el día, necesitaba descansar unas horas. Joy iba a venir a cenar y quería que me diera tiempo a limpiar, a poner una mesa bonita y a escuchar a Frank Sinatra.

Cuando abrí la puerta del dúplex, Cafelito me recibió con el estridente aullido de jaguar habitual. No estaba acostumbrada a su nuevo entorno. Bueno, yo tampoco. Pero al menos su problema se solucionaba con un par de caricias detrás de las orejas y una lata Gourmet Gold de pollo. Mis dilemas no se iban a resolver con tanta facilidad.

Después de prestarle atención y de ofrecerle la comida, la bolita de pelo marrón como el café terminó de zampar, se desperezó satisfecha sobre la alfombra del salón de Madame y empezó a acicalarse.

Decidí acicalarme yo también. Mi ducha de la mañana era un recuerdo borroso en mi antigua casa de Nueva Jersey que parecía de otra década. Entré en el baño, pequeño pero diseñado con gusto, con el suelo de terracota, los azulejos azul turquesa, el lavabo de mármol, la bañera lujosamente grande y dos acuarelas originales de un discípulo del pintor realista del siglo xx Edward Hopper, *Barcos en el puerto de Brooklyn* y *Espuma marina de Long Island.*

Dejé caer mi ropa en un montón y me metí en la bañera de mármol. La alcachofa de la ducha tenía un cabezal de masaje *spa.* Por desgracia, no me daba tiempo a tanto, solo a rociarme con agua caliente y a enjabonarme deprisa. Después de secarme el pelo, me quedé de pie frente al armario para analizar mi ropa. En las últimas semanas lo había trasladado casi todo en varias tandas. También había ido de compras. Y, de repente, no sabía qué ponerme. Pensé en mi exmarido, recordé que le gustaba cuando llevaba falda...

¡Madre mía, qué estoy haciendo!

Enfadada conmigo misma por haber tenido en cuenta por unos segundos las preferencias de Matt, cogí lo primero que vi: unos pantalones negros y una blusa roja.

Terminé de vestirme y puse la mesa del comedor. Saqué el mantel de encaje cosido a mano que Madame había comprado en Florencia y puse velas en los candeleros de cristal. La mejor vajilla de Madame estaba expuesta en el aparador antiguo de su comedor de la Quinta Avenida. En su cocina de la Quinta Avenida también guardaba la segunda mejor vajilla. En mi apartamento estaba la tercera mejor, pero, para ser sincera, era la que más me gustaba: una Spode Imperial modelo Blue Italian que se fabrica sin interrupción desde 1816. Creo que es mi favorita porque la encuentro muy coqueta y hogareña, y los paisajes azules del norte de Italia sobre la cerámica combinan con el alegre mármol azul del mostrador principal del Village Blend.

Puse la mesa para tres.

A continuación, me dirigí a la cocina, que estaba totalmente equipada, con armarios de roble y grifería de bronce. El lavavajillas era pequeño, pero el frigorífico/congelador era bastante grande, y los fogones, enormes, con seis quemadores, y un horno doble, todo con brillantes acabados en acero inoxidable.

La semana anterior había provisto el armario alto de productos esenciales como azúcar, harina, aceites y latas de conserva variadas, todo lo que necesitaba para el postre que tenía en mente, la tarta de queso con nueces y capuchino de Clare, una de las favoritas de Joy.

Un rato antes había telefoneado a Madame para invitarla a cenar con nosotros, ya que ella disfrutaba mucho con Joy y a mi hija también le encantaba su compañía. Pero había declinado la invitación so pretexto de que estaba cansada.

La forma en que me lo dijo, con una pausa titubeante entre «estoy» y «cansada», me dio ganas de llorar. Sonó a excusa, como si hubiera querido decir «enferma» y se hubiera arrepentido a mitad de frase. Después de haberla visto en aquella silla de ruedas en la planta de oncología del St. Vincent, preferí no presionarla. Esperaría a que ella me contara la verdad. Y desde luego, no le mencionaría nada acerca de los problemas del Blend.

Aquel mismo día también compartí con Matt mi preocupación por la salud de su madre. Me costó hacerlo, pero temía que le largara a Madame los problemas de la cafetería, y bastante tenía ella con lo suyo. No necesitaba enterarse de la caída de Anabelle, de cómo la madrastra de esta amenazaba con demandarnos, ni de las noticias inquietantes que Matteo me había comunicado pocas horas atrás.

Habría otras cenas, me dije, aunque Madame estuviera enferma y aunque, Dios no quisiera, no le quedara mucho tiempo con nosotros. Con ese pensamiento, me prometí que Joy y yo cenaríamos con ella en un futuro próximo. Tal vez en su ático, mejor que en el apartamento, para que no tuviera que desplazarse.

Pero en ese momento tenía un postre que preparar.

Por suerte, el resto de la cena estaba resuelto.

Matt había insistido en preparar el aperitivo favorito de Joy, lo que lo obligó a salir a comprar: primero fue a Dornier, una carnicería *gourmet* del distrito de Gansevoort Market, y luego a Carbone, un mercado italiano especializado en *mozzarella* casera y pasta.

Joy, por supuesto, traería su «sorpresa», que yo interpreté como un nuevo plato que habría aprendido en la escuela de cocina. Probaban todas las recetas antes de llevarlas a casa, por lo que sin duda sería una delicia gastronómica. Y, por otra parte, Matt también había planeado una guarnición rápida, lo bastante sustanciosa como para servir de plato principal.

Ese pensamiento me animó. Matteo llegaría en una hora y, cuando él cocinaba, siempre (y digo siempre) se apoderaba por completo de la cocina. No me encontraba de humor para pelearme por el espacio en mi propia casa, así que me puse manos a la obra con la tarta de queso.

Después de recogerme el pelo, precalenté el horno, saqué los ingredientes de la nevera y cogí las especias de la estantería de roble. Lo mejor de mi tarta de queso con capuchino y nueces era que se preparaba en un periquete. Después de rebuscar en un montón de cajas apiladas en un rincón —mis cacharros de cocina usados, enviados desde Nueva Jersey unos días antes—, tomé el molde desmontable de veinte centímetros.

Mezclé las nueces, la mantequilla y el azúcar para la base. A continuación, vertí la mezcla en el molde y la distribuí bien.

Después, saqué el robot de cocina, otro artículo que me había acompañado en Nueva Jersey. Mientras echaba con una cuchara el queso crema en el vaso, me acordé del desagradable encuentro con la madrastra de Anabelle —que había amenazado con demandar al Blend por lo ocurrido a su hija— y de la irónica sorpresa de Matteo unos minutos después, cuando lo oí decir: «¿Clare? ¿Estás aquí arriba? Es acuciante que hablemos».

Seguía enfadada con él por haberse largado y haber dejado a Tucker solo frente a la avalancha de gente de la tarde, y pensaba decírselo.

—Estoy aquí arriba —grité, con la intención de que el personal no me viera discutir con mi ex. Después de todo, él aún era nuestro distribuidor de café y ahora también el copropietario del negocio.

Oí sus fuertes pisadas en la escalera y, al cabo de un momento, apareció con la cara enrojecida. Parecía como si hubiera estado corriendo.

—Tenemos un problema —anunció.

Qué sorpresa —pensé—. *Siempre hay problemas cuando Matteo está cerca.*

—¿Qué pasa? —pregunté con un deje de ira en la voz—. No será un problema tan grande como dejar el Blend durante la hora punta con una sola persona para todo. Tucker estaba desbordado cuando llegué. ¿En qué demonios estabas pensando, Matt, al desaparecer de esa manera y...?

—¡Clare, escúchame! Acabo de ver a Gordon Calderone. Ya sabes, Gordon, el de Parasol. —Mi cara debió de reflejar el mismo desconcierto que tenía en la mente—. Seguros Parasol —continuó—. Ya sabes: «Tu paraguas en tiempos de necesidad». El corredor de seguros del Blend desde hace más de veinte años.

—Ah, Gordon, el de Parasol.

Sí que me acordaba de él.

Bajo y fornido, con la constitución de un jugador de fútbol americano (y una personalidad extrovertida acorde), Gordon se pasaba por la cafetería al menos una vez a la semana en los viejos tiempos, cuando Joy era una niña y Matteo aún era mi marido.

—¿Cómo está? —pregunté—. Hace años que no lo veo.

Se sentó en la silla de Darla Hart. Me alegré de haber limpiado el desorden que ella había dejado, porque a Matteo las colillas le dan casi tanto asco como a mí.

—No lo has visto por una razón —dijo Matt, con voz tranquila—. Al parecer, cuando Moffat Flaste dirigía el Blend, no pagaba las pólizas trimestrales. Gordon le envió varios avisos, pero él no le hizo ni caso. Al final se pasó por aquí y Moffat lo despachó, dando a entender que el Blend había encontrado otra aseguradora. ¿No es increíble? Para matarlo. El seguro de responsabilidad civil del Village Blend caducó hace meses. En caso de accidente o daños personales, no estamos cubiertos.

Me desplomé en la silla opuesta a la de Matt.

—Uf, no. No, no, no, no...

Le hablé a Matt de la visita de Darla Hart y de que había amenazado con emprender acciones legales. Después nos quedamos en silencio, con la mirada perdida.

—Dios mío —dije—. Por una vez era cierto. La situación es acuciante.

—Esa mujer podría convertirse en la dueña de todo esto —añadió Matt.

—¿Qué hacemos? —pregunté.

—He renovado la póliza del seguro —respondió Matteo—. La cuenta corriente se me ha quedado casi en números rojos, pero podría haber sido peor. He sido sincero con él acerca de lo ocurrido, y ha hecho cuanto ha estado en su mano, que es cubrirnos cualquier cosa que ocurra en el futuro...

—Entonces, ¿lo de Anabelle no está cubierto? —pregunté, aunque sabía la respuesta.

—No, no está cubierto —contestó—. Pero cuando llegue el informe policial del accidente, será tarde para que la aseguradora nos deniegue la renovación o aumente las tarifas. Le debemos un favor a Gordon.

Asentí con un gesto. Al menos, el negocio estaría cubierto a partir de ahora si otro camarero se tropezaba por la escalera o si algún cliente se resbalaba con una servilleta mojada.

Pero la verdadera sorpresa para mí había sido Matteo. Yo siempre fui la adulta sensata y pragmática de la relación, y él el Peter Pan, pero ni siquiera se me había pasado por la cabeza hablar con la compañía de seguros, algo que debí hacer justo después del incidente (pues aún pensaba que no era un accidente). Matt, sin embargo, había obrado correctamente y tal vez nos hubiera salvado el culo y el negocio, al menos de cara a futuras responsabilidades. Su generosidad al pagar la factura del seguro fue inesperada por partida doble.

—No podemos contarle nada a Madame —le confesé a Matt en el transcurso de esa misma conversación—. Ni lo de Anabelle ni lo del seguro. De momento.

—¿Por qué no?

Le expliqué que la había visto en la planta de oncología del St. Vincent y que, cuando la llamé, había rechazado la invitación a cenar con Joy por estar muy «cansada». Matteo asintió, con gesto sombrío.

—No, no podemos decírselo —convino.

Suspiré al recordar la expresión de Matt. Luego metí la tarta de queso en el horno y programé el temporizador.

Tal vez Madame supere el cáncer, me dije.

Y Anabelle..., tal vez Anabelle se despierte mañana, nos cuente a todos lo que sucedió y de ese modo se resuelva el asunto. Tal vez.

Pero entonces recordé el pulso de mariposa de la chica, su rostro pálido, su cuerpo retorcido como una muñeca de trapo al pie de la escalera y sentí desesperanza.

De repente, una serie de golpes rítmicos sonaron en la puerta principal. Solo había una persona que llamara así: mi orgullo, Joy. Sonreí y me animé.

CAPÍTULO QUINCE

A brí la puerta del apartamento con la convicción de que vería a Joy en el umbral, pero en su lugar encontré a Matteo cargado de bolsas de la compra.

—Gracias —murmuró—. He comprado tantas cosas que no podía coger las llaves.

—Pensé que eras Joy —le dije.

—¿Por qué?

—Por la forma de llamar —respondí—. Pom, pom, popopom. Siempre llama así a la puerta.

—¿Y de quién crees que lo ha sacado? —repuso mientras pasaba por mi lado en dirección a la cocina.

Desde las bolsas me llegó el olor del pecorino romano recién rallado. Dos barras de pan marrón crujiente sobresalían de otra bolsa de papel.

—Es una cena para tres, no para treinta —dije mirando hacia atrás mientras cerraba la puerta.

—Solo he comprado lo básico —contestó—. Si voy a quedarme aquí, necesitaré algunos artículos de primera necesidad.

¡Pero es que no te vas a quedar aquí! —pensé—. *Al menos, no por mucho tiempo.*

—Bueno —fue la única palabra que salió de mi boca.

—Sé lo que estás pensando —dijo Matt—. Y no te preocupes. Puedes quedarte con el dormitorio. Después de cenar limpiaré el trastero de arriba. Era mi habitación de pequeño. Subiré la cama plegable del sótano y esta misma semana estaré instalado. —Entonces me lanzó una mirada burlona—. A menos que tengas una idea mejor para dormir...

—No, no —dije—. Creo que lo has planteado bastante bien.

Matt se remangó y miró el reloj.

—¿Todavía conservas el trasto ese? —pregunté, sorprendida.

—Me encanta —respondió, con una sonrisa.

Era un reloj cronógrafo duógrafo Breitling, deportivo y automático (a un precio de cinco mil dólares si se compraba nuevo y de mil quinientos si se compraba de segunda mano en Torneau). Me apreté el cinturón y ahorré durante nuestro primer año de matrimonio, e incluso le pedí dinero prestado a Madame para sorprenderlo en nuestro aniversario. Pasaba de una zona horaria a otra y mostraba la hora en dos zonas al mismo tiempo: el reloj perfecto para un trotamundos como Matt.

—¡Uf, qué tarde! Será mejor que me ponga a cocinar —dijo.

—Vale, pero no abras el horno —le advertí—. Estropearás el postre.

Mientras preparaba los ingredientes para la cobertura de la tarta, Matt se puso a trabajar por detrás sin parar de chocarse contra mí y de darme codazos. Dios, ¡qué molesto era en la cocina!

Primero puso una olla de agua en el quemador y encendió el fuego. Al momento, oí el crujido de las bolsas de la compra al volcar el botín sobre el mostrador.

—Por una vez tenían queso Maytag —dijo mientras lanzaba una porción de queso azul blando a la nevera.

Arqueé una ceja.

—Has dicho «lo básico». ¿Un queso azul carísimo es básico?

—En mi casa, sí —contestó.

Déjalo —me dije a mí misma—. *No le entres al trapo. Pasa.*

—Y esto —añadió—. ¡Mira lo que he traído!

Matt mostró con orgullo un trozo de beicon del tamaño de Rhode Island.

—Por fin eres quien trae las lentejas a casa —solté.

Vaya.

—Qué graciosa.

Matt colocó la lechuga romana de hojas crujientes en el cubo de las verduras y las tarrinas de queso rallado en la estantería del frigorífico junto a un litro de nata espesa.

—Oye —dijo—. Y... hablando de «traer las lentejas», ¿es esa la razón de que hayas vuelto de Nueva Jersey para dirigir el Blend? ¿Tienes problemas económicos?

—No. —Me irrité—. Me iba bastante bien, muchas gracias.

—Entonces, ¿cuál es la razón? ¿Por qué has vuelto?

Matt apoyó una mano en el mostrador. Con la camisa remangada, me llamó la atención su musculoso antebrazo. Bronceado por el sol peruano y con una ligera capa de fino vello negro, me recordó a cuando nos conocimos, un soleado día de junio a orillas del Mediterráneo.

Por entonces yo era universitaria y pasaba el verano con la familia de mi tío abuelo mientras estudiaba Historia del Arte Italiano. Matt viajaba como mochilero por Francia e Italia en dirección a Grecia y, al verlo por primera vez, pensé que era una estatua de Miguel Ángel hecha carne. *Para, Clare* —me advertí—. *Para.*

Clavó sus ojos marrón oscuro en los míos verdes. Aguardaba mi respuesta.

—Eh... Bueno, me apetecía un cambio, supongo —le dije mientras intentaba que se produjera otro cambio: concentrarme. Me obligué a apartar los ojos de su antebrazo y a mirar una bolsa de medio kilo de tallarines caseros comprada en Carbone—. A ver, la periferia es agradable, no me malinterpretes. Me refiero a que Nueva Jersey tiene su encanto... —Matt resopló—. De verdad. Y es un buen lugar para criar a una niña. Yo era feliz allí, al menos al principio. Pero ahora que Joy se ha ido a estudiar y no volverá nunca con mamá, pensé que debía hacer un cambio, aceptar la oferta de Madame de volver a empezar aquí.

—¿Solo eso?

—¿Te parece poco? Gail Sheehy creó una versión totalmente revisada de su *Passages* basándose en esa premisa.

Matt puso cara de póquer.

—Ya sabes —aclaré—. El libro *New Passages.*

Matt siguió con cara de póquer.

—Mayor esperanza de vida —le expliqué—. Segunda madurez que comienza después de que los hijos abandonen el nido... ¿Nunca has oído hablar de eso?

Matt negó con la cabeza.

—Bueno, tú también eres mayor —le recordé. Alzó una ceja, como si dijera *pues claro*—. Quiero decir, ¿no has pensado en los cambios que conlleva llegar a la mediana edad?

Matt hizo un gesto despectivo con la mano.

—Nunca pienso en esas cosas.

Claro que no, me dije, porque eres uno de los tipos sobre los que Sheehy escribe: el hombre que se despierta una mañana en el Lado Oscuro de los Cuarenta y se percata de que su brillante porvenir lleno de posibilidades se ha ensombrecido y estrechado. Que es demasiado viejo para ser joven en cualquier ámbito de la vida.

Matt nunca lo admitiría, pero yo estaba bastante segura de que la carrera hacia Seguros Parasol de hacía un rato era la prueba de que estaba llegando al Lado Oscuro de los Cuarenta. El antiguo Matt nunca pensaba en el futuro, nunca asumía responsabilidades y nunca jamás se rascaba el bolsillo para arreglar un desaguisado.

El viejo Matt habría cogido el primer avión que saliera de la ciudad, se habría despedido de Madame y de mí con un *aloha* y nos habría dejado con los cubos y las fregonas mientras él cerraba un trato en alguna *luau* por quinientas bolsas de kona.

Claro que el cambio también podía deberse al acuerdo de propiedad que había firmado con Madame. Algunos experimentos en las viviendas sociales (a decir de uno de mis clientes, que trabajaba para el Ayuntamiento de Nueva York) sugieren que, si se le ofrece a la gente la posibilidad de ser propietaria de algo, siempre encuentra tiempo, energía y dinero para protegerlo y mejorarlo.

Sin embargo..., esa teoría de la propiedad no terminaba de encajar con Matt. Por un lado, estaba segura de que él siempre dio por hecho que heredaría el Blend, aunque sus actos fueran tibios en lo que respecta a la actividad de la cafetería. Lo único que parecía importarle era la libertad de ir y venir a su antojo.

Y en cuanto a la propiedad, ¿qué pasaba conmigo?, pensé. Cuando yo era exclusivamente suya, también me daba por hecho, como hacía con la cafetería.

No sabía si se debía a su nueva condición de copropietario o al cambio de perspectiva del Lado Oscuro de los Cuarenta, pero estaba segura de que Matteo Allegro daba muestras de haber cambiado en un sentido positivo.

El cambio (por lo general) es bueno. Y diez años antes me habría provocado alegría. Pero ya no. Nuestra hija había crecido y yo quería mi libertad. Después de suspirar por aquel hombre durante tantos años, por fin había llegado a un momento emocional en el que quería liberarme de Matteo Allegro y de todos los patrones que me habían roto el corazón.

Madame no entendería ni aceptaría mi decisión, pero qué le íbamos a hacer. Incluso con la amenaza del cáncer, encontraría la manera de decírselo con delicadeza. Una artimaña como la de Madame (aunque su intención fuera buena) no iba a borrar años de dolor, frustración y resentimiento. No en mi caso.

—Atención —avisó Matt, y me lanzó un manojo de ajos. Lo cogí—. Va en la cesta que está colgada detrás de ti —añadió, y me guiñó un ojo.

Dios, era desesperante. Mi exmarido conocía mi cocina mejor que yo y no tenía ningún reparo en demostrármelo. Bueno, recordé, él vivió aquí de pequeño con su madre antes de mudarse a la Quinta Avenida con Pierre. De todos modos, el rencor se adueñó de mí. Miré el reloj. Por el bien de Joy, me recordé una vez más, no entablaría ninguna batalla con su padre. Al menos, antes de la cena.

—Entonces, ¿cuál es el menú? —pregunté para pasar a un tema agradable, seguro y neutral: la comida.

—Voy a hacer pasta a la carbonara —respondió—. Está buena, sobre todo cuando uso tallarines en vez de espaguetis. A Joy le encantaba cuando se la preparaba. Y tal vez sea el único plato que aún puedo cocinar mejor que mi hija, que pronto será chef. Lo más probable es que sea una verdadera profesional, ahora que ha recibido formación.

—Matt, acaba de empezar la escuela de cocina. Le faltan años para graduarse —dije—. De hecho, me confesó que tiene problemas en una asignatura. Al parecer se le cortó una salsa holandesa y el profesor invitado la humilló delante de toda la clase.

—A lo mejor necesita algunas indicaciones de su padre.

—¿Crees que podrías ayudarla? —pregunté con esperanza.

—Claro. Y esto también la animará. —Matt se metió la mano en el bolsillo y sacó una cajita cuadrada—. A ver qué te parece.

—Abrí la caja—. Lo pillé en México —dijo.

Miré y casi me ahogo. *Otra vez no.*

Cuando Joy tenía nueve años, Matt le trajo una pulsera de uno de sus interminables viajes. La pulsera era preciosa, con delicados eslabones de oro rosa de catorce quilates. Desde entonces, Matteo le había regalado varios amuletos, pequeños objetos peculiares que encontraba a lo largo de los años en tierras extranjeras, durante su interminable búsqueda del café más intenso, las olas más azules, las montañas más altas y, estoy segura, otros tipos de estímulos (cocaína y mujeres).

Durante muchos años, las pequeñas baratijas que papá le traía de aquellas tierras lejanas, en apariencia detalles generosos, desilusionaron a Joy. En primaria llevaba siempre la pulsera. En secundaria, no tanto, y en bachillerato... Bueno, la verdad era que Joy no se la había puesto en público desde el baile de graduación del instituto, aunque Matt nunca estuvo cerca para darse cuenta.

—Es un colgante —explicó Matt—. Para la pulsera de Joy. ¿Crees que la llevará esta noche?

—No lo sé...

—¿Te gusta?

—Es... curioso —respondí, con tacto.

Lo que tenía delante era una pequeña pepita de oro con la forma de una mujer muy corpulenta que llevaba un bombín y sostenía una mazorca de maíz sobre unos pechos ingentes.

—Se supone que es Centeotl, la diosa azteca del maíz —me explicó Matt una vez que hubo advertido mi gesto de perplejidad. Asentí con la cabeza, aunque no estaba muy puesta en las religiones de Mesoamérica.

—¿Y qué significa? —pregunté.

—El maíz era fundamental en la dieta azteca. La diosa del maíz era una divinidad de la cosecha. Y como Joy va a ser chef, pensé..., bueno, ya sabes, comida, cosecha... —La voz de Matt se apagó y encogió los hombros.

—Muy Joseph Campbell por tu parte —dije, con la intención de que sonara como algo positivo. Le devolví la caja y me reí al añadir—: Siempre que no sea una especie de diosa de la fertilidad...

Matt miró el colgante fijamente y arrugó el ceño.

—En realidad, creo que lo es.

Nos interrumpió otro golpe rítmico, idéntico al que había dado Matt un rato antes.

—¡Joy! —exclamé.

Por fin había llegado. Ambos echamos a andar en una especie de carrera (tan patética como cabría suponer) para ver quién era el primero en saludarla.

Gané gracias a que soy lo bastante bajita como para pasar por debajo de los brazos de Matt justo cuando este abría la puerta.

—¡Hola! —dije mientras me acercaba a abrazar a mi hija, que o bien había crecido otros cinco centímetros desde la última vez que la había visto, o bien llevaba tacones de aguja.

—¡Mamá! —gritó devolviéndome el abrazo—. He visto a Tucker abajo y me ha contado lo de Anabelle. ¡Qué horror!

—¡Hola, pequeña! —la saludó Matt.

Joy corrió a sus brazos.

—Te he echado mucho de menos, papá —dijo, y lo apretó con fuerza.

Estaba a punto de cerrar la puerta cuando la sombra de otra figura cruzó el umbral.

—Mamá, papá —anunció Joy con un estallido de emoción—. ¡Aquí está mi sorpresa! Quiero que conozcáis a Mario Forte.

Un joven entró en el apartamento. Era alto para ser italiano. Fue lo primero en lo que me fijé. Más alto incluso que Matteo. (¡Por eso llevaba Joy tacones!). Tenía el pelo largo y negro, recogido en una coleta suelta. En sus labios había una ligera sonrisa que, en mi opinión, estropeaba sus facciones, que por lo demás eran bonitas. Llevaba pantalones negros y una camisa negra de manga larga lo bastante desabrochada como para mostrar una cadena de oro entre unos pectorales esbeltos. Iba remangado y divisé una especie de tatuaje alrededor del bíceps que parecía un alambre de espino.

Joy miraba al joven con algo parecido a la adoración por un héroe. *Oh-oh,* pensé. Estaba enamorada. Y mi exmarido se puso tenso al darse cuenta.

Demasiado para una noche tranquila.

—Señora Allegro —dijo el joven mientras me cogía la mano—. Es un placer conocerla por fin. Joy me ha hablado mucho de usted.

¿Será verdad?, pensé. Entonces, ¿por qué no le había mencionado que ya no era la señora Allegro sino la señora Cosi?

—Y usted debe de ser el señor Allegro —dijo Mario acercándose a Matteo con la mano extendida—. No esperaba conocerlo tan pronto...

—Ya me imagino —murmuró Matt con los músculos de la mandíbula rígidos. Se estrecharon la mano, pero ninguno de los dos pareció ponerle mucho entusiasmo.

—Joy me ha contado que su padre es un hombre misterioso —añadió Mario con una risita—. Y que ese misterio se basaba en que nadie sabía cuándo aparecería por casa.

Matt parecía una olla a presión a punto de estallar. Menos mal que Joy fue lo bastante prudente como para interponerse entre los dos.

—Huele bien —observó, con una voz demasiado aguda—. ¿Qué hay para cenar?

—Carbonara —dijo Matt con los dientes apretados.

—¡Y mi tarta de queso con nueces y capuchino! —añadí en un tono aún más alto que el de mi hija. Dios mío, en un esfuerzo por rebajar la tensión estaba canturreando como Doris Day.

Joy me miró.

—¡Sorpresa! —dijo con un hilillo de voz.

—No es la sorpresa que esperábamos —repuse, con una mirada que significaba «Tendrías que haberme avisado»—. Bueno, será mejor que prepare otro sitio en la mesa. ¿Qué tal si os ponéis cómodos?

Aunque no me considero una persona supersticiosa, mientras añadía otro servicio a la mesa del comedor, maldije a Centeotl, la diosa azteca del maíz y de la fertilidad, al mismo tiempo que a mi exmarido por haber traído esa bruja de oro bajo mi techo.

CAPÍTULO DIECISÉIS

Volví a la cocina, donde Mario y Matteo discutían por a saber qué. Matt sujetaba un cuchillo de carnicero con el puño apretado, lo cual no me pareció muy buena señal.

—Los tallarines carbonara se preparan con panceta —decía Mario—. Nunca con beicon.

—La carbonara es un plato de la Depresión creado por italoamericanos —afirmó Matt—. ¿Cuántos italoamericanos disponían de panceta en aquella época? De todos modos, a Joy le gusta la carbonara con beicon. —Se volvió hacia Joy en busca de apoyo—. ¿A que sí, nena?

Joy se volvió hacia mí, con ojos suplicantes.

(En ese momento reparé en que el primer joven que mi hija le presentaba a su escurridizo padre era un cocinero italiano alto, guapo y arrogante. Se parecían hasta en el nombre. Vaya, vaya, qué freudiano todo).

Aunque mi corazón estaba de parte de mi hija, quien se había metido en aquel follón era ella. Y ya era mayor (y altísima, con aquellos tacones). Sacudí la cabeza y le enseñé las palmas de las manos. *Esta vez no guardo ases bajo la manga, cielo.*

—Vale, ¿y qué tipo de beicon? —preguntó Mario, con una sonrisa de satisfacción que definía su nivel de sinceridad—. ¿Curado con azúcar, ahumado con nogal, o mejor los trocitos esos que venden envasados en el supermercado?

—No seas borrico —repuso Matt.

Joy estaba a punto de intervenir, pero la detuve.

—Bueno —dijo Mario—, al menos admitirás que el plato parece uno de los que dan en la Casa de las Tortitas Internacionales.

—Se llama IHOP, la Casa Internacional de la Tortita —replicó Matt—. Pero claro, qué sabrás tú.

Suspiré mientras analizaba la escena. Estaba en Nueva York, un centro internacional de arte, comercio, intelectualidad y cultura. Un símbolo de la civilización occidental. ¿Y qué hacía? Ver a dos machos alfa discutir por un trozo grasiento de carne de cerdo.

Como las pullas continuaban, me llevé aparte a Joy.

—Tu primera lección para entender a los hombres —le susurré—. De vez en cuando habrá momentos como este, en los que actúan como si se hubieran resistido a la evolución durante los últimos cincuenta mil años.

Sonó el temporizador y guardaron silencio.

—Salvados por la campana —le susurré a Joy. Ella sonrió aliviada y agradecida mientras yo anunciaba—: Mario, Joy, ¡despejad la zona! Tengo que preparar la cobertura de la tarta de queso y Matt tiene que hacer la cena.

Metí la mano en la vinoteca y agarré la primera botella que palpé.

—¡Toma! —Se la puse a Joy en la mano—. ¿Por qué no te vas al comedor con Mario y la abres?

—¡Guau, mamá! —chilló Joy al ver la etiqueta de la botella—. Proseco, 1992. ¿Qué se celebra?

Ohhhhh, nooooo, el champán veneciano no. Menudo fallo. Aunque ya era demasiado tarde.

—Que me alegro de verte —canturreé, de nuevo imitando a Doris Day—. Y, por supuesto, que hayas traído a Mario —conseguí añadir para que mi hija se sintiera bien.

Oí un gruñido de disgusto detrás de mí. Con un golpe seco del cuchillo de carnicero, Matteo aplastó media docena de dientes de ajo. Los trozos, de fuerte olor, rebotaron contra las paredes.

Mario se inclinó hacia mí y volvió a agarrarme la mano.

—Muchas gracias, señora Allegro.

¡Es Cosi, pedazo de memo!

Con un golpe húmedo, Matteo colocó la loncha de beicon americano sobre la gruesa tabla de madera que estaba cerca del fregadero. Rápida y furiosamente, empezó a picar el cerdo ahumado.

—Vamos al salón —dijo Joy, al ver que un destello de asco cruzaba la cara de Mario.

Después de que se retiraran con premura, me volví hacia Matteo.

—¡Tú! —mascullé con mi voz de exmujer más insoportable (un tono de arpía tan desagradable que me molesta hasta a mí)—. Prepara la puñetera pasta y cierra la boca. Tu única hija ha traído a un chico para presentárselo a sus padres y no vas a echarle a perder la noche. —Matt se quedó mirando el ajo esparcido por la tabla de cortar. Me tomé su silencio como un desafío—. O te comportas o te largas ahora mismo —añadí.

Matteo aplastó otro diente de ajo, esta vez con el puño.

—La pasta estará lista en media hora —anunció mientras avivaba el fuego de una gran olla llena de agua hirviendo—. Cuando termines con la tarta, puedes preparar la ensalada César.

—Vale, ahora me pongo —fue mi escueta respuesta. ¡Ya sabía yo que no había una cocina lo bastante grande para los dos!

Por suerte, a partir de ese momento las cosas mejoraron ligeramente. Durante la cena, Joy habló de la escuela de cocina y de cómo había superado su último proyecto de salsas gracias a la ayuda de Mario.

Resultó que Mario era de Milán, pero llevaba tres años en Nueva York con un primo suyo que había emigrado años antes para trabajar en restauración. Mario había trabajado en varios restaurantes, tanto en Italia como en Francia, primero como friegaplatos, luego como camarero y más tarde como segundo chef. Tenía veinticinco años y había conseguido un puesto a tiempo completo en Balthazar, uno de los mejores restaurantes del Soho.

Le pregunté cómo había conocido a Joy. Por lo visto, era amigo de la profesora invitada que le echó la bronca por echar a perder la salsa holandesa. Mario había acudido a la clase para ayudar a su amiga y, cuando terminó, se acercó a Joy.

—Me dio lástima aquella chica tan preciosa que parecía que iba a echarse a llorar y recordé lo estúpido que me sentí al equivocarme en mi primer trabajo en un restaurante de cuatro estrellas. Me habían contratado el mismo día en que presenté la solicitud porque el chef estaba hasta arriba. Me pasó la receta de la casa de la crema de champiñones y me pidió que la preparara para el *brunch* del domingo. Me puse manos a la obra, y cuando estuvo lista, el chef la probó.

—¿No le gustó? —le pregunté.

—No, no fue eso —respondió Mario—. La crema estaba buenísima, ¡como para no estarlo! Junto con los champiñones, había troceado unas trufas que valían mil dólares. Me sentí un idiota: ¡había preparado la sopa más cara de la historia! Le expliqué a mi jefe que nunca había recibido clases, que todo lo había aprendido trabajando. Pero los pequeños restaurantes en los que había trabajado... En fin, en ninguno servían trufas. Me despidieron de todos modos. Claro que eso fue hace mucho.

—Ah, ¿y ya no cometes errores? —dijo Matt.

La mirada de Mario se encontró con la de Matt.

—No.

Joy estaba pendiente de cada palabra de Mario. Para ella, esa arrogancia no era más que confianza. Lo sabía porque yo también había sido joven y había estado enamorada de un chico así.

En defensa de Mario, sin embargo, debo decir que era educado, alegre, inteligente y, con respecto a Joy, muy considerado. Por supuesto, Matteo ya lo odiaba, incluso después de que Mario pidiera con mucha diplomacia un segundo plato de carbonara (lo cual fue una agradable sorpresa) y elogiara una y otra vez el champán veneciano.

Cuando llegó el postre, el ambiente estaba mucho más distendido que al principio de aquella larga velada, aunque Matt aún le lanzaba a Mario miradas recelosas y respondía a la mayoría de las preguntas con gruñidos monosilábicos.

Junto con la tarta de queso fría, serví un sustancioso café expreso elaborado con un grano antigua de tueste oscuro. Su suave sabor a nuez combinaba a la perfección con la masa de la tarta de queso.

Para mi deleite, Mario no paró de alabar la calidad del expreso. (Vale, lo admito, ahí el chico consiguió ganarse mi simpatía).

A las once, Joy dijo que era hora de irse, que al día siguiente tenía clase temprano. Tras un último abrazo, ella y su nuevo novio se marcharon.

—Menudo ojo para elegir —dijo Matteo con gesto apesadumbrado.

—Tiene a quien salir —le contesté. Matteo me miró con desconcierto—. Nuestra hija se las ha apañado para dar con alguien seguro de sí mismo hasta la arrogancia, un sabelotodo, aunque suave y encantador como pocos. ¿No te suena de algo?

—No —dijo Matteo.

—¿No? ¡Idiota! ¡Ese chico es igual que tú!

—¿Qué? ¡Estás loca! ¡No nos parecemos en nada! —Matteo levantó las manos—. Voy a limpiar el segundo dormitorio para no tener que dormir en el sofá.

—Muy bien —respondí—. Yo recogeré esto y luego bajaré para cerrar la cafetería con Tucker.

No había olvidado los tristes acontecimientos del día. Y recordé que aún tenía que preparar la lista de empleados con sus direcciones y números de teléfono para el detective Quinn, algo que no quise mencionarle a Matt, porque ya conocía su opinión sobre nuestro detective local. También tenía que reorganizar los turnos de todos para cubrir la ausencia de Anabelle.

Cuando la cocina estuvo limpia y recogida (excepto una taza de café expreso que extrañamente había desaparecido), cerré la bolsa de la basura para bajarla. En el rellano, justo frente a la puerta principal, encontré una segunda bolsa de plástico llena de cosas: objetos de la infancia que Matteo estaba tirando para hacerle sitio a la cama plegable. Eché un vistazo al interior.

Había unas cuantas revistas con las esquinas dobladas, la mayoría de los años setenta, incluidos varios números antiguos de *Playboy.* También un juego de mesa viejo, el *Risk,* que me pareció bastante apropiado, y un ejemplar maltrecho de la obra de Ernest Hemingway *París era una fiesta,* un canto a la vida bohemia en París que sin duda influyó en la joven mentalidad de Matteo.

Es increíble lo que te dice la basura de alguien.

Entonces, caí en la cuenta: es increíble lo que dice la basura de alguien, sobre todo si es la basura que había en el cubo frente a la escalera del sótano esta mañana, la basura con la que supuestamente se resbaló Anabelle antes de echar a rodar por la escalera y entrar en coma.

Dejé caer la bolsa en el rellano y me apresuré a bajar. Quería coger aquella bolsa antes de que Tucker la sacara para que se la llevasen. La Unidad de Criminalística ya la había examinado y la había descartado como prueba, pero ellos no conocían este lugar tan bien como yo.

Podrían haber pasado algo por alto, alguna pista que ayudara a demostrar lo que yo sabía: que el «accidente» de Anabelle no había sido tal cosa. Puede que mi esperanza fuera ínfima, pero dadas las noticias de nuestro fiasco con el seguro, ya casi rozaba la desesperación.

Cuando entré en el Blend por la escalera de atrás, Tucker estaba cerrando la puerta principal.

—¡La basura! —grité como una loca—. ¿Dónde está la basura de esta mañana?

—En el sótano, con el resto —respondió Tucker—. Estaba a punto de sacarla.

Bajé los escalones de dos en dos y escudriñé la hilera de bolsas de plástico verde oscuro apoyadas contra la pared de piedra. Después de seleccionar la que aún conservaba en su superficie impermeable unas delgadas manchas de polvo blanco grisáceo —esparcido por los de criminalística para recoger huellas—, la arrastré hasta colocarla bajo las luces fluorescentes.

Me sorprendía que la policía no se la hubiera llevado, pero supongo que no necesitaban apestar el depósito de pruebas con basura sucia y vieja. De todos modos, el detective Quinn dejó claro que todo lo relacionado con el lugar de los hechos y con el cuerpo de Anabelle daba a entender que había sido un accidente, no un crimen.

Desenrollé con cuidado la brida de alambre que ataba la parte superior de la bolsa y la abrí. Dentro había una segunda bolsa sellada con otro alambre. Era lo habitual en el Blend. Como los posos del café y las hojas de té están húmedos, utilizamos dos bolsas, una dentro de la otra, para evitar roturas y derrames.

Después de abrir las dos bolsas, eché un vistazo al interior, sin saber muy bien qué buscaba. A primera vista, el contenido parecía bastante corriente. La bolsa estaba llena de filtros de papel blanquecino manchados con los posos de la cafetera expreso, tanto sueltos como compactos, algunos aún en forma circular. La mayoría de los filtros estaban llenos de posos negros oscuros que brillaban como el petróleo a plena luz del día. Eran los restos de nuestro famoso tueste francés, el café del día de aquella aciaga jornada.

Los filtros de papel de otra cafetera, del tamaño de un molde de tarta, estaban recubiertos de una masa marrón más clara que parecía barro, lo que me indicaba que en algún momento se había preparado café con grano colombiano (y se había molido demasiado fino, lo que habría producido un café amargo. Tomé nota mental para volver a aleccionar al personal sobre las técnicas de molienda adecuadas).

Había servilletas sucias, platos desechables y pasteles a medio comer entre vasos de cartón aplastados, varillas para remover, toallitas de papel y otros desperdicios, pero nada resultaba inusual, y mucho menos incriminatorio.

Suspiré.

Me he pasado con la intuición.

Y sin embargo... No podía dejar de pensar que aquella bolsa contenía algo capaz de arrojar luz sobre lo ocurrido hacía poco más de veinticuatro horas.

Miré el contenido de nuevo y reparé en que aquella basura asquerosa sería, posiblemente, lo último que vio Anabelle antes de caer por las escaleras. Aquel pensamiento morboso me produjo un ligero escalofrío. Por eso grité como una posesa cuando sentí que unos dedos fuertes me agarraban el hombro.

Después de que el espeluznante ruido retumbara en las gruesas paredes de piedra, habló una voz:

—Dios mío, tranquila, que soy yo.

—¡Matt!

—¿No me has oído bajar?

—Estaba distraída —respondí con la voz aún temblorosa—. De todas formas, ¿qué demonios haces aquí?

—He encontrado esta bolsa de basura que estaba goteando en el rellano —contestó Matteo, y arrojó el saco al montón—. Decidí bajarla antes de que estropeara el parqué.

—Supongo que se me cayó cuando vine al sótano.

—¿Se te cayó al venir a tirar la basura? Clare, ¿te encuentras bien?

—Da igual —dije, y me volví para mirarlo. Fue entonces cuando me di cuenta de que Matteo llevaba una pequeña taza de café en la mano.

Sus ojos siguieron mi mirada.

—La encontré en la mesa del pasillo —explicó Matteo—. Mario debió de dejarla allí después de cenar. Supongo que cuando Joy le enseñó el apartamento.

—Pues métela en el lavavajillas —respondí—. A menos que pienses que ese chico la ha contaminado y prefieras tirarla.

Se produjo una pausa mientras esperaba a que Matt dijera algo.

—Creo que se estaban besando —dijo.

Parpadeé.

—Eso es lo que suele hacer la gente cuando se gusta —comenté—. Por lo general, lo hacen cada vez que pueden.

—Entonces, ¿de verdad piensas que le gusta ese chico? —preguntó Matteo.

Había un deje de angustia en su voz que, para ser sincera, no compartía. Yo ya había vivido los enamoramientos de Joy durante la escuela primaria, sus citas en secundaria, una aventura de verano e incluso una relación seria durante el bachillerato, de manera que los intereses románticos de mi hija no me suponían ninguna inquietud. Claro, como Matt no había estado presente en ninguno de esos momentos, todo le parecía nuevo. Pobre.

—Oye, ¿tú no sabías leer los posos del café? —preguntó Matt.

Era una pregunta tonta y, desde luego, capciosa. Mi exmarido sabía perfectamente que leía los posos del café, como hay gente que lee las cartas del tarot. Lo aprendí de mi abuela, quien a su vez lo aprendió de la suya.

¡Lo sé! Suena a ridiculez medieval. Sin embargo, es un arte antiguo, y la adivinación de los posos del café y las hojas de té —conocida colectivamente como taseografía— se parece un poco a la interpretación de las obras de arte.

Los restos de café o de hojas de té, cuando se secan en el fondo de la taza, forman una especie de cuadro. Interpretarlo es como mirar las nubes y tratar de ver formas de conejos, locomotoras, ovejas o lo que sea. Al igual que sucede con las nubes, dos personas pueden ver lo mismo e interpretarlo de forma totalmente distinta.

Uno puede ver una seta, por ejemplo, y otro una bomba atómica, lo que convierte la taseografía en una especie de test de

Rorschach, ya que la persona que ve el hongo y la que ve la detonación pueden tener diferentes visiones del mundo.

En cualquier caso, para «adivinar» con el té o el café, hay que estudiar la imagen que se forma en el fondo de la taza y dejar que el subconsciente asocie ideas con total libertad.

Cuando era joven, me parecía un buen truco para las fiestas y a menudo me servía de él para conocer gente, chicos incluso. Sin embargo, con el paso de los años, me di cuenta de que mis habilidades de adivinación con los posos del café podían ser asombrosamente precisas. Pasaron varias cosas que me asustaron. Y ya solo lo hacía en contadas ocasiones.

—¿Qué ves? —dijo Matt, agitando la taza de café de Mario delante de mis narices.

Quise darme la vuelta, pero, a pesar de que me parecía un error, miré en las profundidades de la taza. Los restos de los posos del café se habían secado hasta formar la característica forma de un martillo en el centro. Alrededor de él, se extendía un halo de manchas en forma de lenguas de fuego.

—No seas bobo —dije, apartando la taza—. Sabes que no es más que un truco de salón. Y llevo años sin hacerlo. No puedo decirte nada sobre ese chico que no sepas ya.

—Solo sé que no me gusta.

—Qué sorpresa.

Di por finalizada mi búsqueda y volví a cerrar la bolsa de basura. Por costumbre, até primero la bolsa interior. Pero, cuando estaba a punto de cerrar la bolsa exterior, noté un bulto en un lado del saco. Había un montoncito de basura encajado entre las dos capas de plástico. Por mi experiencia detrás de la barra, sabía que eso ocurría a veces, por lo general cuando aparecía algún desperdicio de última hora después de haber cerrado la bolsa interior, llena hasta los topes.

Abrí la bolsa y metí la mano entre las dos capas de plástico.

—¿Qué haces ahora? —dijo Matt, con una repulsión evidente.

—Leer la basura —respondí—. Una forma de adivinación desconocida.

—No tanto si tenemos en cuenta la prensa amarilla. ¿No revisaban la basura del difunto JFK hijo con bastante frecuencia?

—Supongo que de ahí viene lo de «sacarle a alguien los trapos sucios» —dije, hurgando hasta que toqué lo que parecía una masa blanda de espinacas frías y húmedas. Me armé de valor y extraje la masa pegajosa.

Matt me miró desde detrás mientras abría la mano manchada con un manojo de hojas de té usadas. Hojas de té verde, suficientes para una taza grande.

Anabelle no tomaba té, así que tuvo que preparárselo a otra persona. Sin duda, las hojas estaban entre las dos bolsas porque, cuando las tiró, ya había atado la primera bolsa. Así que aquel té debió de ser una de las últimas cosas que hizo.

Si estaba en lo cierto y alguien había entrado en la cafetería y atacado a Anabelle aquella noche, esa persona era consumidora de té.

Mi mente se agitó. Los consumidores de té no eran tan comunes en el Blend. Pero justo ese día había hablado con cuatro: Letitia Vale, que no tenía ningún motivo para hacerle daño a la chica; la madrastra de Anabelle, Darla Branch Hart, que sí tenía un motivo, aunque quizá solo quisiera aprovecharse de la tragedia de su hijastra, y las dos bailarinas rusas, Vita y Petra, que sin duda tenían motivos.

—¿Qué pasa? —preguntó Matt—. ¿En qué piensas?

—En que tendría que haber aprendido a leer las hojas de té en lugar de los posos del café.

CAPÍTULO DIECISIETE

A la mañana siguiente, abrí el local con puntualidad. A las seis y diez, el doctor John Foo entró por la puerta como un reloj.

—Buenos días, Clare —me dijo.

—¿Lo de siempre, doctor Foo?

—Sí, gracias.

Mientras preparaba los dos golpes de expreso para su café con leche doble, entablé la charla habitual con el joven y apuesto médico residente de ascendencia china. Por lo general, después de su entrenamiento matutino en el dojo de nuestra calle, se mostraba locuaz. Durante las últimas cuatro semanas, desde que volví a ser encargada en el Blend, lo había escuchado y había aprendido de él.

La primera vez que nos vimos, me dijo que una de las artes marciales que estudiaba era Kung Fu Wing Chun.

—En realidad, lo inventó una monja budista llamada Ng Mui —me explicó.

Yo no sabía nada de artes marciales ni de budismo, pero merecía la pena aprender cosas sobre un tipo de defensa personal inventado por una monja, así que, a partir de aquel día, comencé a hablar con él de ese tema. El doctor Foo incluso me había enseñado algunos movimientos sencillos y me había animado a ir a su dojo, pero encontrar un rato libre en las cuatro últimas semanas había sido un reto. El esfuerzo por levantar el Blend me había absorbido por completo.

—¿Cómo van las cosas en el hospital? —le pregunté al servirle el café con leche.

—Bien, bien —respondió—. Estoy aprendiendo mucho en la rotación dentro de la uci.

Dio un primer sorbo, cerró los ojos y sonrió.

—Un café estupendo, Clare. Como siempre. Gracias.

—De nada, un placer.

Mientras cogía la funda de cartón aislante y la deslizaba sobre el vaso para no quemarse, le pregunté:

—¿Has sabido algo más de Anabelle Hart?

—Ah, sí —respondió—. Tengo la información que querías. Pero es confidencial, ¿de acuerdo?

—De acuerdo.

Lo que me contó el doctor Foo sobre el estado de Anabelle me conmocionó, pero no cambió mis planes. Así pues, unas horas más tarde, pasadas las diez de la mañana, Matt se hizo cargo de la dirección del Blend y yo me atreví a salir.

El estudio Dance 10 estaba situado en un almacén de muebles de oficina reformado de la Séptima Avenida Sur, una vía muy concurrida que atravesaba el corazón del distrito histórico de Greenwich Village.

Repleta de bares, restaurantes, teatros alternativos y cabarets, la amplia y transitada avenida atraía a un público nocturno muy animado. Algunos viernes y sábados por la noche me recordaba al Mardi Gras del barrio francés, donde podía pasar cualquier cosa.

Sin embargo, el viernes por la mañana, la avenida parecía tranquila. Las ventanas de los bares, restaurantes y cabarets permanecían a oscuras y el tráfico, al cruzar la calle, era bastante fluido. Quería llegar a Dance 10 desde el otro lado de la avenida. Según Tucker, allí había un pequeño bar desde el que, según se decía, los universitarios lujuriosos, cerveza barata en mano, espiaban las cristaleras del estudio, en la acera de enfrente, donde las siluetas, femeninas y estilizadas, flotaban por la tarima durante los últimos ensayos de la noche.

—Los jovencitos heterosexuales empiezan allí su ruta de bares —me explicó Tucker—, porque de ese modo, si no tienen suerte durante la noche, al menos cuentan con un par de formas femeninas con las que fantasear de madrugada.

Decidí comprobar en persona si aquel rumor era cierto y, por desgracia, lo era.

Justo enfrente del Dance 10 se encontraban los altos ventanales del Mañana, un pequeño bar de mala muerte con decoración falsa del sur de la frontera: sombreros, mantas de caballo y piñatas colgados con ganchos de las paredes y encima de la barra de madera sucia.

El Mañana sobrevivía por cuatro razones, según Tucker:

1. Acogía al público sobrante del Caliente Cab, un bar restaurante mucho más grande, cuyo signo distintivo era una copa de margarita gigante sobre la puerta.

2. Servía las cervezas más baratas de la zona. (Sabían a pis, según Tucker, pero emborrachaban igual, y por mucho menos dinero).

3. A los universitarios de primer año les parecía gracioso demostrar sus conocimientos de español de bachillerato

pronunciando el nombre del bar: Mañana. Cuando decían «hasta mañana», creaban juegos de palabras ingeniosos en los que no se sabía si estaban hablando o no del sitio en cuestión. Y por último, aunque no por ello menos importante...

4. Las vistas.

De pie, en la puerta del pequeño local, imaginé que era una joven universitaria de veintiún años con una jarra helada de orina comprada durante la hora feliz a mitad de precio. Al levantar la vista, divisé la panorámica cristalina de la gran sala de ensayo de Dance 10, en la tercera planta. Supuse que, a primera hora de la noche, con las luces del interior encendidas, aquellos jovencitos empañarían las ventanas del Mañana.

Se me abría la posibilidad de nuevos motivos y sospechosos. Si los universitarios utilizaban ese lugar estratégico para acechar desde la distancia a las chicas guapas del escaparate de Dance 10, ¿qué probabilidades había de que alguno se hubiera obsesionado con Anabelle desde lejos?

Tal vez uno de ellos trató de propasarse y Anabelle cayó por las escaleras al escapar.

Esa teoría se habría sostenido si la puerta delantera o trasera del Blend se hubiera quedado abierta, pero no era el caso.

Tampoco había indicio alguno de huida por las ventanas.

Alguien había conseguido una llave o había hecho una copia. Dudaba mucho que alguno de los compañeros de trabajo de Anabelle tuviera motivos reales para lastimarla o matarla. Y eso me hizo pensar de nuevo en Dance 10, donde Anabelle ensayaba durante horas. Alguna compañera celosa podría haber extraído el llavero de la chica para hacer copias.

Subí las escaleras del estudio provista del cebo: una bandeja de cartón cargada con cuatro cafés con leche dobles (¿a quién no le gusta el café con leche?).

Según el horario expuesto en el vestíbulo, acababa de terminar Danza Jazz. Anabelle asistía a esa clase religiosamente. Por lo general, abría la cafetería a las cinco y media de la mañana, salía a las nueve y media para asistir a la clase de Jazz de las diez y permanecía en la academia durante cuatro o cinco horas. Luego volvía al Blend para trabajar de tres a cinco horas más.

Por eso la había ascendido a ayudante. La chica trabajaba el equivalente a una jornada completa y, aunque no hacía mucho que la conocía, se había convertido en una persona de confianza para abrir por las mañanas.

—¿En qué puedo ayudarla?

Una mujer de unos veintimuchos años con una excelente postura me habló con esa voz afilada que en realidad significa: «¿Quién puñetas es usted y qué hace aquí?».

Llevaba un jersey burdeos ancho encima de unos leotardos negros y el pelo castaño claro recogido en un moño apretado. Estaba sentada sola frente a un pequeño escritorio de madera en el interior de una oficina minúscula cubierta de horarios, anuncios y carteles de espectáculos. La pared del fondo estaba equipada con viejos muebles archivadores y una columna de sillas apiladas.

Deduje que era la Oficina de Recepción y Matrículas de la segunda planta. Según el directorio del vestíbulo, aquella planta también albergaba las salas de prácticas A, B y C. Una música de piano se filtraba desde detrás de una puerta cerrada y, desde detrás de otra, un ritmo de hip hop.

—Busco a la profesora de Danza Jazz de las diez de la mañana —le dije a la joven.

—Puede dejar el pedido aquí —contestó ella—. ¿Qué le debemos?

—No soy repartidora —le dije con la arrogancia justa para achantarla (una pizca)—. Soy la encargada del Village Blend, donde trabaja Anabelle Hart.

Abrió los ojos de par en par, como yo esperaba. Tucker me dijo que los cotilleos entre la gente del espectáculo eran «más rápidos que Luisiana Lightning, el exjugador de los New York Yankees».

—¿Qué quiere? —preguntó la joven, llena de curiosidad.

—Ya se lo he dicho. Quiero hablar con la profesora de Danza Jazz de las diez de la mañana, la clase a la que Anabelle asistía a diario.

La encontrará en la sala grande de audiciones. Tercera planta.

—¿Y su nombre es...?

—Cassandra Canelle.

Un despliegue atronador de mallas y calentadores bajaba por la chirriante escalera de madera a la vez que subían mis botas negras. Dios, pensé, estas chicas serán ligeras en el escenario, pero fuera de él parecen una manada de búfalos.

Las risitas y el parloteo desaparecieron en cuanto pisé el rellano. Las paredes eran completamente blancas, como las de abajo. Unas fotografías de bailarinas saltando y posando, enmarcadas en blanco y negro, se extendían en línea recta. Seguí la línea hasta una única puerta. A medida que me acercaba, aumentaba el volumen de una música clásica contemplativa que me hizo pensar que llegaría a una clase empezada.

Para mi sorpresa, me topé con una única bailarina en movimiento.

Era grácil, ágil y tan elegante en apariencia y porte como Anabelle, aunque su piel era de color moca en vez de blanca como la leche, y su edad se acercaba más a los cuarenta que a los veinte. Yo no sabía mucho de danza, pero sí lo suficiente como para darme cuenta de que sus movimientos no correspondían con la danza moderna, el hip hop o el *jazz*. Con su malla y su falda azul violeta, parecía ejecutar las típicas piruetas del *ballet* clásico.

No supe si interrumpirla, así que me limité a observarla. La composición musical era melodiosa, lúcida y emotiva. Las cuerdas iniciales, tristes y melancólicas, inducían a unos movimientos lentos con poses. Entonces se produjo una ráfaga de energía casi frenética y comenzó una serie de saltos y giros que acompañaban el tempo con una rapidez y una gracia asombrosas. Un pájaro azul al vuelo. Una orquídea que giraba enloquecida.

La bailarina parecía tan concentrada en el baile que me quedé boquiabierta. En mitad de un último salto, me miró fijamente y gritó:

—¿Qué necesita?

Desde la puerta levanté la bandeja.

—Me gustaría sentarme con usted un momento para hablar de una de sus alumnas, Anabelle Hart...

La bailarina se detuvo. Su cuerpo se hundió. Un sauce llorón.

De fondo, la música continuó hasta alcanzar una intensidad emocional casi insoportable.

—Es Schubert, ¿verdad? —le pregunté.

—¿Qué quiere? —Su acento tenía un ligero deje jamaicano.

—Quiero saber si alguien de este estudio podría haberse enfadado lo suficiente con Anabelle o tener tantos celos de ella como para empujarla por la escalera de servicio de mi cafetería.

CAPÍTULO DIECIOCHO

Cassandra Canelle me fulminó con la mirada. Luego, con varias zancadas ligeras, cruzó el suelo de madera pulida, puso los brazos en jarra y, a escasos centímetros de mi nariz, espetó:

—¡Cómo se atreve! ¿Qué pruebas tiene para venir con una acusación como esa? ¿A cuál de mis chicas está inculpando?

—A ninguna. Todavía —respondí—. Solo sé que la caída de Anabelle no fue un accidente y que en el mundo de la danza hay mucha competitividad. ¿Aprecia usted a Anabelle?

—Claro sí. ¡Es una de mis alumnas estrella! Estoy destrozada desde que supe que está en el hospital. ¿Cómo se atreve a venir aquí y...?

Durante los cinco minutos siguientes, la profesora me echó la bronca al ritmo de *La muerte y la doncella,* de Schubert.

Madre mía, qué mezquina me sentí.

Ser brusca me había funcionado con las bailarinas jóvenes para sonsacarles información útil. Pero estaba clarísimo que era un enfoque erróneo para hablar con su profesora.

—Por favor, entiéndame —le dije cuando por fin me dejó hablar—. Yo también aprecio a Anabelle, y estoy dispuesta a averiguar quién le ha hecho daño. Por eso he venido. Siento haberla molestado, pero necesito que me ayude para llegar al fondo, para averiguar la verdad.

La ira abandonó poco a poco a Cassandra. Descruzó los brazos y relajó el ceño. Suspiró y se frotó la nuca, larga, esbelta y morena. Con el pelo oscuro rapado casi hasta el cuero cabelludo, su perfecta silueta de cisne se apreciaba en todo su esplendor.

Cerró los ojos, sacudió la cabeza y murmuró:

—Lo único que le pido a la vida es música perpetua y una extensión interminable de suelo liso y nivelado.

Sonaba como un mantra. Uno que yo entendía.

—Como todos... —asentí.

Levantó la vista y vio la bandeja de cartón en mi mano.

—¿Qué tal si nos tomamos esos cafés?

Nos sentamos en sendas sillas plegables en un rincón de la sala de audiciones. Faltaban diez minutos para la siguiente clase y ese era el tiempo que me concedió para responder mis preguntas.

—¿Deseaban sus alumnas el puesto en la compañía Moby's Danse? —pregunté—. El puesto que consiguió Anabelle.

—Mucho, señora Cosi...

—Podemos tutearnos... Soy Clare.

—De acuerdo, Clare. Moby's Danse es una prestigiosa compañía de danza moderna que actúa por todo el país. Solo hacen audiciones unas cuantas veces al año para su programa de jóvenes bailarines. Si un bailarín pasa las pruebas, tiene la oportunidad de participar en algunas de las coreografías más fascinantes que se producen hoy en día en el mundo.

—Parece suficiente motivo como para intentar deshacerse de la competencia.

—Qué va... Los bailarines no funcionan así.

—¿De verdad? Ayer hablé con cinco compañeras de Anabelle y algunas me parecieron capaces de llevar a cabo tácticas bastante despiadadas.

Cassandra se echó a reír.

—Déjame adivinar. Has hablado con Petra y Vita, ¿verdad?

—Sí. ¿También sospechas de ellas?

—Solo son emigrantes rusas que han tenido una vida durísima. Van de matonas y son muy competitivas, pero nunca le harían eso a Anabelle.

—¿Cómo estás tan segura?

—Primero, porque hacerle daño a Anabelle no les habría servido de nada. Ninguna de las dos estaba entre las candidatas al puesto en Moby's Danse.

—¿A qué te refieres? Ellas me dijeron que sí...

Cassandra se encogió de hombros.

—Te mintieron. Querrían quedar bien delante de sus amigas. Las hojas de puntuación son privadas, así que pueden decir lo que quieran, pero yo sé la verdad y ellas también. Obtuvieron una puntuación demasiado baja, ni siquiera estaban entre las diez primeras de las cincuenta que se presentaron a la audición.

—Bueno, ¿y alguien que se haya visto beneficiada?

—¿Ahora te refieres a Courtney? —dijo Cassandra, y su sorpresa sacó a relucir el acento jamaicano—. ¡Esa chica tan delgada! La alumna más dulce que he tenido aquí...

—Las chicas dulces también pueden tener un lado oscuro —señalé.

—¿Crees que esa chiquilla empujó a Anabelle por unas escaleras para conseguir su puesto en Moby's Danse? —preguntó Cassandra.

Me miró fijamente.

Le sostuve la mirada.

Se echó a reír.

—Estás loca.

—¿Por qué?

—Señora Cosi..., Clare, son bailarinas, no pandilleras. Con la excepción quizá de Tonya Harding, la patinadora sobre hielo chiflada que contrató a un gorila para que le diera un rodillazo a Nancy Kerrigan antes de las Olimpiadas, no tiene sentido herir físicamente a un rival. Hay demasiados artistas buenos como para pensar que hacerle daño a uno te beneficiará en algo. No, la forma de ganar aquí es rendir al máximo para alcanzar la excelencia. Y estas chicas lo saben, por muy competitiva y maliciosa que sea a veces la danza.

Suspiré. Lo que decía Cassandra tenía sentido, pero me reventaba tener que descartar una teoría tan buena.

—¿Estás segura de que no fue Courtney?

—¿Cuándo se supone que lo hizo?

—Anteanoche. El miércoles a última hora. Anabelle cerraba más o menos a medianoche. Lo más probable es que sucediera sobre esa hora.

—Bueno, resulta que Courtney estuvo conmigo hasta la medianoche. Verás, a la compañía le encantó Courtney, pero no su coreografía. Su puntuación fue tan alta que aceptaron tenerla en cuenta para un puesto excepcional como sustituta si volvía a presentarse a la audición con una pieza moderna, así que me contrató para que le diera clases particulares. Ese día salimos después de medianoche y yo misma la acompañé a casa en taxi.

—¿Y dónde vive Courtney?

—En Brooklyn, no muy lejos de mi madre. Tengo un apartamento aquí en el Village, pero mi madre necesitaba ayuda con unas compras a la mañana siguiente.

—Entiendo.

—Lo que insinúas es absurdo —dijo Cassandra—. No me dirás que la chica, después de llegar hasta Brooklyn en taxi después de una clase agotadora, dio media vuelta y cogió el metro hasta el Village para empujar a Anabelle, que es más alta y más fuerte que ella, por unas escaleras.

Suspiré. Cassandra tenía razón. En todo. Me había dado las respuestas que buscaba y, sin embargo, yo seguía llena de preguntas. Sobre todo acerca de Anabelle. Conocía a la chica desde hacía solo cuatro semanas, pero Cassandra era su profesora desde hacía un año.

—¿Qué puedes decirme de Anabelle?

—Tiene un talento innato —respondió Cassandra, tan orgullosa como cualquier madre—. Solo que nunca recibió la formación que merecía. Su padre murió cuando ella tenía doce años. Después, su madrastra la cambió de ciudad con tanta frecuencia que nunca pudo recibir una formación constante. Anabelle me contó que asistió a uno de los espectáculos de Moby's Danse durante una de las giras nacionales de la compañía. Actuaron en Miami y Anabelle esperó en la entrada de los artistas para preguntar, toda ingenua, si podía unirse a ellos. ¿Te imaginas? Una adolescente con poca formación... Le echó narices.

»Por suerte para ella, no se rieron en su cara —continuó Cassandra—, sino que un miembro de la compañía le explicó con amabilidad que era demasiado joven y que la compañía solo aceptaba nuevos ingresos mediante audiciones. Le sugirieron que estudiara aquí en Nueva York, en Dance 10, que es donde ensaya la compañía, y que quizá algún día podría presentarse a una convocatoria abierta.

—Y por eso vino a Nueva York —aventuré.

—Exacto —corroboró Cassandra— Le pidió dinero prestado a su madrastra, vino a Nueva York el año pasado, se matriculó en esta academia y se dejó la piel. Participó en dos audiciones en el último año, pero a la tercera fue la vencida, y la semana pasada consiguió el puesto que tanto deseaba. El cuento de Cenicienta.

—Salvo que se cayó por las escaleras del palacio.

—Por desgracia, sí.

—¿Qué te contó Anabelle de su madrastra? —pregunté.

—¡Ah, esa sí que es un buen elemento! —soltó Cassandra, y se levantó de la silla plegable. Con el café con leche en la mano, se deslizó por el suelo de madera blanda y miró por los ventanales que se extendían por toda la sala.

—¿Y eso? —pregunté.

—La madrastra de Anabelle era bailarina de estriptis —dijo Casandra—. Anabelle no quería que se supiera. Y su madrastra tampoco. Bailar desnuda les proporcionaba dinero para comprar cosas bonitas y todo eso. Trabajaba en un pueblo, luego se mudaba a otro, fingía tener clase, se liaba con algún hombre adinerado. Cuando la relación no funcionaba, cosa que ocurría tarde o temprano, se mudaban a otro pueblo donde no la conocieran. Volvía a bailar sin ropa para acumular dinero otra vez. Entonces se marchaban de nuevo... y así todo el tiempo. ¿Entiendes la situación?

Asentí. Después de haber contemplado de primera mano la costosa fachada y el comportamiento maleducado de Darla Branch Hart, la entendía a la perfección. Lo que me hizo guardar un silencio prolongado fue lo triste que me sentí por una niña de doce años y dotada de un enorme talento a la que llevaban de ciudad en ciudad sin tener en cuenta su bienestar.

De repente se me ocurrió algo. Una idea bastante fea...

—¿La madrastra de Anabelle incitó a Anabelle a..., ya sabes, a bailar desnuda también?

—Siento decir que sí. Hace unos seis meses, Anabelle se vino abajo durante una clase nocturna. Se había fijado en los universitarios del bar de enfrente. Los vio boquiabiertos mientras miraban a las bailarinas. Después de la clase, me lo confesó todo...

—Me preguntaba si sabías lo de ese bar —interrumpí—. ¿Por qué no instaláis persianas o cortinas aquí arriba?

Cassandra hizo un gesto desdeñoso con la mano.

—Los bailarines deben aprender a concentrarse con público. Con todo tipo de público.

—Pero has dicho que esos chicos embobados incomodaron a Anabelle.

—Solo porque le recordaban a otro tipo de público. Un público mucho más vulgar.

—No te sigo.

—La hicieron sentir como si bailara desnuda también aquí arriba. Ese sentimiento la llevó a confesarme el conflicto interno que le producía esa situación. La animé a que dejara el estriptis, y así lo hizo. A la semana siguiente, aceptó el trabajo en tu cafetería para poder llegar a fin de mes. Me dijo que era más duro, pero era un trabajo honrado que le permitía no echar a perder su talento. Bailar desnuda la obligaba a levantar muros entre su yo exterior y su verdadero yo. El arte no es eso. El arte te acerca a tu verdadero yo. Cuanto más avanzaba Anabelle en su formación, más consciente era de eso.

—Creo que lo entiendo —dije.

—Las cosas que te exprimen son las que más te endurecen. Anabelle vio hasta qué punto se había endurecido su madrastra y me confesó que haría cualquier cosa con tal de evitar esa vida.

Quería que la danza significara algo más —como cuando vio a la compañía Moby's Danse por primera vez—, que le elevara el espíritu y la acercara a su verdadero yo, no que la alejara y la hundiera.

Me levanté para acercarme a Cassandra. Miramos las ventanas oscuras del Mañana, debajo de nosotras.

—Así es la vida, ¿no? —dije—. Llena de brutalidad y de vocación. Lo vulgar y lo sublime.

—Así es —convino Cassandra—. Y cuanto antes lo entiendan estas chicas, mejor. La elección es nuestra.

—No siempre —objeté—. A veces la elección nos viene impuesta.

—Yo creo —repuso Cassandra— que para eso está el arte: para volvernos a levantar cuando nos oprimen.

Asentí con la cabeza. Al otro lado de la puerta, unas pisadas ansiosas resonaron por el pasillo e inundaron la sala de ensayos. Mallas y calentadores: mi señal para partir. Tras un gesto de agradecimiento a Cassandra, me marché de allí.

CAPÍTULO DIECINUEVE

—Señora Cosi.

—Detective Quinn...

Lo último que esperaba encontrar al volver al Blend era un muro larguirucho de color beis. Por un momento, me sentí avergonzada.

¿Cómo puñetas iba yo a saber que el teniente Quinn llevaba un cuarto de hora esperándome en una mesa del Blend y que se iba a levantar para recibirme en la puerta como un caballero de modales exquisitos?

Pues así fue. Su gabardina desgastada se convirtió en un capote de torero manchado de café contra el que me di de bruces.

¿Qué puedo decir? Mi mente estaba absorta.

Me gustaría decir que caminaba ensimismada repasando la lista de sospechosos. Después de todo, la idea de que las chicas de Dance 10 fueran asesinas en potencia se había quedado obsoleta. Eso me dejaba con la madrastra, el novio Richard Gibson

Engstrum (al que Esther, la compañera de cuarto de Anabelle, llamaba cariñosamente el Lerdo) y... ¿con quién más?

Como decía, me gustaría decir que iba pensando en eso cuando me choqué con Quinn. Y, de hecho, en eso había pensado al salir de Dance 10. Sin embargo, justo antes de cruzar la puerta de cristal biselado del Blend, me había metido la mano en el bolsillo de la chaqueta y había sacado el trozo rectangular de cartulina que me había guardado allí el día anterior. Era la multa de aparcamiento de ciento cinco dólares que arranqué del parabrisas de mi Honda, que estuvo aparcado demasiado cerca de una boca de incendios durante casi toda la mañana.

Maldije al ver la multa de nuevo, pero en el fondo había tenido suerte, ya que ese día las grúas municipales iban con retraso; en caso contrario, habría encontrado aquel vale —y mi coche— en el depósito del Bronx.

De modo que en esas me encontraba, caminando de vuelta al Village Blend, leyendo las instrucciones en letra pequeña del Ayuntamiento de Nueva York sobre cómo y dónde recurrir la puñetera multa, cuando me choqué con aquella pared beis destartalada.

De inmediato, levanté la vista desde los pantalones marrones de Quinn (di por hecho que un par diferente del idéntico conjunto del día anterior) y por encima de la camisa almidonada y la corbata a rayas (con nuevos colores, esta vez marrón y teja).

La mandíbula de Quinn seguía tan cuadrada como la recordaba, y su pelo rubio oscuro seguía igual de corto, pero la barba incipiente había desaparecido. Se las había apañado para afeitarse sin un solo rasguño. Y las ojeras eran menos pronunciadas, aunque el azul de sus ojos aún me pareció lo bastante intenso como para tener que esforzarme en respirar.

—¿Cómo estás? —pregunté después de recuperar el equilibrio y una pequeña parte de mi dignidad.

La pregunta era bastante sencilla, pero pareció inquietar al detective, como si el hecho de interesarme por su vida personal fuera tan raro como preguntarle por su reciente viaje a Marte.

—Bien —respondió tras un incómodo silencio. Su voz sonaba menos apagada, pero sus palabras entrecortadas aún sabían a café quemado.

—Tienes mejor aspecto —le dije para animarlo—. Al menos, parece que has dormido algo desde que nos vimos.

—Me gustaría hablar contigo —dijo, y cada una de sus palabras pareció una esquirla de hielo.

De acuerdo, así que los muros beis se levantaban tanto por dentro como por fuera. Pues vale. Tampoco iba a darle más vueltas.

Escudriñé la sala en busca de un sitio donde sentarnos. Faltaba más o menos una hora para que comenzara el bullicio del almuerzo y solo estaban ocupadas unas pocas mesas. Había dos clientes de pie junto a la barra, detrás de la cual mi exmarido no nos quitaba ojo de encima.

A decir verdad, Matt nos fulminaba con la mirada.

Hice como si no existiera.

—¿Qué tal aquella esquina? —le pregunté a Quinn, y señalé una mesa cerca de la pared de ladrillo visto alejada de oídos curiosos.

—Me parece bien.

Mientras lo acompañaba, le pregunté:

—¿Llevas mucho esperando?

—No mucho. Diez o quince minutos.

—¿Te ha ofrecido Matt un café?

—No.

Se me desencajó la mandíbula.

—Bueno, siéntate, por favor. Insisto en que te tomes un café conmigo. Enseguida vuelvo.

—¿Qué mierda quiere este? —Matt gruñó en cuanto pisé la zona de detrás de la barra. Le daba los últimos toques de nata montada y virutas de chocolate a los mocachinos de los dos únicos clientes que quedaban por atender.

—Baja la voz —le advertí mientras me quitaba la chaqueta.

Matt se quedó mirando mi jersey de mezcla de cachemira, comprado en Daffy's durante las rebajas de otoño. (La tienda de Daffy's, en la Quinta Avenida, era un auténtico tesoro: restos de ropa de diseño a precios de saldo sin tener que desplazarse hasta los típicos *outlets* de Nueva Jersey). El suave color pino del jersey me resaltaba el verde de los ojos y su corte, ajustado a mi cuerpecillo, tampoco le sentaba mal a mi busto.

—Contéstame —exigió Matt—. ¿Qué quiere?

—Para empezar, un café —contesté. Con las manos en las caderas, esperé a que Matt obedeciera. A fin de cuentas, era el barista de turno.

—Venga ya.

—¿Para qué otra cosa viene la gente al Blend? —pregunté.

—Clare, ¿qué quiere?

—Te lo juro, Matt. Me parece increíble que haya estado aquí esperando un cuarto de hora y no le hayas ofrecido ni siquiera un café de la casa...

—¿Por qué? Dios... Sabes que los policías esos beben cualquier cosa marrón servida en vaso de papel. A la mitad de ellos ni siquiera les importa lo viscoso que esté, siempre que cueste menos de un dólar.

—Estás insultando a alguien que trata de ayudarnos...

—¿A nosotros? O a ti...

—Controla ese genio, anda —dije—. Y prepara un par de cafés con leche.

—No.

—Vamos, sencillos los dos.

—No voy a desperdiciar mi talento con un consumidor de robusta ignorante. Y tú tampoco deberías.

Con un suspiro de indignación, empujé a Matt a un lado y golpeé el interruptor del molinillo automático. Agarré el portafiltro de la máquina, tiré los posos húmedos, enjuagué el cacillo y añadí el café recién molido.

—Seguro que guarda un bote de café instantáneo Sanka en el cajón de su escritorio —murmuró Matt.

—Eso no viene a cuento —repliqué mientras empezaba el proceso de extracción del café.

—O peor aún —me susurró Matt al oído—. De cristales instantáneos Folgers.

—¡Vete a la porra! —susurré.

—Controla ese genio.

Una vez que el expreso hubo rezumado de los dos caños en sendos vasitos (recuerda, debe rezumar como la miel caliente, porque de lo contrario sería una infusión, ¡no un expreso!), vertí el contenido de cada vaso en una taza.

Como los íbamos a consumir en el salón, obvié los vasos de papel y utilicé las tazas altas de cerámica color crema que se encontraban apiladas en filas ordenadas sobre un estante de la pared del fondo. A continuación, añadí la leche hervida, que salpicó el líquido oscuro como un tsunami blanco.

Coloqué los cafés con leche en una bandeja con el fondo de corcho, la sostuve en alto como una buena camarera y me acerqué a la mesa de la esquina, permitiendo que Matt me viera contonear las caderas de manera intencionada. Con un regocijo disimulado, noté cómo se enfurecía en silencio a mis espaldas.

Con la bandeja en alto, zigzagueé por la pista de obstáculos que formaban las mesitas de mármol. Me di cuenta de que Quinn me observaba desde el otro lado.

Se estaba fijando en el contoneo de mis caderas bajo los vaqueros. No fui capaz de descifrar la expresión cautelosa de su rostro de mandíbula cuadrada ni su mirada fría en el fondo de aquellos ojos azul oscuro mientras me observaban. Tampoco cuando ascendieron hacia mi jersey color pino, ceñido al cuerpo por la tensión del brazo levantado.

A cualquier mujer le habría encantado aquella muestra de atención masculina unánime, y pensé que yo también lo estaría..., pero lo cierto es que no. De hecho, la mirada perdida de Quinn me cohibió un poco y aflojé el paso a mitad de camino.

¿A qué puñetas juego? —me pregunté—. *No soy una casquivana. Esto es una estupidez.*

Bajé la bandeja redonda, hasta entonces a la altura de cervecería bávara, y empecé a llevarla con las dos manos, colocada de forma estratégica delante del pecho color pino.

Aunque no niego que empezara el día eligiendo mi jersey con la esperanza de volver a ver a Quinn, de repente la realidad de que se quedara mirándolo (o, mejor dicho, de que me mirara) me pareció excesiva, como pretender que, por el hecho de acariciar a mi gato por la mañana, pudiera darle de comer a un tigre por la tarde.

¿Por qué narices había pensado que podía enfrentarme a algo tan incontrolable en mi vida como el deseo? (Quiero decir, más allá del terreno de la fantasía). ¡Y con un hombre casado!

Después de fustigarme en mi fuero interno mientras recorría el salón, dejé los cafés con leche sobre la superficie de mármol color coral. Quinn seguía sin decir palabra. Solo me miraba.

—Recuérdame que no juegue al póquer contigo —le dije para romper el hielo.

—¿Qué quieres decir? —preguntó sin dejar de mirarme.

—Da igual —contesté.

Y entonces, en un esfuerzo por combatir mis nervios de colegiala y por ir al grano, me puse a contarle qué había sido de mi vida durante las últimas veinticuatro horas. Le describí las conversaciones que había mantenido con Esther Best, con Cassandra Canelle y, por último, con Darla Branch Hart.

Mientras le hablaba, Quinn me observaba gesticular con la misma expresión intensa que me había dedicado cuando me acerqué a él desde el otro lado de la cafetería.

Cuando terminé, dijo:

—Así que... has trabajado en el caso.

Asentí con la cabeza.

Le dio un sorbo al café con leche. Un sorbo largo. Luego se echó hacia atrás y dejó que un leve gesto de emoción cambiara sus facciones, una mezcla de asombro y admiración. Pero no dijo nada. Ni una palabra de aliento. Ni siquiera un cumplido sobre el café con leche.

Eso me dolió.

—Bueno —dije, intentando ocultar mi decepción—, en función de lo que he descubierto, ¿qué te parece?

—¿Qué me parece? —dijo—. Tú llevaste a cabo las entrevistas. ¿Qué te parece a ti?

—Yo no soy profesional.

—Cuando hablaste con esas mujeres, verías cómo se dirigían a ti: su lenguaje corporal, su tono de voz. ¿Cuál fue tu impresión?

—Mi impresión... —Le di un sorbo al café. Me lo pensé—. La verdad es que hay algo que no me quito de la cabeza. Bueno, es más una visión que una impresión.

—¿De qué se trata?

—¿De verdad quieres saberlo? —le pregunté.

—No. Lo pregunto por preguntar.

—Dios, qué complicado eres.

—A ver, dime..., Clare.

—Por cierto, ¿tú cómo te llamas?

Se movió incómodo.

—Mike. Michael Ryan Francis, si quieres el nombre completo.

—Vale, te contaré mi visión, Michael Ryan Francis, aunque no sirva de nada. Veo una imagen de Cassandra Canelle, que salta por el aire como un pájaro azul-violeta y me dice que todo lo que quiere de la vida es «música perpetua y una extensión interminable de suelo liso y nivelado». Y luego veo la manicura costosa de Darla Branch Hart, que agarra dos billetes arrugados y dice: «Mi hijastra merece más dinero... y voy a asegurarme de que lo reciba».

—¿Las ves a ambas?

—Se entrecruzan en mi mente. Las imágenes giran, como bailarinas en una pista de baile... —Me encogí de hombros—. Qué locura, ¿verdad?

Por sorprendente que parezca, Michael Ryan Francis Quinn no se ofreció a llevarme al psiquiátrico de Bellevue. En lugar de eso, me dijo que eso le había recordado a un artículo que leyó hace unos años sobre la extrañeza de nuestro universo.

—¿Perdona? —le dije—. ¿La extrañeza de nuestro universo? *¿Quién necesita ir al manicomio ahora?*, pensé.

—No, escucha —dijo Quinn—. Viene al caso. En el artículo, un astrofísico explicaba que era capaz de ver un agujero negro en la oscuridad del espacio. Decía: «Imaginen a un chico con un esmoquin negro. El chico es el agujero negro. Ahora imaginen que da vueltas con una chica vestida de blanco. La chica es la luz de una estrella cercana. Ahora imaginen que la chica y el chico están en una habitación oscura, la habitación es la vasta oscuridad del espacio. ¿Cómo localizan al chico vestido de negro si está bailando en una habitación oscura? —Quinn se quedó callado, a la espera.

—Buscas a la chica vestida de blanco —contesté—. La luz revela la oscuridad.

Asintió.

—La oscuridad no puede esconderse. No para siempre. Ni siquiera en la inmensidad del espacio.

CAPÍTULO VEINTE

—Entonces, ¿qué me quieres decir? —le pregunté a Quinn—. ¿Que en mi visión Cassandra es la luz, la buena madre, y muestra a Darla como la mala, la que mantuvo a Anabelle sometida y quizá también quien la empujó por la escalera?

—Buscamos en un motivo... y una oportunidad —dijo Quinn.

—Bueno, el motivo podría ser obtener dinero al denunciarnos por un supuesto accidente. Aunque a lo mejor discutió con Anabelle por los cinco mil dólares que le prestó para venir a Nueva York. Esther dijo que Darla quería que se los devolviera. Si Anabelle no tenía esa cantidad, es posible que Darla la presionara para que los consiguiera mediante el estriptis. Obviamente, Darla ya es demasiado mayor para bailar desnuda, así que la solución más segura para saldar deudas habría sido convencer a Anabelle de que volviera a la vía rápida. Anabelle podría haberse negado y Darla podría haber venido aquí para continuar la discusión con ella, acorralarla, y tal vez provocar su caída por las escaleras.

—Ese es un buen motivo. ¿Y la oportunidad? ¿Sabes dónde estuvo la señora Hart la noche en que cayó Anabelle?

—No, pero trataré de averiguarlo.

—Esa es tu mejor baza, pero no descartes otras posibilidades. Una teoría puede parecer bonita a primera vista, pero eso no significa que debas casarte con ella. Lo he aprendido por las malas, te lo aseguro, no solo en el trabajo.

Su confesión vino acompañada de un suspiro ofuscado que me pilló por sorpresa. Aunque quise preguntarle por aquella insinuación tan elocuente (de que su matrimonio iba mal), siguió hablando sobre asuntos policiales, así que interpreté que se trataría de algún tipo de desavenencia marital sin importancia causada por las facturas de la tarjeta de crédito o por las tareas domésticas. Un suspiro no significaba que su matrimonio se fuera a pique, faltaría más.

—Hechos —continuó—. Hechos y pruebas. Este lugar estaba cerrado a cal y canto. Quienquiera que saliera de aquí tenía una llave. ¿Has hecho la lista que te pedí con los nombres y direcciones de los empleados?

Me saqué la lista del bolsillo de los vaqueros. No reparé en que también le había adjuntado la multa de aparcamiento hasta que Quinn agarró ambos papeles.

Echó un vistazo a los nombres.

—Tucker es el único empleado a tiempo completo, aparte de Anabelle —le expliqué—. Los demás son trabajadores a tiempo parcial, estudiantes. Ya hablé con todos, con Esther cara a cara y con el resto por teléfono. Los llamé anoche a última hora para reajustar sus horarios y, si te soy sincera, ninguno me parece sospechoso. Ninguno tenía un motivo plausible para hacerle daño a Anabelle.

Quinn asintió.

—Los investigaré de todos modos, y también a la señora Hart. Veré si tiene alguna orden de detención pendiente o antecedentes penales.

—Bien. Pero ¿no puedes hacer algo mientras tanto con ella?

—¿Hacer algo? ¿Como qué?

—¿Como mantenerla alejada de Anabelle, por ejemplo? Si le hizo daño una vez, podría intentarlo de nuevo.

Quinn se quedó callado.

—Anabelle está en la uci —dijo por fin—. La vigilan las veinticuatro horas del día. Nadie va a hacerle daño allí.

—¿Quieres decir que no estás dispuesto a pararle los pies a Darla Hart? ¿Ni siquiera vas a llevarla a la comisaría para interrogarla?

—Clare... —Quinn habló con tono cortante. Luego se detuvo un momento y retomó el discurso, esta vez con el mismo tono con el que le explicaría las matemáticas a un niño de educación infantil—. Clare, no hay pruebas que la inculpen. Ni siquiera hay pruebas de que haya existido un delito. Así que la respuesta es no.

Dios —pensé—, *¡qué tono tan insufrible!*

—Entonces, ¿qué vas a hacer? —pregunté—. ¿Has interrogado al menos al novio de Anabelle? Todavía no he llegado hasta él.

Quinn frunció el ceño y se removió en su asiento.

—Si te soy sincero, mi trabajo en este caso..., quiero decir, la participación oficial de la policía en este caso... va a ser limitada. Mi superior sabe que la Unidad de Criminalística no encontró pruebas de que la caída de Anabelle fuera provocada...

—Sí, ya lo sé. Y el examen físico niega que hubiera intento de agresión sexual.

Los ojos azules de Quinn se abrieron de par en par. Desde que se sentó, era la primera vez que demostraba alguna emoción (sorpresa, seguida de fastidio).

—¿Cómo diantres sabes eso? —preguntó.

—Tengo mis fuentes —dije. Mike Quinn hizo una mueca. Y añadí—: También sé que Anabelle está embarazada, lo que hace que la situación sea aún más trágica.

—¿Cómo has averiguado ese dato?

—Ya te lo he dicho, tengo mis fuentes.

—¿Quién, Clare? —Se le enrojecieron las mejillas.

Negué con la cabeza.

—No puedo decírtelo.

Quinn respiró hondo y exhaló.

—Está bien. Como te decía, no hay pruebas de agresión. Mi jefe quiere que el caso se cierre, pero me deja mantenerlo abierto mientras exista la posibilidad de que Anabelle despierte e informe de algún tipo de agresión. Mientras tanto, se supone que debo trabajar en otro caso: un tiroteo que es un caso claro de homicidio.

—Entonces, ¿qué me quieres decir, que me ayudarás a investigar, pero extraoficialmente? ¿Por qué? ¿Para qué? ¿A cambio de café gratis?

Quinn me lanzó una mirada inexpresiva, luego apartó la vista y se encogió de hombros.

—Me gusta tu café.

—¿De verdad? Ayer no dijiste nada cuando te di la primera taza de nuestra mezcla de la casa.

—No soy efusivo. No suelo serlo. Y menos con el café. Pero te diré, ya que lo preguntas, que fue la mejor taza de café que he tomado en toda mi vida..., y he tomado mucho café.

Sonreí.

—Gracias. ¿Y el café con leche? —pregunté mientras le señalaba la taza alta de color crema—. Apuesto a que es el primero que tomas, ¿verdad?

Quinn lo miró.

—Nunca pensé que me gustaría, el café con leche siempre me ha parecido un poco..., bueno, ya sabes, un poco...

—¿Gay?

Se echó a reír.

—Y si me gusta, ¿en qué me convierto?

—No, en gay no. A ver..., no sé... Ya sabes, en alguien más continental, como aquel detective de Dashiell Hammett. El agente de la Continental.

Quinn volvió a reírse. Luego se puso serio. Suspiró.

—Si mi jefe se entera de que te estoy ayudando, me apartará del caso, ¿de acuerdo?

—De acuerdo —dije.

—Así que, sea quien sea tu fuente, asegúrate de que mi ayuda se mantiene en secreto.

—Lo haré.

Quinn miró los papeles que tenía en la mano y se fijó en la multa de aparcamiento que había debajo de la lista de empleados.

—¿Y esto? —preguntó mientras leía con rapidez—. Una multa de aparcamiento...

—Ay, perdona. No quería dártela. Devuélvemela.

—¿Ciento cinco dólares? Obstrucción de hidrante. ¿Qué ha pasado?

—Nada importante —respondí, avergonzada—. Es decir, no pensé que hubiera aparcado tan cerca de la boca de riego. No había otro sitio donde dejar el coche. Pensaba moverlo enseguida, pero entonces encontré a Anabelle y, con todo el lío, el coche se quedó allí unas cuantas horas.

Esperaba que Quinn me devolviera el papel con un sermón sobre seguridad vial y prevención de incendios. En lugar de eso, se metió la multa en el bolsillo de la gabardina manchada y se limitó a decir:

—Yo me encargo.

—¿Qué? No.

Creí que me moría de vergüenza. Aquel hombre ya se estaba desviviendo por ayudarme en su tiempo libre. No quería que también me pagara la multa.

—No te preocupes. De verdad. No pretendía que...

—Insisto. Estuviste implicada en una operación policial. Puedo anularte la multa. Déjalo en mis manos.

En realidad, me reventaba la idea de tener que desembolsar ciento cinco dólares o de perder una mañana entera para recurrir la multa ante la Jefatura de Tráfico.

—¿Sí? —pregunté—. ¿No es ningún problema?

—Bueno, es un problema pequeño. No pasa nada. No me importa.

—¡Oh, gracias, teniente! ¡Me dan ganas de besarte! —solté.

Durante una fracción de segundo, cruzamos la mirada. Luego apartó la vista, como si de repente se diera cuenta de que no debía desear que lo besara. O peor aún, que no debía demostrarlo.

Ay, Dios —pensé—. *Aquí ha pasado algo. No sé si un relámpago, fuegos artificiales o una explosión nuclear radiactiva, pero algo, seguro.*

Ahora le tocaba a él reparar la situación incómoda. Se levantó a toda prisa de la mesa mientras se terminaba el resto del café con leche.

—Será mejor que me vaya.

—¿Quieres uno para el camino? —le pregunté.

Miró la taza vacía y asintió.

—Claro. Estupendo.

Recogí la mesa, agarré la bandeja y volví a la barra con sensación de alivio y una confianza renovada.

Ahora que sabía que la atracción no era una fantasía de colegiala por mi parte, podía mantener la cabeza alta. En realidad, más que nada, era una cuestión de orgullo. Porque, a ver, no estábamos en una película. Reconocer una atracción no significaba nada en absoluto, sobre todo a esas alturas de la vida. Una pizca de coqueteo no obligaba a un hombre y a una mujer a actuar en consecuencia, a acostarse, casarse, tener hijos, divorciarse, volver a casarse o lo que fuera con tal de rellenar un drama familiar de dos horas.

No, en la vida real, un hombre y una mujer pueden coquetear hasta la saciedad. Pueden apreciarse, sentirse atraídos el uno por el otro y nada más. Aburridísimo, sí, pero por lo general esas relaciones no pasaban de ahí.

Sabía que eso era lo único que había entre Quinn y yo: aprecio mutuo. También estaba segura de que no llegaríamos a nada. Era gratificante saber que no era la única que luchaba contra unos sentimientos que me volvían tan torpe y mareada como una colegiala en su primera cita.

Estaba terminando de preparar el café con leche doble de Quinn cuando la puerta principal se abrió con una nueva visita. Pelo plateado, mejillas sonrosadas y un traje pantalón de Chanel que me resultaba familiar. Negro. Aún de luto.

—¡*Bonjour*, queridos!

—¡Madame! —grité—. Se te ve muy... —estuve a punto de decir «saludable», pero me contuve. Me había prometido no revelar lo que sabía sobre su cáncer— feliz.

—¡Oh, sí! ¡Sí! Traigo excelentes noticias. Una pareja de amigos no podrá asistir a mi subasta benéfica de esta noche. Ya habían comprado las entradas, a mil dólares por cabeza, que para ellos es una donación. Ahora que mi hijo Matteo ha regresado, os las puedo dar a vosotros... ¿Dónde está, Clare?

—¿Ya ha venido mi madre a darme la lata? —gritó Matt, que subía por la escalera de servicio con una bolsa de mezcla de la casa recién tostada.

—Para darte la lata ya está Clare, culo de mal asiento —dijo Madame mientras él arrastraba la pesada bolsa hasta detrás del mostrador de la cafetería—. Lo que tienes que hacer es venir aquí y saludar a tu madre como es debido.

Matteo rodeó el mostrador y su madre le tendió las dos manos, lista para el acostumbrado apretón y el protocolario beso europeo en ambas mejillas. Sin embargo, Matt abrió los fuertes brazos y envolvió a la frágil mujer, que vestía de manera impecable, en un fuerte abrazo de oso americano.

Madame abrió los pálidos ojos azules de par en par, atónita, cuando sus tacones Fendi se despegaron del suelo, pero luego su rostro pasó a un estado de placentera sorpresa que no exteriorizaba desde que Pierre murió.

—¿Y esto a qué viene? —preguntó—. ¡Ah, ya sé! Necesitas un préstamo, ¿no?

—¿Un préstamo? Claro. ¿Qué tal un millón y medio? Siempre quise tener un avión privado.

—Pues va a ser que no —dijo Madame—. Pero te regalo mis puntos de fidelidad aérea. Con eso creo que tendrás para medio asiento en clase turista.

—No. Un Airbus para mí solo o nada.

Matt soltó a su madre y, de repente, volvió a abrazarla. Al verlo casi se me derrite el corazón.

—¿Un expreso, Madame? —le pregunté.

—Sí, por favor —respondió, y su gesto de sorpresa agradable dio paso a la perplejidad—. ¡Matt, ya está bien! —gritó, estupefacta por la inusual muestra de afecto de su hijo—. ¿Qué te pasa?

Matt la soltó de nuevo, se dio la vuelta bruscamente y volvió detrás de la barra.

—¿Acaso un hombre no puede echar de menos a su madre?

—No —contestó ella—, no si ese hombre eres tú. —Entrecerró los ojos y me taladró con la mirada como si dijera «¿Y a este qué le pasa?».

Aparté la vista al instante, terminé el café con leche de Quinn y le entregué el vaso de papel con la tapa de plástico.

—¿Qué te debo? —preguntó Quinn en voz baja.

—¿Estás de broma? —dije en voz igual de baja—. Acabas de ahorrarme ciento cinco dólares y las delicias de la Jefatura de Tráfico. Tu dinero aquí no sirve.

Asintió en señal de agradecimiento y cogió el vaso.

—Quema.

—Ay, perdona. Toma. —Cogí una funda de cartón aislante de un montón colocado cerca de la zona de recogida. Los clientes habituales conocían el procedimiento, así nos ahorrábamos tiempo si les dejábamos las fundas a mano.

—Gracias —dijo al agarrarla. Luego se detuvo y miró la tira de cinco centímetros de cartón doblado—. ¿Qué es?

—¿Qué quieres decir? —le pregunté.

—Quiero decir... —Le dio la vuelta y lo miró con tal gesto de impotencia que casi se me escapó una carcajada. Estaba claro que Quinn necesitaba un tutorial.

—Déjame que te enseñe. Primero abres el cartón y luego metes la parte de abajo del vaso. ¿Ves? Se desliza hasta el final y encaja perfectamente en el agujero...

Quinn parecía incómodo. Avergonzado incluso.

—¿Qué pasa? —le pregunté.

Sacudió la cabeza.

—Da igual. O sea, te lo agradezco, pero tengo que irme...

Mire hacia atrás. Matt estaba allí, con los brazos cruzados y una sonrisilla de superioridad en la cara.

—¿Qué? —le espeté a mi ex.

Matt arqueó las cejas y levantó las manos con las palmas hacia arriba. Quinn saludó educadamente a Madame con la cabeza al pasar por su lado y se dirigió a la puerta.

—Tendríais que recogerme a eso de las ocho —dijo Madame, apoyándose en el mostrador—. La subasta empieza a las nueve, pero habrá música y comida fabulosas, por supuesto, y...

—Tendría que recogerte Matt —interrumpí—. Yo no puedo.

—¿Y eso? ¿Por qué no? —preguntó Madame.

Porque lo último que necesito ahora mismo es que me organicen una «cita» con mi exmarido, ¡muchas gracias!

—Es viernes —dije—. El Blend estará hasta arriba. Debería quedarme.

—Qué tontería —objetó Madame con un gesto de su mano arrugada—. Serán solo unas horas. Y tienes ayudantes de confianza. Al menos eso me dijiste. Deja que se encargue esa chica tan amable. ¿Cómo se llama? Anabelle...

Respiré hondo y miré hacia la puerta. ¿Se había ido ya Quinn?

¡Oh, Dios! Me di cuenta de que no. Se había detenido junto a la puerta. Había oído a Madame. Alzó las cejas y parecía a punto de hablar. Le hice un gesto y sacudí la cabeza en silencio. *¡No digas ni media palabra!*

—El Blend es ahora responsabilidad mía —le dije a Madame con toda la delicadeza que pude—. Matt puede ir esta noche...

Noté que Quinn me hacía señas para que me acercara.

—Disculpa, Madame —dije, y luego me volví hacia Matt—. Por favor, prepárale a tu madre el expreso.

—¿Y ahora qué quiere este? —preguntó Matt en voz baja cuando pasé.

—No lo sé —contesté.

—Seguro que otra ayudita para meter algo en un agujero —murmuró con desdén.

Le lancé a Matt la mirada más iracunda que pude.

Quinn me miró desde la puerta. En ese momento, tan cerca, parecía altísimo.

—Se me olvidaba decirte una cosa —dijo en voz baja—. Es curioso, porque en realidad he venido para eso.

—¿Para qué? —pregunté.

Me agarró la mano. Se me hizo un nudo en la garganta y el corazón empezó a latirme tan fuerte que estaba segura de que parecía que me estaba dando un ataque. Pero ni por asomo era lo que imaginaba...

—Toma —dijo.

Noté que me colocaba un objeto pequeño y duro en la palma de la mano.

—Es cafeína —dijo.

Miré hacia abajo. Se trataba del frasco de polvo blanco de Matt, el que Langley confundió con cocaína y Quinn con cualquier cosa.

—Ahí lo tienes —dijo Quinn, que levantó la barbilla hacia Matt—. Decía la verdad.

Asentí.

—Gracias.

—No hay de qué. —Se volvió—. Y..., eh..., gracias por el café.

—De nada —dije, y observé cómo su alta figura con gabardina salía del Blend y sorteaba el tráfico a través de Hudson. Levanté el frasco y pensé en que quizá no me había querido decir la razón de que casi olvidara el motivo de su visita.

—Será en el Waldorf —dijo Madame.

No había querido decírmelo, concluí, pero me lo había dicho de todos modos.

—¿Qué? —pregunté mientras volvía a la barra.

—Te decía que tienes que venir, Clare. A la subasta. Que será en el Waldorf.

Matt me miró y movió los labios sin emitir sonido alguno:

—La madre de Anabelle se hospeda en el Waldorf. —Y sonrió.

Asentí, pensé en Quinn y también sonreí, aunque por otras razones.

—De acuerdo —accedí—. Iré.

CAPÍTULO VEINTIUNO

—(M urmullo, murmullo, murmullo)... una reunión estupenda... (murmullo, murmullo)..., pero...
Claro, cómo no —pensé con una sonrisa tensa—. *Después del cumplido, siempre viene un «pero».*

Vera Wanged, la demacrada segunda esposa de un ejecutivo que aparecía en la lista Fortune 100, hizo una pausa tras su «pero» y sonrió. Un pequeño dineral en ortodoncia resplandeció ante mí entre el parloteo itinerante y el tintineo de copas del gran salón de baile de cuatro plantas del Waldorf-Astoria, lugar de cenas de Estado, bodas de gala y declaraciones de prensa históricas.

Por encima de nuestras cabezas, unas lámparas de araña colgaban en el interior del salón conformado por un perímetro de balcones. Por debajo, una lujosísima moqueta burdeos enmarcaba una pista de baile de madera clara. Y en el horizonte que nos rodeaba, cien mesas de diez comensales, decoradas con seda cruda blanca, lirios de agua y velas encendidas.

El camarero estaba a punto de terminar mi *black russian* cuando aquella mujer me abordó. Al parecer, en medio de aquella multitud de gente de la alta sociedad que busca sustento alcohólico, había oído por casualidad a una amiga de Madame que me elogiaba por mi reciente artículo sobre el consumo de café en Estados Unidos publicado en *Times Magazine,* por lo cual consideró que «valía la pena» hablar conmigo.

A mí, en cambio, no me apetecía mucho hablar con ella, pero no estaba dispuesta a excusarme (porque, la verdad, dado lo que Matt y yo teníamos planeado hacer, no quería marcharme del bar sin mi *black russian*), así que me vi obligada a participar en el juego del murmullo que me había enseñado Madame hacía unos años.

El juego del murmullo era una herramienta muy práctica durante las fiestas. Madame me explicó las reglas cuando yo no era más que una veinteañera recién casada y asistía a una de mis primeros grandes actos sociales, tan nerviosa que temblaba como un flan.

—Presta atención a las palabras calientes —me dijo.

—¿Qué quieres decir con «palabras calientes»? —le pregunté mientras apuraba mi vino con soda (los *spritzers* de vino y los espumosos de Asti eran el único repertorio de cócteles que yo conocía por aquel entonces).

—Las palabras calientes son las que se entienden con facilidad en medio del parloteo banal y la cacofonía de la música festiva —me contestó—. Son las que contienen el significado.

—¡Ah, sí! —grité con el entusiasmo de una universitaria—. ¡Mi profesor de retórica nos habló de eso! ¿Eso no es de Marshall McLuhan? ¿Palabras frías y palabras calientes? El medio es el mensaje...

—No estoy hablando de análisis académicos, querida —me cortó Madame con un gesto desdeñoso—. Hablo de intercambio social. Cuando oigas una insoportable retahíla de murmullos, no te molestes en pedirle a la gente que repita lo que ha dicho. Esos murmullos son perejil. Un aderezo vacío. Presta atención a la carne, al calor, a las palabras que oyes con rotundidad. Y responde a eso. Por otro lado, no te pases de amable. Esta gente nace de mal humor. Demuéstrales que tienes agallas.

De modo que, allí estaba yo, casi veinte años después, practicando lo que Madame me había enseñado aquel día.

—(Murmullo, murmullo)... habría utilizado uno diferente... (murmullo) —continuó la joven de treinta y un años con un título de la Ivy League sin usar y con un deslumbrante par de pendientes de Bulgari que podría haber servido para pagar toda la educación culinaria de mi hija—. Como el... (murmullo, murmullo) en la... (murmullo, murmullo) de mi madre. Aquella sí que fue espectacular (murmullo). Inolvidable. No quiero decir que esta no lo sea...

—Bueno —intervine—, esto es una subasta de caridad, imagino que lo importante es que seamos generosos.

—Oh, bueno... (murmullo, murmullo). La empresa de mi marido... (murmullo, murmullo), la lista Fortune 100 y su... (murmullo) es generosa a la hora de... (murmullo).

—¡Qué maravilla! —le dije—. Porque, como sabrás, están aquí los del *New York Times*.

—¿De verdad? —respondió, con el mismo nivel de desinterés felino que mostraba mi Cafelito hacia un buen trozo de costilla sangrienta—. ¿Han venido?

Claro, la sección dominical de Arte y Ocio al completo. Los de Local están dejando los abrigos en el vestíbulo.

—¡Clare!

La llamada de Madame. Menos mal.

—¿Me disculpas?

Podría haberme escabullido si la mujer no me hubiera clavado las uñas con manicura francesa en el antebrazo.

—¿Sabes si han enviado a un fotógrafo? Los del *New York Times*...

Qué curioso. Ya no hay murmullos. Todas las sílabas pronunciadas a la perfección.

Me encogí de hombros con cara de «no tengo ni idea», me desenganché de las garras de punta blanca y, con el *black russian* bien agarrado, enfilé hacia donde estaba Madame.

En realidad, desde el desplome bursátil de fin de siglo, estas escenas eran mucho más agresivas que antes. Parecían más una partida de *hockey* verbal que un juego de murmullos. Podría haberme inspirado en los Pittsburgh Penguins, que repartían leña sobre el hielo del Civic Arena cuando yo era joven; como diría mi padre, siempre pródigo: «Lo que daría yo por atizarle a esta gente con el palo de *hockey*».

Que no se me malinterprete. Las conversaciones en estos actos no siempre han sido tan superficiales. Si le preguntas a un profesor de la Cooper Union cuáles son sus diez edificios favoritos del mundo, recibirás un curso completo de sensibilidad arquitectónica en una conversación de treinta minutos.

O si le preguntas a una solemne pareja de ancianos cómo se conocieron, se convertirán ante tus ojos en dos veinteañeros que reviven un encuentro casual en el París de la posguerra o en una nerviosa cita a ciegas en Central Park.

O si le preguntas a un cardiocirujano del Cedar Sinai cuáles han sido los avances médicos más importantes de los últimos cinco años, a un banquero de Chase qué tipos de pequeñas empresas están solicitando préstamos este año o a un ejecutivo de la editorial Berk and Lee qué libros hay en su mesilla de noche, ¡listo!, pasarás un cuarto de hora fascinante.

Lo único que busco en las personas es que participen de manera activa en este mundo. A quienes no soporto son a las PPA, las Princesas de Park Avenue. (Ni a los Príncipes, por supuesto, pues la versión masculina es igual de mala).

Este tipo de gente o bien (1) tiene dinero nuevo y, en consecuencia, un afán desmesurado por ostentarlo, además de alardear de cómo se relaciona con las altas esferas y los gustos refinados que lo acompañan, o bien (2) tiene dinero viejo y está tan contenta con su linaje y su patrimonio que no siente la necesidad de esforzarse lo más mínimo en mantener una conversación.

A estos últimos los ves a la legua: no hablan. Se limitan a asentir.

En cuanto a los primeros, Madame me aconsejó que tuviera cuidado con las referencias y las críticas a personas importantes. Según ella: «Ese tipo de gente tiene la teoría de que criticar no es más que opinar. Cuantos más libros, obras de teatro, artistas, diseñadores de ropa y restaurantes detesten (sin ninguna razón de peso), más difíciles de complacer los considerarán y, por lo tanto, con mejor gusto».

Entre las PPA también hay quienes se dan cuenta, en secreto, de que no han logrado en la vida nada más que acumular un botín y cobrar rentas, por lo que han resuelto el problema de no tener nada que decir volviéndose consumidoras profesionales.

Los temas que suelen dominar en sus conversaciones son: la búsqueda del perfecto... lo que sea (*spa,* bronceado, resort, hotel, campo de golf, restaurante, diseñador de ropa, cirujano plástico, terapeuta, medicamento), el cuidado y la nutrición del pelo y quién ha comprado qué casa en los Hamptons.

Dado ese abanico abrumador de temas de conversación, mi cuenta bancaria no me permitía otra cosa que no fuera el juego de los murmullos.

Mientras me acercaba a Madame con el *black russian* en la mano, admiré su porte regio. Su nivel de energía era tan asombroso como siempre. A pesar de su estado, se había ataviado con un vestido largo de Óscar de la Renta adornado con un precioso encaje en el cuello y las mangas. Aquella noche, su luto riguroso no quedaba fuera de lugar. La mayoría de las mujeres lo llevaban, incluida yo.

Hacía años que no asistía a un acto como ese, como era evidente, e intenté embutirme en un viejo vestido de cóctel, aunque me avergüence reconocerlo. Cuando llegué a recogerla a su casa, Madame me miró y chascó los dedos. Antes de que me diera cuenta, su asistenta me estaba ayudando a ponerme un Valentino de seda vaporosa sin hombros, me recogía el pelo en un moño impecable y me adornaba el cuello denudo con un delicado collar antiguo de esmeraldas, diamantes y rubíes dispuestos en forma de pequeños capullos de rosa entrelazados.

Por lo menos, ya parecía encajar en un festejo de mil dólares el cubierto. Eso era crucial, teniendo en cuenta lo que Matt y yo teníamos previsto hacer.

Después de encontrarnos con Madame en su ático de la Quinta Avenida —y de que me vistiera como si quisiera complacer a una coleccionista de Barbies antiguas—, llegamos juntos en su vehículo privado y la ayudamos a registrarse en el hotel.

—La velada va a ser larga —nos había advertido Madame—. Y prefiero coger un ascensor hasta mi habitación al final de la noche que un coche hasta el centro. Además, el *brunch* de Peacock Alley siempre es delicioso. (Uno de los restaurantes más elegantes del Waldorf. En serio, su sopa de castañas está para morirse).

Que Madame decidiera pasar la noche en el hotel nos venía muy bien a Matt y a mí, porque, al contar con la tarjeta de acceso a su habitación, nuestro plan sería infalible. O eso esperábamos.

—Clare, estamos en la mesa cinco —dijo Madame cuando llegué hasta ella.

La quinta mesa de cien, no está mal, pensé. Aunque era lo lógico, dado el alto rango que Madame ostentaba en el comité organizador de aquella cena benéfica, formado por diez personas.

—¿Cuál es el código postal? —pregunté. Había un millar de asistentes y temí necesitar un mapa de carreteras para llegar.

Señaló hacia la parte delantera de la enorme sala, cerca del escenario donde se exponían los artículos de la subasta silenciosa junto a las cajas individuales donde los pujadores depositarían sus ofertas al final de la noche. Todos los objetos eran donaciones de los mecenas, la mayoría antigüedades, objetos de arte o distintos tipos de servicios (incluidos el *catering* para una cena ofrecido por un famoso chef de Food Channel y una balada a bordo de un coche de caballos alrededor de Central Park ofrecida por una famosa cantante).

Los fondos obtenidos se destinarían a distintos programas del Hospital St. Vincent, una obra de caridad que ahora cobraba más sentido que nunca, dado que Madame recibía allí su tratamiento oncológico. De hecho, mientras nos acercábamos a la mesa número cinco, me sorprendió ver que su oncólogo se levantaba para saludarnos.

—Clare —anunció Madame—. Te presento al doctor Gary McTavish.

Era el doctor Sienes Plateadas. Aquel día apenas había vislumbrado a aquel hombre de unos sesenta años que hablaba con Madame en el pasillo del hospital mientras yo subía en ascensor a la uci para visitar a Anabelle. Aún tenía las sienes grises en la melena salpimentada, unos rasgos faciales esculpidos con osadía y una complexión robusta, pero esa noche había cambiado la bata blanca por una corbata negra, un chaleco rojo de cuadros y un esmoquin negro.

—Un placer, querida —dijo con un leve acento escocés que remataba su parecido con Sean Connery—. He oído hablar muy bien de ti.

—Gusto —solté mientras él se inclinaba sobre mi mano—. Quiero decir... Mucho gusto.

Sienes Plateadas me dedicó una sonrisa amable y luego volvió a centrar sus cálidos ojos marrones en el rostro de Madame, ahora resplandeciente.

—Es encantadora, Blanche.

Blanche —pensé—. *Hummm. Parece que el médico y la paciente se han hecho muy amigos.*

Sienes Plateadas se acercó a la silla contigua a la suya, la retiró con galantería y le guiñó un ojo a Madame.

—¿Puedo?

Madame soltó algo parecido a una risita.

—Claro que puedes, Gary.

¡Gary! Ni siquiera doctor Gary. Otro *hummmm* por mi parte.

Acto seguido, el doctor retiró mi silla, pero no apartó la mirada de la de Madame.

Miré a mi alrededor con nerviosismo para cerciorarme de que Matt aún no había llegado. Tenía la mecha corta y era tremendamente protector con todas las mujeres de su vida. Nadie sabía de lo que sería capaz si sospechaba que el oncólogo de su madre la estaba cortejando.

—Buenas —dijo Matt unos diez segundos después, y se dejó caer en el asiento vacío que había entre su madre y yo—. ¿Preparada? —me susurró.

Tomé un sorbo fortificante de mi *black russian.*

—¡Ya estamos todos! —exclamó Madame—. Atención, estos son mi hijo Matt y su mujer, Clare...

¡Exmujer, exmujer, exmujer!

No, en realidad no grité por encima del tintineo del piano, las conversaciones balbuceantes y los pitidos rítmicos disonantes de los teléfonos móviles. Mantuve la compostura e intenté centrarme en tragar otro sorbo de alcohol con sabor a café por el esófago. Como quería tanto a Madame, pensé que qué otra cosa podía hacer.

—... y dejad que os presente a todos los demás...

Había otras siete personas en la mesa además de Madame, Matt y yo: el doctor Sienes Plateadas; el doctor Frankel, un médico afroamericano de mediana edad, y su mujer, Harriet, abogada de empresa; una directora administrativa del St. Vincent llamada señora O'Brien; una consejera adjunta del Departamento de Salud e Higiene Mental de la Ciudad de Nueva York llamada Marjorie Greenberg y su marido, un psicólogo; y, por último...

—Eduardo —añadió Madame señalando al hombre de mi izquierda—. Eduardo Lebreux.

¿De qué me suena ese nombre?, pensé.

—Eduardo trabajaba para mi difunto marido —respondió Madame antes de que me diera tiempo a preguntar.

¡Ya lo recordaba! Eduardo era el hombre que, según me dijo Madame, «recomendó encarecidamente» al idiota de Moffat Flaste, sin duda el peor encargado de la historia del Blend.

—Y ahora que nos conocemos todos —continuó Madame—, veo que llega el primer plato. La ensalada Waldorf. *Bon appétit!*

No he conocido a muchos aficionados a la ensalada de manzanas y apio cubierta de mayonesa, que es la versión original del Waldorf (la receta incluye ahora nueces picadas), pero era una elección nostálgica para la velada, teniendo en cuenta que aquella ensalada se inventó allí mismo hacia la década de 1890. Por supuesto, por entonces el hotel estaba situado en la Quinta Avenida con la Treinta y Cuatro, el punto exacto donde ahora se encuentra el Empire State.

Mientras servían las ensaladas, me volví hacia el hombre que tenía a mi izquierda. Era de mediana edad, pero resultaba difícil calcularla con exactitud. ¿Cincuenta? ¿Sesenta? Bajo de estatura, como Pierre, pero no tan guapo. Tenía el pelo oscuro, escaso por arriba y excesivamente largo por detrás, un bigote que necesitaba un recorte y una mirada pensativa de ojos verdes. No tenía arrugas, pero sí la piel manchada por la bebida y el tabaco desde su más tierna infancia. Era el tipo de persona que podría aparentar más edad de la que realmente tenía. Sin embargo, llevaba un traje fabuloso. Posiblemente italiano. Definitivamente caro.

—Disculpe, señor Lebreux —le dije—, pero ¿qué hacía para Pierre Dubois?

—Oh, un poco de todo...

Ligero acento francés. Apellido francés. Pero ¿Eduardo de nombre?

—¿Creció usted en Francia? —pregunté.

Sentí que Matt apoyaba la mano con suavidad en mi brazo. No le presté atención. Aquel tipo tenía algo oscuro y el instinto me urgía a indagar un poco más.

—Mi padre era francés —dijo Eduardo—. Y mi madre, portuguesa.

—Por eso el señor Lebreux le resultó tan útil a Pierre en el negocio de importación y exportación —intervino Madame, inclinándose hacia nosotros—. Por sus conexiones en Francia, Portugal e incluso en España.

—Sí, así es. Ya sabe cómo va eso: un cargamento aquí o allá, de champán, de oporto, de perfume, de cualquier cosa, puede perderse en el camino a Estados Unidos si los engranajes adecuados no están bien..., ¿cómo dicen aquí?..., bien engrasados.

—Clare —susurró Matt. Llevó la mano a mi codo y apretó.

—Qué interesante —le dije a Lebreux—. Y qué más.

—En realidad son cosas aburridas... Solo ayudaba a Pierre con sus negocios.

—Y ahora que Pierre ha muerto y el negocio ha cerrado —le dije con toda la intención—, ¿a qué se dedica?

—Oh —respondió apartando la mirada como si aquello le resultase aburrido—. Pues un poco de esto. Un poco de aquello.

—¡Clare!

Toda la mesa dio un respingo. Ahora nuestros compañeros de cena nos miraban.

Tranquilo, Matt, tranquilo.

—Discúlpenme —dijo Matt con una sonrisa tímida—. Me he dejado la PDA en la habitación de mi madre y es vital que la recupere. Clare, seguro que tú te acuerdas de dónde la he puesto. Enseguida volvemos.

Me resistía a poner fin al interrogatorio a Eduardo, pero me resistía aún más a perder el brazo derecho del que tiraba con agresividad mi exmarido, con cuyos bíceps marmóreos era imposible competir.

—Adelante, adelante —dijo Madame, que parecía extrañamente complacida por el anuncio. No supe por qué hasta que nos alejamos dos pasos—. El padre de Matt también se inventaba excusas para escaparse de las fiestas. ¡Qué romántico es Matt! Igualito que su padre...

—Matt —susurré—. ¿Has oído a tu madre? Se cree que...

—Déjala —dijo—. Mejor que piense que tenemos un escarceo sexual y no lo que en realidad vamos a hacer.

No estaba tan segura de eso.

CAPÍTULO VEINTIDÓS

L a puerta del ascensor se abrió. Inhalé, exhalé y me retorcí las manos húmedas.

—No te preocupes —me había dicho Matteo antes, en la *suite* de Madame—. Hasta ahora todo ha ido sobre ruedas, ¿verdad?

—Si te refieres a que ningún detective del hotel nos ha pillado todavía, ni nos ha esposado, entonces supongo que tienes razón.

Matt se rio de mí.

—Clare, has visto demasiado cine negro. O demasiados episodios de *Los tres chiflados*. Te imagino plantada delante de la tele viéndolos en un canal local de Nueva Jersey, en el culo del mundo.

—Ja, ja.

Habíamos ido a la *suite* de Madame, tal como habíamos dicho. Teníamos que llamar desde una habitación de verdad. Dados los avances de la telefonía, el personal del hotel vería la procedencia de la llamada y no podía arriesgarme a usar un teléfono particular y levantar sospechas.

—Tampoco te preocupes por Darla Hart —insistió Matt—. Antes de sentarme a la mesa, llamé al St. Vincent y hablé con tu amigo el doctor Foo. Me dijo que Darla seguía allí con Anabelle, así que no hay ninguna posibilidad de que te pille con las manos en la masa.

Por lo que sea, sus palabras no me consolaron. A fin de cuentas, era yo quien tenía que engañar esta vez, no Matt, quien, según mi experiencia, era mucho más hábil que yo en esos menesteres.

—Adelante, llama tú —dijo Matt, y señaló el teléfono de la mesilla de noche—. Quien coja el teléfono jamás creería que soy Darla Hart.

—Lo sé, lo sé —acepté.

Carraspeé, descolgué el auricular y pulsé el botón que ponía «servicio de limpieza». Alguien contestó al primer tono.

—Hola —dije—. Soy Darla Hart, habitación 818. —Mientras Madame se registraba, yo le había preguntado a la recepcionista si «nuestra amiga Darla» ya se había registrado y le pregunté su número de habitación para visitarla. La recepcionista se mostró reacia a facilitarnos tal información, por política del establecimiento, pero, dada mi insistencia y que Madame era una huésped conocida, al final accedió—. Estoy de visita en la habitación 26, de la señora Dubois, pero vuelvo ya a la mía y me gustaría darme un buen baño. ¿Podrían dejarme un juego de toallas extra, por favor?

—Por supuesto, señora Hart. Ahora mismo —respondió la voz masculina al otro lado de la línea.

—Gracias —dije. Por un momento, imaginé que esa misma voz llamaba a la policía un segundo después de colgar.

—No va a funcionar —le dije a Matt.

—Claro que va a funcionar —contestó Matteo, y me empujó hacia la puerta—. Venga, ahora vete a esperar a que la camarera entre en la habitación de Darla. Llámame cuando estés dentro y subiré. Y no te olvides de esto. —Me puso la tarjeta de Madame en la mano—. Sostenla en la mano, como si fueras a abrir la puerta —me recordó Matt—. Pero no dejes que compruebe si abre, o de lo contrario pasarás la noche en la prisión de Rikers Island.

—¿«Pasarás»? Querrás decir «pasaremos»...

Matt arqueó una ceja y se cruzó de brazos. Por desgracia, eso acentuaba la belleza de sus hombros anchos, que se estrechaban hasta las caderas, todo ello bien marcado por las suaves líneas de su esmoquin Armani, confeccionado de forma exquisita.

—No lo sé. Pero estás muy atractiva esta noche —dijo—. Verte esposada con ese vestidito de Valentino podría merecer la pena.

—Muy bien —resoplé, más irritada por mi momentánea atracción hacia la maldita e irreprimible masculinidad de Matt que por su bromita subida de tono—, pero si me pillan, hagamos un trato. Tú eres el cerebro de la operación, así que el fiscal irá a por ti, no a por mí.

—Has visto demasiado cine negro.

—Venga, me voy.

—Clare...

—¿Qué?

La risa burlona desapareció de sus ojos.

—No te preocupes.

—Demasiado tarde.

La planta de Darla parecía desierta cuando llegué. *Bien,* pensé.

Caminé por el pasillo, que era agradable, pero no lujoso. Al fin y al cabo, se trataba de una planta de clase *business,* para huéspedes con un presupuesto más ajustado. Como Darla Hart parecía estar a punto de tocar fondo, me pareció lógico. Lo que no tenía tanto sentido era que hubiera elegido el Waldorf Astoria. Incluso una habitación «barata» podía costar entre trescientos y quinientos dólares la noche. ¿Por qué no había buscado un alojamiento más económico?

A ver, Clare —me dije—, *para eso estás aquí, para averiguarlo...*

Justo al doblar la esquina vi a una joven hispana con uniforme de camarera que salía de la habitación de Darla Hart.

—¡Hola! —dije, blandiendo la tarjeta llave de Madame mientras me acercaba—. Muchas gracias por las toallas extra. —Pasé junto a ella y metí el pie para que no se cerrara la puerta—. Esto es por las molestias —dije mientras sacaba un billete de diez dólares y se lo ponía en la mano—. Buenas noches —añadí.

Me escabullí dentro y cerré la puerta. También eché el cerrojo. Luego miré por la mirilla hasta que vi a la mujer embolsarse la propina y desaparecer tras la esquina.

Hasta el momento, todo bien. *Me gustaría dar las gracias a la Academia por este premio...*

Me dirigí hacia el teléfono y llamé a Matt.

—Ya estoy —dije, y colgué.

La decoración era la que cabría esperar en un hotel de dos mil habitaciones, lo que yo llamaba estilo colonial moderno comercial. Por supuesto, la habitación *business* de Darla, en la octava planta, era mucho más pequeña que la *suite* Astoria Level de Madame, en la 26, que disponía de vestíbulo, dormitorio independiente, sala de estar, bar, puertas de cristal, una vista espectacular de Park Avenue y acceso directo a una sala exclusiva donde se servían aperitivos gratuitos por la noche.

Los turistas que visitan Nueva York suelen sorprenderse de lo pequeñas que son las habitaciones, incluso en grandes hoteles como el Waldorf. Pero el precio de los inmuebles en la isla de Manhattan es elevadísimo y escasean las habitaciones espaciosas, incluso en los hoteles.

Bueno, pensé, al menos no era Tokio, donde, según Matt me contó, una habitación barata puede ser tan pequeña como una cabina telefónica horizontal. La clase *business* del Waldorf no llegaba a tanto, unos veinte metros cuadrados, nada comparado con la *suite* de setenta metros cuadrados de Madame, pero estaba bien equipada sin llegar a la opulencia del vestíbulo principal.

El mobiliario consistía en una cama de matrimonio con cabecero de madera oscura. La colcha de color crema estaba abierta y habían colocado un bombón envuelto en papel de aluminio sobre las mullidas almohadas blancas. Había una mesilla de noche, una cómoda a juego, un sillón tapizado con una funda de flores que llegaba hasta la alfombra de pelo grueso, un gran espejo con el marco de madera, unas cuantas lámparas y un escritorio en un rincón.

Darla era bastante ordenada. Había algunas prendas de ropa encima del sillón (un precioso picardías de satén y unas medias de seda hasta el muslo) y unos zapatos junto a la cama (unos tacones Manolo Blahnik Alligator de ochocientos cincuenta dólares), pero por lo demás la habitación estaba bien arreglada. En el escritorio había un portátil Mac anaranjado enchufado a la toma de teléfono. Eso me sorprendió. Nunca me había imaginado a Darla Hart como usuaria de ordenador, pero al fin y al cabo estábamos en el siglo xxi, un siglo tecnológico aunque violento en el que o te conectabas o te atascabas.

Un golpeteo rítmico y familiar interrumpió mi búsqueda. Pom, pom, popopom. Pom, pom. Abrí la puerta y Matt se coló. Volví a echar el pestillo.

—Te dije que sería fácil —dijo.

—Aún no estamos fuera de peligro..., ni de la habitación —repliqué.

Se me ocurrió que el pequeño plan de Matteo era tan infalible en su mente que tal vez no fuera la primera vez que recurría a él. Probablemente para colarse en la habitación de otra mujer, supuse. Vaya usted a saber.

—No tenemos mucho tiempo —anuncié mientras abría los cajones para escudriñar su interior. Todos estaban llenos de ropa doblada—. Donna Karan, Miuccia Prada, Dolce & Gabbana... —murmuré—. Bueno, queda claro en qué se gasta el dinero.

—¡Un portátil! —exclamó Matt, acercándose al escritorio—. Joder, un Mac.

—Me gustan los Mac —dije—. ¿Necesitas ayuda?

—No. Sé usarlos, pero no me gustan. Eso ya lo hemos hablado.

—Sí, dejemos el tema. ¿No tendría Darla una contraseña o algo así? —pregunté, todavía revolviendo cajones.

—Puede que sí —respondió Matt—. Aunque te sorprendería saber cuánta gente no se molesta en... ¡Listo!

Me giré. Matt había abierto la tapa del ordenador, pulsado la barra espaciadora y la máquina había cobrado vida.

—¡Se lo ha dejado abierto! —se maravilló Matt. No podía ocultar un regocijo infantil por haber hecho una trastada.

Continué mi búsqueda mientras Matt examinaba el contenido de los archivos del ordenador de Darla Hart.

—Tiene contraseña de seguridad en la aplicación del banco —dijo Matt—. Es imposible entrar.

—No te preocupes por eso —respondí—. No tiene pinta de que la cuenta bancaria de Darla guarde muchos secretos, a juzgar por su actitud. Estará vacía.

Detrás de mí, Matt seguía tecleando.

Tras mucho buscar, encontré las maletas de Darla —Louis Vuitton de piel con monogramas y adornos de metal pulido— guardadas en el fondo del armario. Las saqué y las abrí una por una. La primera estaba vacía. La segunda, un pequeño neceser, contenía cosméticos. Los pintalabios eran todos rosas, neutros y pasteles alegres, más apropiados para una mujer mucho más joven, o para una mujer que quisiera parecer mucho más joven. Lo mismo ocurría con la máscara de pestañas. Darla no llevaba este tipo de maquillaje el día que la conocí. ¿Podría pertenecer a otra persona? ¿Quizá a Anabelle?

Cerré el neceser y abrí la tercera maleta, en cuyo interior encontré un tesoro escondido: un fajo de papeles sujetos con una pinza metálica negra. Los saqué.

—Voy a acceder a su historial de internet —dijo Matt—. Veo que tiene una línea dedicada y parece que la contraseña de su cuenta de correo está automatizada.

Me senté en el borde de la silla y hojeé los papeles. Uno de ellos, fechado hacía pocos meses, era un documento judicial oficial con el título «Darla Hart contra la compañía aseguradora Penn Life». Pasé las páginas y me sumergí en la jerga legal.

Por lo que averigüé, unos dieciocho meses antes Darla Hart había sufrido —o afirmó haber sufrido— un accidente laboral mientras trabajaba como «bailarina artística» en un «establecimiento» llamado The Wiggle Room en Jacksonville, en Florida.

Darla alegaba que la lesión le impedía trabajar y reclamaba una indemnización por incapacidad. El gerente del local, un tal Víctor Vega, había impugnado la reclamación y el asunto se resolvió en los tribunales.

Pero no a favor de Darla. No solo perdió el caso frente a la compañía de seguros, sino que además el estado de Florida le denegó la incapacidad. Las últimas cartas eran de su abogado, que le exigía el pago de los honorarios atrasados.

Al menos sabíamos que Darla había aprendido lo que mi querido padre llamaba el truco del «resbalón y caída», una variante que ahora amenazaba con utilizar contra el Blend.

Estaba claro que Darla era una aprovechada. Pero la cuestión era hasta dónde sería capaz de aprovecharse. ¿Hasta empujar por las escaleras a su hijastra embarazada, que acababa de entrar en la compañía de danza de sus sueños?

Por muy antipática que resultara, costaba imaginar que alguien, incluso ella, fuera capaz de caer tan bajo.

—¡Bingo! —anunció Matteo. Se dio la vuelta y me miró con una sonrisa deslumbrante en su atractivo rostro—. ¿Quieres saber por qué está en Nueva York?

Corrí a su lado.

—¿Por qué?

—Hay como treinta correos electrónicos dirigidos a un tipo llamado Arthur Jay Eddleman, que parece ser socio de la asesoría contable Eddleman, Alter y Berry.

—Yo también he encontrado algo. —Le mostré a Matteo los papeles legales. Luego señalé la lista de correos electrónicos en la pantalla del ordenador—. ¿Estos correos electrónicos forman parte de algún otro asunto judicial?

—Parece más bien otro tipo de asunto —replicó Matt con tono obsceno.

—¿Qué? —pregunté—. ¡Qué dices!

—He abierto varios correos recientes del archivo de descargas de Darla. Para entonces ya eran Darla y Arthur. Pero cuando empezó la relación, se llamaban Peluchita y Macho366, sus nombres de usuario en el chat.

—¿Hablamos de un romance por internet?

—Caliente e intenso. Los primeros correos datan de hace tres meses, y los últimos se enviaron ayer y hoy.

Me senté y los leí. Era evidente que, en cuanto Darla descubrió la verdadera identidad del acaudalado Macho366, se propuso atrapar al pez gordo en su red.

Los correos electrónicos de Darla daban a entender que se trataba de una mujer respetable e independiente económicamente, no de la exbailarina de estriptis arruinada y en paro que era en realidad.

Sin embargo, a juzgar por los textos —mal escritos, con faltas de ortografía y palabras mal empleadas—, el señor Arthur Jay Eddleman tendría que haber sido muy ingenuo para dejarse engañar y creer que Darla tenía siquiera el graduado escolar y que era una mujer culta y acaudalada.

Algunos de sus mensajes eran lo bastante vulgares y explícitos como para llamar la atención de cualquier hombre. Y estaba claro que Darla Hart había conseguido llamar la atención del señor Arthur Eddleman.

Tras un correo electrónico bastante explícito por parte de Darla, en el que describía todas las cosas que podrían hacer juntos (y no me refiero a paseos en carrusel por Central Park ni a excursiones a la Estatua de la Libertad), él había accedido a reunirse con ella cuando «viniera a Nueva York por negocios».

¡Por eso había reservado una habitación en el Waldorf Astoria! Se ajustaba a su falsa fachada de mujer adinerada e independiente y le aseguraba al señor Eddleman que no iba tras él por sus tarjetas de crédito, su cartera de inversiones o su apartamento de cuatro dormitorios en el Upper East Side.

Por último, Matt me enseñó un correo electrónico enviado por Darla a las ocho de la mañana del jueves, el mismo día en que encontré a Anabelle destrozada al pie de la escalera del Blend: una carta rebosante de felicidad por la maravillosa velada y la noche que habían pasado juntos, allí mismo, en aquella habitación.

Así que, mientras Anabelle rodaba por las escaleras, su madre rodaba entre las sábanas del Waldorf con el señor Arthur Jay Eddleman, de la asesoría contable Eddleman, Alter y Berry. O, al menos, eso parecía. Aunque también podría haber enviado el correo electrónico como una estrategia para salvarse el culo.

—Dios —grité—. Ese nombre. Eddleman. ¡Creo que está en la lista!

—¿Lista? —dijo Matteo—. ¿Qué lista? ¿Quién está en la lista?

Saqué el programa de la subasta silenciosa de mi bolsito de imitación de Ferragamo de cocodrilo negro con doble asa, comprado a un vendedor ambulante de la calle Ocho por veinte dólares (en vez de los seiscientos cincuenta de eBay). El folleto incluía información sobre los artículos subastados, así como sobre los programas del St. Vincent para los que se celebraba la gala benéfica.

—Mira, aquí en el reverso viene la lista completa de invitados a la cena. —Señalé las páginas donde aparecía el millar de nombres por orden alfabético, con el número de mesa al lado—. A ver... En la E... Señor Arthur Jay Eddleman y señora. Parece que Macho366 es uno de los invitados a la fiesta benéfica de tu madre. Y está casado. Seguro que Darla no lo sabía.

—Esto se pone cada vez más interesante —dijo Matt después de arquear una ceja—. ¿Y cómo puñetas recordabas ese apellido? ¿Te has dedicado a memorizar los nombres de mil personas?

—Probé a buscar el nombre de Engstrum, por si había suerte. Eddleman está dos líneas antes, ¿ves? Eddleman, Eggers, Engstrum.

—Ya veo. Pero ¿quién es Engstrum?

—Es el apellido del novio de Anabelle, Richard Engstrum hijo. Sabes cómo lo llama Esther, ¿no? El Lerdo.

—Ah, genial.

—Los Engstrum tienen dinero y contactos —le expliqué—. Por eso pensé que a lo mejor esta noche vendría algún miembro de la familia. Sabemos que Anabelle estaba embarazada, pero no nos consta qué opina su novio al respecto.

—Exacto —dijo Matt, mirando con atención el folleto—. Engstrum aparece aquí.

—Sí, y hemos dado en el clavo. Mira: Richard Engstrum y señora, mesa cincuenta y ocho, junto a su hijo Richard.

—¿Estoy leyendo bien? —dijo Matt—. ¿El chaval está aquí de fiesta mientras su novia embarazada está ingresada en la uci?

—Sí.

—Menudo tío mierda. —Apretó la mandíbula y los puños—. Sí, me gustaría hablar con él.

—De acuerdo. Cuando terminemos con esto. ¿Nos queda algo más que comprobar? —Miré a mi alrededor.

Matt se frotó la nuca.

—Supongo que podríamos anotar algunas de las páginas web que Darla ha visitado. Y largarnos cuanto antes.

Le pasé un bolígrafo y un pequeño cuaderno que llevaba conmigo. Apuntó las páginas web mientras yo volvía a meter los papeles en la maleta y lo dejaba todo dentro del armario tal y como lo había encontrado. Revisé la habitación por última vez.

—Qué raro —dijo Matt.

—¿Qué pasa ahora?

—Acabamos de hablar de Richard Engstrum, ¿no? El novio de Anabelle.

—Sí.

—Bueno, pues Darla ha estado investigando en la página de... ¿Sabes qué?

Me acerqué rápido a la pantalla del portátil.

—Engstrum Systems —aventuré.

—Sí —confirmó Matt—. Y en las de sus empresas filiales, como Engstrum Investment. Y mira esto: artículos de prensa sobre Richard Engstrum padre, el director general.

—Vaya, esta tía va a por todas —dije—. Anabelle se quedó embarazada de Richard hijo y, según parece, Darla se ha estado preparando para chantajear al niño y sacarle el dinero al papá.

—¿Preparándose, dices? ¿No crees que Darla podría haber empezado ya a chantajear al novio de Anabelle?

—No creo. Darla aún está demasiado desesperada por conseguir dinero. Si ya ha comenzado a chantajearlo, aún no ha recibido ningún pago.

—En cualquier caso, Darla cuenta con una coartada —zanjó Matt mientras cerraba la tapa del ordenador—. Parece que tuvo una cita romántica aquí la noche en que lastimaron a su hijastra, suponiendo que fuera un intento de asesinato y no solo un accidente estúpido.

—No fue un accidente, Matt. Ni lo menciones.

—Pero es lo que parece, Clare. —Matt sacudió la cabeza—. Y estamos metidos en un buen lío. La demanda por accidente laboral de Darla fue denegada en Florida. Su siguiente plan para chantajear al novio de Anabelle ha salido mal, porque, con el accidente, ahora el embarazo corre riesgo. A esta tía no le quedan más opciones que demandarnos cagando leches.

—Todavía tiene otra opción —señalé—. Te olvidas de Arthur Jay Eddleman.

De repente sonó un suave golpe en la puerta de Darla.

—¡Matt! —gemí—. ¿Quién mierda es?

—¿Cómo voy a saberlo?

—¿Será la camarera otra vez?

—Si lo es —dijo Matt—, será mejor que respondas.

—¿Y si no es la camarera?

Volví a imaginar uniformes de la Policía de Nueva York y placas de níquel... Un muro azul marino que arrastraba mi culo vestido de gala por el elegante vestíbulo del Waldorf.

Volvieron a llamar.

—Clare —susurró Matt—, ¡contesta!

Negué frenéticamente con la cabeza.

—Las esposas plateadas no pegan con mi Valentino *vintage*, Matt. Contesta tú.

De repente, oímos hablar a un hombre.

—Peluchita —llamó la voz con un arrullo seductor—. Abre la puerta. Soy yo. Macho366.

CAPÍTULO VEINTITRÉS

Miré a Matt. Él me miró a mí. Arthur Jay Eddleman llamó de nuevo, esta vez con más insistencia.

—Vamos, Peluchita, cariño —dijo con una mezcla de zalamería y persuasión—. No te escondas de tu machito. He visto a la camarera y me ha dicho que acababas de llegar. ¿Qué tal si nos revolcamos una vez más en esa cama?

—Matt, ¿qué hacemos...?

Matt me puso el dedo en los labios.

—Tú sígueme la corriente —dijo.

Luego me guiñó un ojo. Odio cuando mi exmarido guiña el ojo, porque eso siempre presagia problemas. Antes de que me diera tiempo a detenerlo, Matt abrió la puerta de la habitación.

Al otro lado había un hombre mayor muy sorprendido enfundado en un traje de gala. Tenía unas facciones delicadas, la piel clara y entradas. Aunque era bajo y delgado, el señor Eddleman casi podía considerarse distinguido, salvo por las gafas de culo de vaso con montura negra, demasiado grandes para su cabeza.

—Lo siento —balbuceó, con el rostro pálido enrojecido—. Me he equivocado de habitación.

—Señor Eddleman —dijo Matt con voz autoritaria—. ¿Arthur Jay Eddleman?

El hombre se quedó inmóvil.

—¿Sí?

—Pase, señor Eddleman.

Matt se hizo a un lado. Para mi sorpresa, Arthur Jay Eddleman entró en la habitación por voluntad propia.

Entonces, con un movimiento suave, Matteo se sacó el pasaporte del bolsillo interior de la chaqueta y lo abrió. Una fracción de segundo después, lo cerró de nuevo y se lo volvió a guardar.

—Soy el agente especial Matt Savage, del Cuerpo Especial Antidroga Internacional, y esta es mi ayudante, la agente Tiffany Vanderweave.

¿Vanderweave? —Sabía que estaba improvisando, pero ¿no se le podía haber ocurrido un nombre mejor?—. *¡Y Tiffany! ¿Tengo pinta de Tiffany?*

—¡Oh, Dios! —dijo Eddleman, claramente conmocionado—. ¡Dios!

—Íbamos a hacerle una visita a Eddleman, Alter y Berry, pero nos ha ahorrado las molestias —continuó Matt.

—¿Le... le importa que me... me siente? —preguntó el señor Eddleman, y señaló el sillón de estampado floral con el picardías de satén. Matt asintió y se sentó frente a él en el borde de la cama.

—¿Qué ha hecho Darla? —preguntó Eddleman.

—¿A qué se refiere? —preguntó Matt con sequedad.

—Si están en su habitación, sospecharán algo de ella...

—¿Y usted? ¿Sospecha usted algo de ella, señor Eddleman?

—No, no —respondió él y, al sacudir los brazos, se le quedó enganchada en el dedo una de las medias de Darla. Avergonzado, la apartó como si fuera una tela de araña—. Solo somos amigos. No me ha engañado, si se refiere a eso.

—¿Engañarlo, señor Eddleman? —dijo Matt con una ceja estratégicamente arqueada—. ¿Cómo podría engañarlo la señora Hart?

Para alguien que siempre había desconfiado de las autoridades en todos los rincones del mundo, a Matteo se le daba realmente bien imitarlas. De hecho, su interpretación de Joe Friday era tan convincente que tuve que morderme la lengua para no soltar una carcajada.

—No es quien dice ser, eso ya lo sabía —continuó Eddleman—. Pero no creía que fuera una delincuente. Y mucho menos traficante de droga..., o por lo que sea que la investigan.

—Señor Eddleman —dije tras reunir el valor suficiente para interpretar a la agente Vanderweave—. ¿Cuál es su relación con la señora Hart?

Vaya —pensé—, *sí que he sonado autoritaria.*

Matteo me lanzó una mirada, creo que porque le hizo gracia que me metiera tanto en el papel. No le presté atención, e hice todo cuanto estuvo en mi mano para no perder la compostura.

Puede que Darla Hart no empujara a su hijastra por las escaleras, pero sí que la había empujado a bailar desnuda alguna vez, y tal vez hubiera tratado de reclutar a la chica para realizar algún tipo de chantaje. Matt y yo teníamos que resolver todas las preguntas, incluida la de su coartada.

—Bueno —dijo Eddleman mirando al suelo—. Ya saben cómo son estas cosas... —Se le quebró la voz.

—Sabemos que está casado, señor Eddleman.

—Por favor..., les ruego que no le cuenten esto a mi mujer. —Parecía asustado—. Llevo treinta y un años casado. Quiero a mi esposa y nunca se me ocurriría dejarla.

—Entonces, ¿por qué se veía con Darla Hart? —insistí.

Eddleman suspiró y se le hundieron los hombros.

—Nos conocimos en uno de esos chats de ligues por internet —explicó—. Ella coqueteó conmigo y yo con ella. Intercambiamos unos cuantos correos electrónicos y al cabo de un tiempo...

Su voz se quebró de nuevo y se encogió de hombros como si lo siguiente fuera inevitable.

—¿Cuándo empezó a acostarse con Darla? —preguntó Matt.

—Hace unos días, después de su llegada a la ciudad —respondió Eddleman—. Tuvimos una cita y congeniamos.

—Dice que quiere a su mujer, señor Eddleman —añadió Matt—. ¿No se planteó la posibilidad de que lo chantajeara?

Eddleman volvió a suspirar.

—Soy un hombre muy rico, agente Savage.

—Razón de más para temer la extorsión —señalé.

—Me sobra el dinero. ¿Me entiende?

—No —dije.

—Darla... Las mujeres como ella... se creen inteligentes. Manipuladoras astutas, ya saben. Conocen a un hombre como yo y ven el símbolo del dólar. Darla nunca hablaba de dinero, pero yo sabía que en algún momento sacaría el tema a relucir. Pensé que para entonces ya estaríamos hartos el uno del otro, o que nuestra aventura se habría ido a pique. Entonces me tocaría aflojar un poco de pasta. Lo suficiente para que ella se fuera sin resentimientos.

—Pues da la impresión de que ya ha hecho esto antes —observó Matt.

Eddleman asintió.

—Sí, lo he hecho antes. ¿Y quieren saber por qué?

Matt se movió, pero no preguntó. Por primera vez, parecía incómodo. Claro, Matt era un hombre y lo más seguro era que conociese la respuesta. Pero yo quería oírla.

—¿Por qué, señor Eddleman? —le pregunté.

Al otro lado de las gafas gruesas, sus ojos eran de un azul acuoso, casi tan apagados como su piel. Incluso sentado, tenía los hombros algo caídos, y el pecho hundido. Era obvio que el señor Arthur Jay Eddleman llevaba demasiado tiempo encerrado con números y libros de contabilidad.

De repente supe la respuesta. No hacía falta que respondiera. Pero ya se lo había preguntado.

—Me casé joven, señora Vanderweave — contestó—. Joven y pobre. Puede sonar romántico, pero no lo es. De los veinte a los treinta trabajaba de día y estudiaba de noche. De los treinta a los cuarenta, trabajaba cincuenta, sesenta, setenta horas semanales para mantener a mi mujer y a mi familia. A los cincuenta monté mi propia empresa. —Hizo una pausa, su mirada parecía perdida en la lejanía—. Fue entonces cuando empezó el trabajo de verdad, durante dieciocho años. —Arthur Jay Eddleman sacudió la cabeza—. Ahora soy más viejo y más rico, pero, si les soy sincero, me sentía demasiado viejo para disfrutar del dinero. Mi mujer tiene sus amigos y sus compras, y en estos últimos años ha estado enferma. Mis hijos tienen las vidas hechas, no me necesitan.

»Por eso decidí conocer mujeres... A veces congeniamos. A veces no. Solo quiero una aventura, un poco de diversión antes de que las luces se apaguen para siempre.

Guardamos silencio durante un momento. Matt parecía no tener más preguntas. Por fin hablé yo.

—¿Mencionó alguna vez la señora Hart a una hijastra llamada Anabelle?

—No, nunca —dijo Eddleman—. Darla me dijo que tenía amigos en Nueva York, pero no he conocido a ninguno.

—Nos gustaría confirmar una última cosa —dijo Matt, levantándose—. Creo que con eso habremos terminado.

—Claro —dijo Eddleman—. Cualquier cosa que sirva para prevenir la venta de droga o el contrabando o... lo que sea que hagan ustedes.

—¿Estuvieron usted y la señora Hart juntos el pasado miércoles por la noche?

Eddleman no dudó ni un segundo.

—Toda la noche —respondió—. Mi mujer se fue a Scarsdale a visitar a nuestra hija. Quedé con Darla a las ocho de la tarde del miércoles, aquí mismo, en el hotel. Cenamos en el Rainbow Room y luego paseamos por la ciudad. Volvimos hacia la medianoche y yo me fui a las siete o siete y media del jueves por la mañana. Mi mujer tenía que volver a casa a mediodía.

Matt y yo cruzamos una mirada. La coartada de Darla era sólida, de acuerdo. Asentí con la cabeza.

—Gracias, señor Eddleman —concluyó Matt, agarrándolo por el codo y acompañándolo a la puerta.

—¿Debería mantenerme alejado de ella? —preguntó el señor Eddleman, en el umbral—. De Darla, quiero decir.

—Sería lo más prudente —respondió Matt—. Pero si vuelve a verla, no mencione este encuentro. Podría poner en peligro nuestra investigación, y eso sería delito.

También lo es hacerse pasar por agente federal, Matt, pensé.

—Gracias por su cooperación —dijo Matt, y empujó la puerta.

—Encantado de conocerla, señora Vanderweave —dijo Eddleman con una sonrisa espeluznante que me confirmó que el tipo no estaba dispuesto a dejarlo con Darla. Qué asco, pensé. Y su mujer, cenando justo abajo.

Todavía se estaba despidiendo, con los ojos fijos en mi escote, cuando Matt cerró la puerta.

—Tenemos que salir de aquí —dijo Matt—. Darla podría volver en cualquier momento.

—O peor aún —repliqué mientras me rugían las tripas—. Podríamos perdernos el plato principal.

CAPÍTULO VEINTICUATRO

George Gee y su Fantástica Orquesta de Salón acababan de empezar a lanzar su música *swing* hacia el techo de cuatro plantas de altura y a atraer a una lenta procesión de parejas hasta la pista de baile cuando Matt y yo regresamos a la cena benéfica.

—Qué buena es la banda —dijo Matt por encima de los saltos animados de los instrumentos de viento madera y los ladridos de los metales.

—Mucho —dije—. Son George Gee y su banda. Los predilectos del Rainbow Room.

El Rainbow Room era uno de los clubes de baile más elegantes de Nueva York. Situado en lo alto del Rockefeller Center, era el único lugar donde aún se podía bailar agarrado con traje de noche elegante.

—¿Quieres mover el esqueleto conmigo? —me preguntó Matt.

Lo miré con cara de «ni de coña».

—Voy a buscar a los Engstrum —dije mientras revisaba una vez más el plano de las mesas en el programa de la subasta.

—¿Qué vas a hacer?

—Sacudir el nido —le respondí—. A ver qué sale volando.

—Bien. A mí, personalmente, me gustaría darle una paliza al hijo.

Noté que Matt apretaba los puños y tomé una decisión rápida.

—No —dije—. Deja que me ocupe yo, Matt. Tengo una idea y funcionará mejor si voy sola. Tómate algo y, mientras tanto, me esperas en el bar.

—¿En serio? ¿Crees que podrás sonsacarles algo tú sola?

—Claro —respondí, aunque no estaba segura. Por otra parte, la imitación de Vanderweave me había salido bordada, y prefería no llevar a Matt con su furia bajo la manga.

—Bueno, de acuerdo, cariño, si estás segura... Acaba con ellos. Sobre todo con el mierdecilla ese.

Su «cariño» me pilló desprevenida, pero lo dejé pasar. Matt y yo formábamos un buen equipo, pensé mientras me abría paso entre los camareros con bandejas y las mesas abarrotadas. Nos divertíamos, pero eso no significaba que volviéramos a ser pareja. Matt tenía que saberlo, me dije, no había necesidad de aclarárselo.

Los Engstrum estaban sentados en la mesa cincuenta y ocho, más o menos en el centro de la sala y no muy lejos de la pista de baile. Reconocí a Richard padre por las fotografías de los artículos de la página web que Darla había visitado con su portátil.

El típico rubio sueco, no exactamente albino, pero casi. Un conejo blanco habría sido una buena comparación. Su esposa, Fiona según los artículos, era una morena al estilo Jackie Onassis. Una esbelta blanca-protestante-anglosajona, como lo son todas las esposas de la alta sociedad (aunque sean griegas, judías o nórdicas y no sean protestantes anglosajonas). No sé por qué todas tienen el mismo aspecto y los mismos modales. Tal vez la higiene extrema y la leve deshidratación provocada por las largas horas que pasan en los balnearios y gimnasios sea lo que les otorga ese aspecto siempre enjuto, soso, el cuello largo y tenso, los labios apretados, la piel macilenta.

En la cara y en la figura, Richard hijo se parecía a su madre, con una estatura esbelta, rasgos refinados y pelo oscuro. Con toda probabilidad era una de esas personas que tantas veces había visto entre los ricos de esta ciudad. Presentaba los distintivos del «nacido del dinero y la indiferencia»: corte de pelo alborotado, postura descuidada y hasta la mirada de «chico sensible e inteligente». Seguramente esto último se acentuaba en presencia de mamá y papá, pero desaparecería con sus amigos varones de la universidad, que sin duda compartían su afición a burlarse de todos y de todo, menos de su propia búsqueda de placer, que por lo general consistía en beber, drogarse y copular.

A su lado se sentaba una joven morena delgadísima con las mejillas hundidas y una expresión de aburrimiento soberano. Su vestidito negro sin mangas, el modelito apropiado de la alta sociedad que se vende como el blanco-protestante-anglosajón por antonomasia en todas las *boutiques* de lujo de la ciudad, parecía un calco del de la madre. Hasta llevaban collares de perlas similares en el cuello.

Como estaba segura de que Anabelle había salido con Richard hijo durante el verano —y ahora estaba embarazada de él—, al acercarme a la mesa supuse que la joven sosa que se sentaba junto al chico sería una hermana o una prima.

Es hora de averiguarlo, pensé.

Hice acopio de valor, reprimí parte de los nervios, aunque no todos, y me acerqué a la mesa con la fachada más altiva que jamás había mostrado.

—Disculpen —dije mirándolos por encima del hombro todo lo que pude sin llegar a parecer ridícula—. ¿Son ustedes el señor y la señora Engstrum?

—Sí —respondió ella–. ¿Y quién es usted? —El tono no era cortés ni pretendía serlo. Era un tono intimidatorio y aplastante para advertirle a alguien posiblemente inferior de que mantuviera las distancias. Ya me había topado con él en innumerables ocasiones, así que apenas pestañeé.

—Me conocen como C.C. y estoy ayudando al fotógrafo de *Town and Country* —dije con una sonrisa intencionadamente falsa—. Tomo notas sobre algunos invitados selectos antes de fotografiarlos. ¿Les importaría hablar conmigo?

Richard padre me miró a mitad de discurso.

—Voy a por una copa —le dijo a su mujer y pasó de largo sin pronunciar ni un mísero «perdón».

Su grosería no me sorprendió. Richard padre era de los que reservaban los esfuerzos y los modales para la gente que «importaba», y yo no venía del *Wall Street Journal* ni del *Financial Times*. Mi periódico era la biblia del estadounidense moderno, lo que significaba que era a la señora Engstrum a quien tendría que intimidar.

Sabía muy bien que lo mejor que podía hacer en esta situación era hablar con ella de madre a madre. Para eso, necesitaba captar su atención.

—¿Ha dicho *Town and Country*? —me preguntó deteniéndose un rato en mi vestido de Valentino para efectuar un examen hipercrítico. Supuse que había pasado el proceso de evaluación a nivel subatómico cuando por fin dijo—: Sí, disponemos de unos minutos. ¿Por qué no se sienta?

La respuesta estaba diseñada para que me sintiera muy agradecida por su tiempo, como si tener un marido con el símbolo del Nasdaq fuera equiparable a heredar el trono inglés.

Menos humos, bonita, me moría por decir. La OPV a noventa y cinco dólares por acción de tu marido valía como dos pavos la última vez que miré. En las PDA que circulan por esa pista de baile no es un contacto como para tirar cohetes. Por supuesto, no dije eso, sino:

—¡Muchas gracias!

Y tomé asiento.

La pareja de indonesios del otro extremo de la mesa se levantó justo cuando yo me senté y un total de seis sillas quedaron vacías en aquella mesa para diez.

Todo apuntaba a que los Engstrum habían cautivado tanto a sus compañeros de cena con su chispeante ingenio y su animada conversación que los seis compañeros de mesa habían huido a la barra o a la pista de baile a la primera de cambio.

Saqué un cuadernito y un bolígrafo del bolso.

—Señora Engstrum, empecemos por usted. Sé que su nombre de pila es Fiona, ¿le importaría confirmarme cómo se escribe?

Después de fingir que revisaba la ortografía de los nombres para los pies de foto, me volví hacia la joven que estaba sentada junto al hijo.

—¿Y usted es?

—Sydney Walden-Sargent.

—¿Y su edad, señorita?

—Diecinueve años.

—Está en segundo curso en Vassar College —explicó la señora Engstrum—. Puede publicar que, en efecto, está emparentada con la célebre familia Sargent.

—Oh, sí, por supuesto —dije sin dejar de garabatear.

La familia Sargent no había logrado nada por méritos propios en ningún ámbito importante. Sin embargo, eran famosos. El motivo: sus míticos primos, que desde hacía décadas obtenían puestos políticos nacionales e influían en las políticas gubernamentales. Gracias a su fama, los Sargent habían conseguido desde puestos ejecutivos en grandes empresas y embajadas hasta puestos en prestigiosos museos y consejos de artes escénicas de Nueva York.

—Están prometidos —añadió la señora Engstrum—. También puede ponerlo.

—¿Prometidos? Qué maravilla. Felicidades. —Me volví hacia el pretendiente de Anabelle—. Señor Engstrum, debe de estar muy feliz. ¿Cuándo le pidió matrimonio a la señorita Walden-Sargent?

Los ojos ausentes de Richard Junior trataron de enfocarse. Resultaba obvio que los esfuerzos para mantener la conversación no se contaban entre sus prioridades (de tal palo, tal astilla).

—¿Qué? —preguntó.

—Le preguntaba que desde cuándo llevan prometidos —insistí.

—Ah, desde cuándo —repitió, mirando a Sydney—. Un tiempo, ¿no? Desde febrero.

—¡El día de San Valentín! Fue el día de San Valentín —respondió Sydney Walden-Sargent, y se inclinó hacia mí para dar a entender que debía recalcarlo en el pie de foto—. Fue muy romántico.

El chico esbozó una sonrisa y se encogió de hombros.

—Sí, eso es.

Ah, ¿sí? —me dieron ganas de gritar—. *Pedazo de mierda con ojos, me parece fatal.* Si estabas comprometido con la señorita Vassar, ¿por qué demonios te estuviste acostando con Anabelle Hart durante medio verano? Sentí que apretaba el rotulador Scripto con todas mis fuerzas.

—Solo unas cuantas preguntas más —dije con rotundidad, pero me interrumpió uno de los camareros con chaqueta negra del Waldorf Astoria.

—¿Café, descafeinado o té?

Me di cuenta de que estaban a punto de servir el postre. Matt y yo nos habíamos perdido toda la cena. Esperaba que a Madame no le hubiera molestado que no estuviéramos con ella y sus invitados, pero lo hacíamos por una buena causa, su causa: salvar el Blend.

—Yo no quiero nada —le dije al camarero, con la esperanza de volver a la mesa cinco al menos para el café.

—Té —dijo la señora Engstrum—. Para todos. Traiga una tetera, por favor.

—¿Té? —pregunté—. Prefieren el té, ¿verdad?

—Adquirimos la costumbre cuando Richard trabajaba en Londres. Es lo único que tomamos desde hace más de una década.

—Qué interesante Quiero decir, ahora que hay tantos cafés especiales... ¿Usted también, señor Engstrum? —le pregunté al chico—. ¿También toma té? ¿Ni expreso ni capuchino?

—Uf, que va. —Puso cara de niño sensible indignado—. Ese mejunje es propio de la basura europea. Ni por asomo.

Ahora sí que quería retorcerle el pescuezo. No solo por insultar mi negocio, sino también porque no había olvidado el manojo húmedo de hojas de té que descubrí entre la doble capa de bolsas de basura. Lo último que Anabelle preparó y desechó antes de su caída. Y como Anabelle no bebía té, eso significaba que su atacante sí.

Toca ir a por todas, pensé.

—Señorita Walden-Sargent —le dije volviéndome hacia ella—. ¿Estuvo usted en la ciudad el verano pasado?

—No —respondió—. Estuve estudiando en Grenoble y luego de viaje con mis padres.

—Qué interesante. Entonces, ¿no es usted bailarina?

—¿Bailarina? ¿A qué se refiere?

El gesto de indiferencia del chico se borró de repente. Se enderezó en la silla con los ojos muy abiertos.

—Me refiero a que el verano pasado vieron al señor Engstrum por los clubes del Lower East Side con una joven bailarina, por eso pensé que tal vez había un error en la fecha de su compromiso...

—Señora —saltó la señora Engstrum—, no sé quién le habrá contado semejante historia, pero está muy equivocada. Que le quede claro que tengo amigos en la dirección de *Town and Country;* no sabía que tuvieran periodistas de prensa barata. Esta entrevista ha terminado y, después de que haga un par de llamadas, estoy segura de que su carrera también.

—Bueno, veo que se me ha acabado el tiempo —dije, y me levanté.

La señora Engstrum me miró como si estuviera a punto de filtrar secretos de seguridad nacional a nuestros enemigos mortales.

—Sí, se le ha acabado el tiempo. Y tendrá que hacer frente a una denuncia si publica una sola palabra de esa patraña.

—Es interesante que lo desmienta —comenté, y aparté la mirada hacia Richard hijo—. Pero su hijo no.

Antes de que pudiera lanzarme otra amenaza u obligar a su hijo a apoyarla, me di la vuelta y me fui derecha a la salida.

Tal como esperaba, la señora Engstrum me cogió del brazo justo cuando cruzaba una de las muchas puertas dobles que había al fondo del salón de baile.

—Ah, no, no se atreverá —me espetó mientras tiraba de mí tan fuerte como para dejarme una señal en el brazo.

—¡Eh! Fiona, cálmese.

—¿Cómo se atreve a amenazarnos con sus mentiras? —siseó mientras me arrastraba hacia una esquina desierta del pasillo—. ¿Cómo se atreve...?

—¿Que cómo me atrevo? —Me revolví—. ¿Cómo se atreve su hijo, señora? ¿Cómo se atreve su hijo a acostarse con Anabelle Hart, dejarla embarazada y luego intentar matarla el pasado miércoles por la noche y hacer que pareciera un accidente?

El rostro de la mujer se puso completamente lívido.

Bingo, bingo, bingo.

El chico había hecho todo eso y ella lo sabía. Había dado en el clavo.

—¿Quién es usted? —Apenas le quedaba voz.

—Clare Cosi. Soy copropietaria y gerente del Village Blend, el lugar donde su hijo atacó a Anabelle de manera miserable.

—Richard no le hizo nada a Anabelle. Se equivoca. Cometió un error al acostarse con ella, un error garrafal, pero no le ha hecho ningún daño, se lo juro...

La mujer parecía muy afligida, y yo vacilé. Su forma de hablar me pareció seria y sincera. ¿Me estaría diciendo la verdad? ¿O su sinceridad no era más que la credulidad de una madre acerca de la inocencia de su hijo? ¿El chico le había mentido tan bien que ella se lo había creído? No estaba segura, pero tenía que insistir, era la única forma de tener la certeza.

—Claro que Richard atacó a Anabelle, señora Engstrum. Encontré la prueba después de que se marcharan los de Criminalística. Aún no se la he podido llevar a la policía, pero tengo planeado...

Era mentira, por supuesto. Un puñado de hojas de té en una bolsa de basura no probaban nada, pero la señora Engstrum no lo sabía, y Richard tampoco.

—Solo quería darle la oportunidad de ayudar a su hijo —dije, continuando con el farol—. Yo también soy madre y, de madre a madre, le ruego que le cuente esto a su hijo, que lo haga entrar en razón. Si lo convence para que se entregue mañana a mediodía, destruiré la prueba. Las autoridades serán mucho más benévolas con él si se entrega. Usted lo sabe.

Fiona Engstrum parecía agobiada, aturdida. Estaba pálida como un fantasma. Los ojos se le llenaron de lágrimas.

—Se equivoca —gimió—. Se equivoca. Llamé a Richard el jueves por la mañana. Estaba en su hermandad de Dartmouth. Había pasado allí la noche, estoy segura de que habrá testigos que lo corroboren... Seguro que puede...

Algo se retorció en mi interior. ¿Cómo podía enfrentarse una madre a algo así? ¿Y si yo me equivocaba? ¿Y si Richard no había hecho nada?

No podía ni imaginarme lo que haría si alguien acusara a mi hija de algo parecido. Pero ni en un millón de años Joy haría lo que Richard Engstrum hijo había hecho. Aunque él no hubiera causado el accidente de Anabelle, estaba claro que la había abandonado. Quizá mereciera una noche dando vueltas en la cama, aunque no fuera culpable. Anabelle no podía permitirse ese lujo, porque estaba tumbada en la uci del St. Vincent.

Mi determinación aumentó.

—Recuerde. Mañana a mediodía —dije con frialdad antes de alejarme.

Noté que la mujer clavaba la mirada en la negrura de mi Valentino. Hice acopio de todo mi autocontrol para no mirar atrás mientras me dirigía a las puertas del salón de baile, pero, por fortuna, conseguí llegar hasta el bar, donde estaba Matteo, sin volverme ni una sola vez.

CAPÍTULO VEINTICINCO

—**N**ecesito una copa —le anuncié a mi exmarido mientras me empezaban a temblar las rodillas—. Creo que un Kahlúa.

Aquel licor mexicano dulce, suave y acaramelado no era tan fuerte, pero su sabor a café me resultaba reconfortante.

—Mira, prueba esto —dijo Matt—. Lleva Kahlúa.

Acepté el vaso alto y helado de líquido cremoso color avellana y le di un gran sorbo. La mezcla era delicada y deliciosa. Sabía a almendras tostadas, café y nata, todo a la vez. Entonces empecé a abrir mucho los ojos mientras notaba el golpe del alcohol.

—Cielos —dije casi sin aliento—. ¿Esto qué es?

—Se llama orgasmo con grito.

Lo miré con cara de enfado.

—No estoy de humor.

—No, de verdad —insistió—. Se llama así. Kahlúa, *amaretto*, vodka, hielo y crema de leche.

Cuando acabó de recitar los ingredientes, el vodka ya había hecho efecto y me daba igual cuál fuera el puñetero nombre del cóctel. Solo sabía que quería más.

—Nos hemos topado con otro muro —anuncié, desanimada. Hice girar el vaso y me apoyé en la barra—. He intentado hablar con ella de madre a madre y después la he intimidado. —Suspiré y me froté el brazo por donde la señora Engstrum me había agarrado. *Me va a dejar un moratón.*

»Me persiguió como una pantera acorralada que protege a su cachorro. Y luego se alteró bastante. Asegura que su hijo estaba en la hermandad de Dartmouth con testigos la noche en que atacaron a Anabelle.

Matteo arqueó la ceja.

—Qué pena no haber presenciado esa pelea de gatas.

—¿Sabes qué te digo? —dije con amargura—. Que a lo mejor Anabelle sí que tuvo un accidente. A lo mejor dio un traspiés con esos delicados piececitos suyos y se precipitó por la escalera por culpa de su torpeza... —Tomé otro sorbo de orgasmo y me dieron ganas de gritar—. Quizá estemos arruinados —añadí—, porque no teníamos seguro y Darla Hart estará a punto de echarnos encima al mejor abogado de Nueva York.

Mi voz debió de sonar tan vergonzosamente alta que en varias mesas cercanas giraron la cabeza. Matt me arrebató el orgasmo con grito.

—¿Y tu instinto? —susurró—. ¿Qué pasa con tu instinto?

—Mi instinto se ha equivocado otras veces —respondí—. Me casé contigo, ¿no?

Matt ni siquiera parpadeó, pero no se merecía el comentario. Al menos, esa noche.

—Perdona —me disculpé—. No debí haber dicho eso. Al fin y al cabo, no tendríamos a Joy si no... De todos modos... Lo siento, jo, estoy muy disgustada. Madame me deja parte de su legado, el Village Blend, y la cago en tiempo récord.

—Tú no la has cagado —dijo Matt—. La cagó Flaste. Y mi madre. Y yo. Tú estabas en Nueva Jersey, criando a nuestra hija, y yo estaba por ahí, comprando café en todos los países del mundo menos en el que vivían mi mujer y mi hija.

Di un puñetazo en la barra. No con fuerza, pero hubo gente que se dio cuenta.

—Estoy segura de que Anabelle fue víctima de una jugarreta —dije—. No puede ser un accidente.

Matteo sonrió.

—Ese es el espíritu.

Apoyé los codos en la barra y la barbilla en las manos.

—Pero hemos vuelto a la casilla de salida. —Suspiré—. La señora Engstrum está tan segura de la inocencia de su hijo que me amenazó con denunciarme si le contaba a alguien mis sospechas. Y es muy posible que Richard, el hijo Lerdo, solo sea culpable de ser un capullo integral.

—No te des por vencida —dijo Matt mientras apoyaba la mano en mi hombro desnudo—. Solo llevas un par de días como detective aficionada. Seguro que Miss Marple tardó más tiempo en aprender el oficio.

—Tienes razón —dije con otro suspiro—. Por qué iba a parar ahora que solo nos amenazan con denunciarnos dos personas.

—A ver, Clare. Dartmouth no está tan lejos de Nueva York.

—¿Qué quieres decir? Está bastante al norte, en Nueva Inglaterra, ¿no?

—En Nuevo Hampshire. A menos de seis horas en coche.

—Le habría dado tiempo a conducir toda la noche y a que la gente lo viera en la residencia a la mañana siguiente, ¿no?

—Exacto.

—Entonces, ¿podría haber sido él después de todo?

—El Lerdo no es trigo limpio, te lo digo yo.

—Y además —añadí—, Anabelle podría despertarse mañana y recordarlo todo.

Matteo golpeó la barra.

—Toco madera.

—Volvamos a nuestra mesa —dije apartándome de la barra—. Tu madre debe de preguntarse qué puñetas nos ha pasado.

Para mi alivio, conseguí caminar en línea recta por la enorme sala. Pero no fue fácil. Muchos de los invitados ya se habían levantado de las mesas y tuve que confiar en que el capitán Matt me agarrara de la mano y me guiara por aquel mar de ropa de etiqueta.

Para entonces, la pista de baile estaba repleta de vestidos de lentejuelas y corbatas negras *vintage* mientras George Gee —probablemente el único director sinoestadounidense de banda de *jazz* en Norteamérica— dirigía la orquesta de *swing* de diecisiete músicos en homenaje a Glenn Miller y solo detenía de vez en cuando el vaivén de los trombones, las trompetas y los clarinetes para gritar: «¡Pennsylvania Six Five Thousand!».

—Buen trabajo, madre —le dijo Matt a Madame cuando llegamos a la mesa cinco—. Has conseguido animar el cotarro.

—¡Bueno, por fin! —exclamó Madame mientras él le plantaba un beso en la mejilla—. Mira quiénes han vuelto de su excursión; Matt y Clare, ¿ya estáis aquí?

—¿Qué nos hemos perdido? —preguntó Matt.

—Nada, solo cuatro platos —dijo Madame sacudiendo la mano—. Pero el café y el postre están en camino.

—Siento haber tardado tanto —se disculpó Matt, y agitó su PDA—. Me ha costado encontrar el trasto este.

—¡Ah, claro! —gritó Madame, encantada—. ¡Pero seguro que Clare te ha ayudado mucho! —Un guiño obsceno hizo reír a toda la mesa.

—Matt necesitaba la PDA. —No supe qué más decir. Porque claro, no podía gritar: «¡Eh, gente! Aunque parezca mentira, Matt y yo no estábamos retozando entre las sábanas, sino registrando la habitación de una sospechosa».

—¿Y qué hay tan importante en esa PDA? —preguntó Madame.

—Tenía que confirmar el volumen de un pedido con uno de mis proveedores —respondió Matt.

—Ah, ¿sí? —preguntó Eduardo Lebreux, quien de repente parecía interesado—. ¿Con quién?

—Uno peruano.

—¿De qué cafetal?

Matt sonrió un instante.

—Lo siento, amigo, eso es secreto comercial.

—Matt lleva dos décadas comprando café para el Blend —anunció Madame con orgullo a nuestra mesa de diez—. También es corredor de futuros. Aprendió el oficio de su padre, quien a su vez lo había aprendido del suyo. Por supuesto, ellos siempre han necesitado la ayuda firme de una mujer entregada para que el negocio funcione como un reloj —añadió mirando a su hijo.

—Qué interesante. ¿Y en qué consiste el trabajo de un corredor de futuros de café? —preguntó la consejera adjunta Marjorie Greenberg.

—En comprar barato y vender caro —respondió Matt con una sonrisa encantadora—. En realidad, el café es la segunda materia prima mundial más importante después del petróleo.

—También es la bebida más popular del mundo —añadí a modo de mantra—. Cuatrocientos mil millones de tazas al año.

—Exacto —convino Matt—. Y pretendemos que todas se vendan a través de Village Blend.

La mesa de diez se echó a reír.

—Bueno, yo creo que el Village Blend es algo más que una cafetería —le anunció el doctor McTavish al resto de la mesa—. Es prácticamente una institución.

—Nos encanta ese sitio —coincidió el colega afroamericano de McTavish, el doctor Frankel. Su esposa, Harriet, abogada de empresa, asintió con entusiasmo.

—A nosotros también —añadió Marjorie Greenberg.

Su marido, psicólogo, corroboró:

—Cierto, es mítico.

—A mis amigos de fuera de la ciudad también les encanta —observó Harriet Frankel—. Y a mis clientes. Todos han oído hablar de él a lo largo de los años. Con esos cachivaches antiguos tan maravillosos y los muebles desparejados de la segunda planta. Es tan... tan bohemio. ¡Una maravilla!

—Espero que no le suceda lo mismo que a otros establecimientos de Village —dijo la consejera adjunta Marjorie—. Como la librería Pageant y el teatro St. Mark.

—El teatro es ahora una tienda Gap, ¿no? —preguntó la abogada Harriet.

—El Village Blend seguirá en pie mucho después de que yo me haya ido —declaró Madame con voz firme—. Ya me estoy ocupando de eso. —Nos lanzó a Matt y a mí una mirada mordaz.

—Y, al fin y al cabo, la fama es lo importante en este país, ¿no? —dijo Eduardo.

—¿Cómo? —pregunté.

—Me refiero a los consumidores estadounidenses. Aquí se compran y venden cosas con nombres, con marca, ¿no? Y las marcas más apreciadas son las que existen desde hace décadas.

—Ah, claro —asintió el psicólogo—. ¿Como la sopa Campbell y el jabón Ivory?

—Sí, eso es —dijo Eduardo—. Fijaos en los problemas de esa mujer, Stewart...

—Ah, sí, Martha Stewart —dijo Harriet—. Qué mala suerte, verse envuelta en un escándalo como ese por utilizar información privilegiada...

—Dio una imagen de..., cómo diría..., de corrupta —opinó Eduardo—, y las acciones de su empresa cayeron en picado.

—¿Qué quiere decir con eso? —le pregunté.

—Me refiero a que aún era una marca nueva, no una vieja y de confianza. No como el jabón Ivory, la sopa Campbell o el Village Blend. ¿Me entiende?

—No —dije.

—Oh, yo sí lo entiendo —repuso Madame con una risita—. Eduardo no paraba de perseguirme para que le vendiera el Blend. Se había propuesto convertirlo en una franquicia.

—¿Qué? —pregunté—. ¿Como McDonald's?

—Como Starbucks —respondió con sequedad. Luego pareció contenerse y suavizó el tono cortante con una risita forzada.

—Solo habrá un Village Blend —sentenció Madame—. Mientras yo sea la dueña y mientras los futuros dueños, que serán Matt y Clare, respeten mis intenciones.

Varias voces gritaron alrededor de la mesa:

—¡Oh, fabuloso!

—¡Qué maravilla!

—¡Por el legado que continúa!

Matt y yo nos miramos. Todos parecían felices de verdad por la noticia. Excepto Eduardo, cuya sonrisa no podía ser más falsa.

Bueno, pensé tratando de ser realista, ha perdido el Blend para siempre. ¿Por qué iba a alegrarse por nosotros?

En ese momento sirvieron el postre y el café. Madame había pedido café para Matt y para mí, ya que habíamos estado ausentes durante la comanda.

Como me había perdido la cena, me llevé una gran alegría al ver la taza de café humeante junto a un trozo de tarta de chocolate sin harina adornada con hojas de menta y frambuesas. Poco más o menos lo engullí. Matt, en cambio, se limitó a fruncir el ceño y a gruñir.

—¿Qué te pasa? —le pregunté.

—Me muero por un buen chute de cafeína —dijo—, pero no soporto el café de estos sitios. Agua de fregar con nata.

—Esta noche no —repliqué—. El Village Blend suministró el café en grano para esta cena hace unos días, ¿verdad, Madame?

—Así es —confirmó—. Clare tostó el grano durante el fin de semana y envió las bolsas el lunes.

—Menudo trabajazo, Clare —dijo Matt olfateando la taza y dando un sorbo precavido—. No está mal. Espero que le hayáis cobrado un dineral al Waldorf.

—Es un acto benéfico, Matt. Les he rebajado el precio.

Al oír la noticia, Matt dejó escapar un suspiro de frustración.

Eduardo Lebreux, en cambio, soltó una sonora carcajada.

—¿He dicho algo gracioso? —pregunté.

—Pues sí —contestó Eduardo—. El pequeño propietario tiene que jugar todas sus cartas. De todos modos, los grandes bolsillos son quienes se llevan las desgravaciones fiscales. Deberías haberle hecho caso a tu marido.

—Matt no es... —Me detuve antes de añadir «mi marido».

Pensaba dejarle claro a Madame que Matt y yo no volveríamos a ser pareja, por mucho que nos presentara como tal, pero no podía decírselo en público. No quería avergonzarla, así que dije:

—Matt no lleva razón. —Y añadí—: No hay necesidad de lucrarse a costa de una recaudación de fondos para una buena causa.

—Aun así —dijo Eduardo—, esto es Estados Unidos. Da igual que el café sepa bien o mal.

—Perdone —replicó Matt—. Pero a mí no me da igual.

—Puede que a usted no —repuso Eduardo—, pero no es lo habitual. La mayoría de los aquí presentes se beberían lo que le pusiesen, aunque supiera a agua de fregar, como usted ha dicho. Se lo tomarían y pensarían que está bueno porque se lo han servido en una taza del Waldorf Astoria, ¿me entienden?

—No —dije, cada vez más irritada.

—En este país la mayoría de la gente decide lo que le gusta en función de la marca —dijo Eduardo—. Lo que compran es el envase, no el contenido. ¿Me explico?

—No —insistí—. Los estadounidenses podemos comprar algo una o dos veces por un anuncio o por una campaña de *marketing,* incluso por fidelidad a la marca, pero si la calidad es mala, nos vamos. Nos pierden para siempre. ¿No os acordáis del famoso anuncio de la cadena Wendy's de «Dónde está la carne»?

—No.

—Créame —dije—. Es de lo más patriótico. No hay nada tan americano como la expectativa pragmática de recibir aquello por lo que pagas. Quizá se confunde con los europeos, con la idea del Viejo Mundo de creer a pies juntillas a la aristocracia y a la realeza.

—Tendremos que aceptar que no estamos de acuerdo —dijo Eduardo con una mueca de desprecio sin matices.

—Sí, mejor —convine, y luego bebí un sorbo largo y gratificante de mi café humeante.

Era viernes por la noche, uno de los días más ajetreados para el Village Blend, y Tucker esperaba mi llegada una hora más tarde para que lo ayudara.

Por un momento, cerré los ojos y me limité a saborear el rico aroma a nuez de la mezcla de la casa. En cuestión de segundos, su calidez terrosa se filtró en todas y cada una de mis moléculas y me recargó los huesos cansados con una espléndida sacudida de energía renovada.

Menos mal, pensé. Con todo lo que me quedaba antes de irme a dormir, iba a necesitarlo.

CAPÍTULO VEINTISÉIS

—Una franquicia..., ¡ni de coña! Que me franquicie el culo —le dije a Matteo mientras subíamos por la escalera trasera del Blend hacia el apartamento para cambiarnos de ropa. Seguía indignada con los comentarios insultantes de Eduardo Lebreux durante la cena.

—Humm, qué interesante...

—¿Qué?

—Lo de tu culo. Es bonito, pero no creo que sea legal convertirlo en una franquicia.

—Matt, hablo en serio.

—Y yo.

Un momento antes, cuando el taxi se detuvo delante del Blend, vimos que el local estaba de bote en bote, pero Tucker y los dos camareros a tiempo parcial lo tenían todo controlado. Tucker me dijo que no hacía falta que bajara hasta la hora del cierre, cosa que me venía muy bien. Una hora de descanso era justo lo que el médico recomendaba.

Matt sacó la llave y abrió la puerta del apartamento. Cafelito me recibió con un maullido estridente.

—¿Qué ha sido eso? ¿Un jaguar?

—Quiere decir «Tengo hambre» —traduje.

—Menudo sonido para una gata tan pequeña.

—Tiene personalidad propia.

—Como su dueña —dijo Matt.

—Vaya, gracias.

Le rasqué las orejas a Cafelito y le serví un poco de comida. A continuación, llené de agua la mitad inferior de la cafetera de tres tazas, molí rápidamente una mezcla de arábica de tueste oscuro y la puse en el portacafé, coloqué este en su sitio, enrosqué la parte superior vacía en la parte inferior llena de agua y dejé la pequeña cafetera plateada sobre el quemador.

—Me parece increíble que a Lebreux se le pasara ese plan por la cabeza —continué mi diatriba.

—Convertir el Village Blend en una franquicia, ¿por qué no? —dijo Matt mientras se aflojaba la corbata negra y se desabrochaba los botones superiores de la camisa blanca de vestir—. A ver, mala idea no es.

—¡Cómo puedes decir eso! —grité, y saqué dos tacitas color crema del armario—. Ese hombre quería rebajar el Village Blend. Utilizar su nombre para envasar productos baratos a precios altos. Eso está clarísimo después de conocer su filosofía. Suena muy parecido al escándalo del kona. ¿Hace falta que te recuerde cómo fue?

—No —dijo Matt con sequedad—, pero seguro que me lo recuerdas igual.

Después de habérsela oído a su madre en innumerables ocasiones, Matt conocía muy bien la historia de la banda de estafadores cafeteros que se dedicó a transbordar un café de baja calidad en Hawái para luego reetiquetarlo y revenderlo como kona, un café hawaiano exclusivo.

—Según Eduardo —expliqué—, ese timo del kona habría sido un truquito muy astuto para el público americano. Quizá tendría que haberle recordado que aquella estafa mandó a la cárcel a sus autores.

—Cálmate, Clare, que yo no soy Lebreux. Y si quisiera convertir esto en una franquicia, lo haría bien.

—No quiero volver a oírte decir la palabra «franquicia», ¿te enteras?

—Mira, hagamos un trato —dijo Matt al tiempo que se despojaba de la chaqueta y de los gemelos y se remangaba la camisa—. Dime lo que quiero saber y borraré esa palabra de mi vocabulario.

—¿Qué quieres saber?

—No te rías...

—¿Qué?

—La taza. Tú viste algo en esa taza.

—¿Qué taza?

—La de café del chico ese, Mario Forte. Después de cenar, cuando te la llevé al sótano del Blend. Viste algo. Te lo noté en la cara.

—Oh, madre mía...

¡No me podía creer que Matt aún le diera vueltas a aquello después de veinticuatro horas!

—Vamos —dijo—. Cuéntamelo.

—¡Matt, no se daban las condiciones adecuadas para una buena lectura! El café de esa taza no produjo suficiente residuo —mentí—. Y yo estaba muy distraída cuando me la enseñaste. Apenas eché un vistazo.

Vale, no quería decirle la verdad a Matt. En la fracción de segundo en que miré la taza, me hice una idea clara y certera del carácter, la personalidad y la trayectoria vital de Mario.

La imagen que vi se llamaba el Martillo, señal de un espíritu enérgico, fuerte e independiente, un líder que convierte los sueños en logros. Eso estaba muy bien. Por desgracia para Mario, su martillo estaba rodeado de posos en forma de púas o lenguas de fuego. Eso significaba que su vida estaría plagada de peligros, causados en gran parte por él mismo.

Los que tienen la señal del martillo rara vez eligen un camino fácil en la vida, y el suyo tendría que clavar muchos clavos antes de que la verdadera felicidad le resultara posible.

En realidad, me entristeció ver todo eso en los posos, ya que, si Joy iba en serio con Mario, le quedaba por delante un camino largo y tortuoso.

¿Por qué sabía eso? Porque la primera vez que leí los posos de mi exmarido vi exactamente lo mismo. Así que le di a Matteo la única respuesta viable:

—Allí no había nada —le dije—. No vi nada.

Matt me miró por un momento. No quería creerme, pero no le dejé alternativa.

—Supongo que entonces la palabra «franquicia» seguirá en mi vocabulario —dijo mientras se cruzaba de brazos y arqueaba una ceja.

—Podré vivir con ello —dije.

—¿Y conmigo? —preguntó—. ¿Podrás vivir conmigo?

—Ya veremos —repuse.

—Esta noche has estado impresionante —dijo mientras se acercaba a mí.

—Para.

—En serio. Has sido muy valiente. Y estabas deslumbrante, por cierto, aunque eso ya lo sabías.

El agua del expreso comenzó a hervir justo antes de atravesar el café molido y ascender a la parte superior de la cafetera. Era mi momento favorito, cuando la cocina empezaba a impregnarse de aquel aroma embriagador.

Matt se acercó un poco más y sus ojos marrones y líquidos parecieron absorberme. Yo había dejado el costoso collar de Madame en su *suite*, pero aún llevaba el vestido de Valentino palabra de honor. Notaba el cuello y los hombros muy expuestos, muy vulnerables, y él levantó despacio las manos para tocarme.

Con sus dedos fuertes y rudos, aunque sorprendentemente suaves, empezó a masajearme con dulzura y lentitud la tensión muscular. Su piel ligeramente áspera me hacía cosquillas... Hacía mucho tiempo que no me tocaba así y su mirada oscura se mantuvo firme.

—Te he echado de menos —susurró, bajó la cabeza y rozó mis labios con los suyos.

Cerré los ojos, deseándolo, no deseándolo... y me abrazó. La mezcla terrosa del café humeante y la dulce calidez de la colonia masculina me aturdían. Me puso la mano en la nuca, abrió la boca y el beso se volvió más profundo.

Ah, sí..., sí que sabía besar. En eso nunca hubo discusión. Tierno y agresivo al mismo tiempo. Relajante y ardiente.

Me separé, rodeé sus anchos hombros con mis brazos, me aferré a él y le devolví el beso. Sabía tan bien como lo recordaba, el chocolate y el Kahlúa persistían en su lengua.

El aroma del café nos envolvió por completo mientras el agua caliente salía disparada a través del café y se asentaba en la parte superior de la cafetera.

—Está listo —murmuré mientras me apartaba.

—Deja que hierva —dijo Matt, capturando otra vez mis labios.

Con lo a gusto que me encontraba en los brazos de Matt, por no mencionar aquel nivel de excitación casi olvidado, no me atreví a protestar. Por supuesto, mi yo lógico y pragmático sabía que aquello era una auténtica estupidez. Pero en ese momento no oía a aquel yo.

—Vamos arriba —susurró Matt.

Asentí con la cabeza.

Se estiró y apagó el fuego, me agarró de la mano y me condujo por el salón. Tal vez, si el teléfono no hubiera sonado, las cosas habrían sido diferentes aquella noche. Pero el teléfono sonó.

—Déjalo —dijo Matt.

—Podría ser Joy —repliqué.

Asintió y descolgó él mismo.

—¿Diga? —contestó. Escuchó durante un minuto y luego se le desencajó la cara. Me miró a los ojos—. Es el doctor Foo —dijo—. Anabelle no ha sobrevivido, Clare. Acaba de morir.

CAPÍTULO VEINTISIETE

—**B**uenas noches, Tucker —dije una hora más tarde—. Vete a casa y duerme un poco. El turno del domingo por la mañana es ajetreado.

—De eso nada, cariño —contestó Tucker—. Tú te fuiste al baile y ahora le toca a Cenicienta irse de ¡fies-taaa!

Con un movimiento de mano, Tucker desapareció en la noche.

Cerré la puerta del local y me preparé un último expreso. Estaba tan cansada que dejé los posos en el portafiltro y me dije que ya los limpiaría y tiraría la última bolsa de basura por la mañana. Para mí eso era una transgresión, pero, oye, para eso era la jefa y, además, la nochecita había sido dura.

Removí un poco de azúcar en la taza, me la bebí y subí las escaleras hasta el pequeño despacho del segundo piso con los recibos del día bajo el brazo.

Encendí la lámpara halógena que había sobre el escritorio y me acerqué a la pequeña caja fuerte negra empotrada en la pared de piedra. La caja fuerte tenía una rueda, una manilla y un embellecedor metálicos y servía como cámara acorazada para los objetos de valor del Blend desde hacía más de cien años.

Al lado derecho de la caja fuerte había una foto en sepia de un hombre de ojos oscuros e intensos y bigote elegante: un retrato de principios de siglo del patriarca de la familia Allegro, Antonio Vespasian Allegro.

A la izquierda de la caja fuerte, una vitrina contenía un libro de contabilidad centenario, desgastado y manchado, del que se decía que recogía las recetas secretas de café de la familia Allegro, anotadas con meticulosidad por el propio Antonio Vespasian y heredadas de generación en generación.

Me detuve y miré con detenimiento la fotografía del bisabuelo de Matteo. Reconocí la fuerte barbilla, el atisbo de arrogancia y la innegable inteligencia en sus ojos: Matteo también los tenía.

En muchos sentidos, casarse con la familia Allegro era como entrar en una sociedad secreta, como los masones, los *illuminati...* o la mafia. Secretos, secretos y más secretos, sobre el negocio familiar, sobre el grano de café, sobre el proceso de tostado y sobre las mezclas únicas.

A falta de un juramento de *omertá,* empecé a sospechar que me quedaría allí de por vida. Madame hacía todo lo posible para que así fuera. Y en vista de su comportamiento durante la noche, Matteo también.

Intenté quitarme esos pensamientos de la cabeza y abrí la caja fuerte. Metí los recibos del día, volví a cerrarla e hice girar la rueda. Estaba agotada y lista para irme a la cama... sola. Se lo había dejado claro a Matt después de llorar por Anabelle.

La noticia de su muerte me impresionó sobremanera y, aunque él también se había disgustado, no veía razón alguna por la que no pudiéramos consolarnos mutuamente entre un juego de sábanas limpias.

Le recordé con amabilidad que estábamos divorciados. Y las razones de nuestro divorcio. De ahí, él pasó a acusarme de tener miedo a darle otra oportunidad, cosa que no discutí.

Le molestó que no le llevara la contraria, pero me dio la impresión de que aún no se había dado por vencido. Al fin y al cabo, todavía le quedaban unos cuantos días para convencerme antes de volar a alguna plantación de Sudamérica, África, Asia o Dios sabe dónde.

Con lágrimas en los ojos, le dije que lo mejor que podía hacer era dedicarse al comercio del café, ya que el Blend corría el riesgo de desaparecer para siempre.

Anabelle había muerto. Eso ya era horrible de por sí. Pero las consecuencias eran innegables.

Ya no podría decirnos quién la había empujado por las escaleras, si es que alguien lo había hecho. Le practicarían la autopsia, pero el doctor Foo creía que no serviría de nada. El hospital ya había hecho un examen exhaustivo, varios análisis de sangre, todo. Más allá de los moratones atribuibles a su caída, ¿qué más se podía saber?

No, la madrastra de Anabelle se abalanzaría con un abogado carroñero en menos que cantaba un gallo. Estábamos en su punto de mira, eso era seguro.

Suspiré. Con independencia del futuro de la cafetería legendaria, el Blend seguía bajo mi responsabilidad aquella noche y me quedaba efectuar una última comprobación antes de meterme por fin en la cama para seguir llorando.

Un rato antes le había pedido a Tucker que despejara un poco la zona de las tostadoras de café. El primer envío de café peruano de Matteo llegaría a primera hora de la mañana siguiente. (Lo que anunció durante la cena sobre concretar el envío con la PDA no había sido más que una treta, ya que el pedido estaba en marcha desde hacía semanas). Tendríamos que almacenar un montón de bolsas de café hasta que lo tostáramos.

Por desgracia, olvidé preguntarle a Tucker si había terminado de despejar esa parte, así que tenía que bajar a aquel sótano oscuro y tenebroso para comprobarlo.

Cerré el despacho, crucé la segunda planta del Blend a oscuras entre el batiburrillo bohemio de sofás, sillas y lámparas desparejados, y bajé las escaleras hasta la primera planta.

En el rellano, encima de la escalera que conducía al sótano, pulsé el interruptor de la luz. Se oyó un destello brillante y luego un fuerte estallido: la bombilla de la escalera se había fundido.

Habían instalado una serie de luces fluorescentes para iluminar la zona de tueste, pero el interruptor que las encendía se encontraba ahí abajo, en la oscuridad.

Estuve a punto de dejarlo todo tal y como estaba, pero de repente me preocupó la posibilidad de que hubiera un cortocircuito o algo parecido. No quería rematar esa semana perfecta prendiéndole fuego al edificio, así que cogí una linterna y una bombilla nueva de la despensa, justo al lado del rellano.

Con una mano en la barandilla de madera, bajé las escaleras con cuidado, muy consciente de que Anabelle había dado su salto mortal allí mismo. Mis pasos resonaban en el hueco de la escalera y respiré mucho más tranquila una vez que mi pie tocó el suelo de hormigón del sótano.

La zona estaba completamente a oscuras, pero el interruptor se encontraba justo al final. Mientras buscaba a tientas con la linterna, oí un ruido. La madera crujió sobre mi cabeza. Volvió a crujir. Eran pasos.

Alguien caminaba por el Blend.

¿Matt?, pensé. Pero era muy poco probable. Aunque se había ofrecido a ayudarme a cerrar, le dejé claro que necesitaba algo de

espacio para pensar. En consecuencia, no le había quedado otra que enfurruñarse.

Me quedé de piedra al oír las pisadas otra vez. Eran pasos titubeantes, señal de que no era Matt. Mi testarudo exmarido era de todo menos titubeante.

Entonces, ¿quién sería?

Contuve la respiración y traté de recordar si había cerrado con llave la puerta principal y la escalera trasera. Lo había hecho. Estaba segura. Pero no había conectado la alarma antirrobo.

Procuré que no cundiera el pánico. Sabía que estaba atrapada. Abajo no había teléfono ni forma de llamar a la policía, y la única salida era la trampilla que daba a la acera, que estaba cerrada tanto por fuera como por dentro. Si había un intruso arriba, lo único que podía hacer era agazaparme en el sótano hasta que se marchara y esperar que no me encontrara.

Con el corazón a toda pastilla, escuché cómo la persona terminaba de cruzar la sala. Al cabo de un minuto, los pasos sonaron en la escalera.

Dios mío, Dios mío, ¡viene a por mí!

Encontré un escondite detrás de la tostadora, apagué la linterna, me hice un ovillo y escuché.

Los pasos continuaban, pero de pronto el sonido se volvió más suave. Estaba subiendo, no bajando. Y se dirigía al despacho.

¡La caja fuerte! Nos estaban robando.

Agucé los oídos, pero no advertí nada más.

No podía quedarme allí escondida, decidí. Tenía que llegar al teléfono del primer piso. Subí las escaleras. Casi al final, oí un ruido de cristales al romperse dentro del despacho y, sin pensarlo, grité con todas mis fuerzas.

Mi aullido de jaguar, parecido al de Cafelito, retumbó en las ventanas. Quienquiera que estuviese en mi despacho lo notó, porque lo siguiente que oí fue el estruendo de mi lámpara halógena.

Al cabo de unos segundos, una figura vestida de cuero negro bajó las escaleras con un libro bajo el brazo.

¡Un libro!

Recordé el ruido del cristal y caí en la cuenta. *Dios mío.* La vitrina junto a la caja fuerte. Aquella persona no había venido a por dinero, sino para robar el libro legendario de los Allegro. *¡Desgraciado, más que desgraciado!*

Mientras se precipitaba hacia mí, vi que era un hombre joven con el pelo rubio y corto. No lo reconocí, pero vi un destello de ojos azul claro. Extendió el brazo como un jugador de fútbol americano y me golpeó con fuerza.

—¡Eh! —chillé.

Estuve a punto de caer por la escalera del sótano cuando me agarré a la barandilla de madera. Milagro de los milagros, mis dedos se aferraron a tiempo.

¡Dios mío! —pensé—. *¡Esto es lo que le pasó a Anabelle! El hombre no consiguió llevarse el libro anteanoche. Ella debió de pillarlo in fraganti ¡y huyó!*

Me levanté a tiempo para ver que el desconocido corría hacia la entrada principal. Se acercó a toda prisa al cristal, aún llevaba el libro bajo el brazo. Ahora estaba manipulando la puerta. ¿Qué puñetas hacía?

—¡Matt! ¡Matt! —grité tan fuerte como pude.

Por suerte, Matt había oído el estruendo y apareció a mi lado casi en cuanto empecé a gritar.

—¡Clare! —gritó Matt al bajar a toda prisa y pulsar el interruptor de las luces del primer piso.

—¿Qué mierda...?

—¡Un ladrón! —grité señalando hacia la puerta principal.

El destello de la luz ya había asustado al intruso. Había terminado de forcejear con la puerta, la había abierto de un tirón y había salido corriendo.

Corrí hacia la puerta principal.

—¡Tenía llave! —grité al verla puesta en la cerradura. La saqué y la levanté—. Por eso forcejeaba. La había dejado en la puerta para huir, pero no ha conseguido sacarla.

—Voy a llamar a la policía...

—¡No hay tiempo! —dije—. No podemos arriesgarnos a que se escape... Tiene el libro del café.

—¿Crees que podrás reconocerlo? —preguntó Matt.

Asentí con la cabeza.

—Vamos —dijo—. Parece que ha echado a correr por Hudson.

Cerramos la puerta y salimos tras él.

CAPÍTULO VEINTIOCHO

E l aire del frío otoño era húmedo. Ninguno de los dos llevábamos chaqueta, pero sí jersey, mientras atravesábamos la ligera bruma gris que se levantaba desde el río. Era más de medianoche, un viernes corriente en el Village. Grupos estridentes de hombres y mujeres seguían disfrutando en las calles estrechas y adoquinadas, salían de los cines y se reunían en torno a los clubes, los bares, los cabarés y los restaurantes nocturnos escondidos entre las tiendas oscuras, las galerías de arte y los apartamentos que ocupaban los edificios adosados de ladrillo rojo de estilo federal.

—Por allí va —dije.

Nos acercábamos con rapidez al intruso. Cuando cruzó Grove, me fijé en su corte de pelo, rapado de estilo militar, y en su lustrosa chaqueta de cuero. Aún sujetaba el libro bajo el brazo y llevaba algo más, algo voluminoso, bajo la chaqueta.

—¡Mira, Matt, creo que también ha robado la placa del Blend!

Aceleré la carrera, impaciente por enfrentarme a él, pero Matt me puso una gran mano en el hombro.

—¿Qué haces? —pregunté.

—No te acerques tanto, todavía no —dijo Matt—. Y déjame ver esa llave.

Le di la llave y él la examinó mientras caminábamos bajo la luz de las farolas.

—Este duplicado se hizo en Ferretería y Bricolaje Pete, en la calle Perry —dijo Matt—. Este es su logotipo. El Blend tiene cuenta con ellos.

—Entonces...

—Entonces, esta copia la ha hecho alguien que trabajaba en el Blend —dijo Matt—. ¿Y sabes quién es el primero que me viene a la mente?

—Flaste —contesté—. Moffat Flaste.

—Y seguro que encima sacó copia de la llave a cuenta del Blend —dijo Matt, disgustado.

—Sí, tiene que ser Flaste —dije—. El ladrón no solo tenía un duplicado de la llave, sino que también sabía dónde encontrar el libro en el despacho. Y Flaste ya intentó robar la placa del Village Blend, ¿no?

—Sí, exacto —convino Matt—. La verdad es que sospeché de él en cuanto supe que había dejado que venciera el seguro del local.

—Y no olvides que trabajó para Eduardo Lebreux, que nos contó que quería franquiciar el Blend pero no conseguía que Madame se lo vendiera —señalé.

—Tienes razón. Flaste fue un encargado nefasto —repuso Matt—. Al morir Pierre, Lebreux debió de sobornar a Flaste para que llevara el negocio a la ruina y que, de ese modo, Madame lo vendiera. Como eso no funcionó y Madame se las arregló para que tú lo regentaras de nuevo, Flaste decidió vengarse con el robo.

—Todo encaja. Aun así, ¿de qué le sirve ese libro de recetas de café sin el nombre del Blend?

—De poco —dijo Matt—. Y Lebreux lo sabe. Por eso dudo que esté implicado. Es probable que Flaste organizara el robo por su cuenta creyendo que el libro le serviría para algo a Lebreux.

—¿Y cómo demostramos todo esto?

—No será fácil. Esperemos que el ladrón al que perseguimos se encuentre con Moffat Flaste. Si no, haremos que lo detengan y ojalá entonces desembuche. Si admite que intentó robarnos la otra noche y que mató a Anabelle, eso significaría que Flaste está detrás de lo que le sucedió a la pobre chica. Y, Clare, si eso fuera así, a ese gordo le voy a romper...

—Matt, tranquilízate. Lo primero es lo primero. De momento, intentemos no perder de vista a don Rapado.

Lo seguimos por Hudson. En la calle Christopher, giró a la derecha.

A partir de entonces, nos costó seguirlo. La calle Christopher siempre estaba muy animada los fines de semana, y esa noche no era una excepción. Una multitud de personas, en su mayoría hombres, abarrotaban las aceras al salir de los *pubs* que, en ese pequeño tramo, eran bares gais en su mayor parte.

La música inundaba la calle, desde *tecno dance* y música disco hasta Judy Garland. Mientras el intruso se abría paso entre la multitud, dos hombres que caminaban agarrados del brazo le silbaron: sin duda estábamos en Christopher.

Al pasar por delante de una de esas tiendas nocturnas de camisetas, tabaco y revistas que aún prosperan en el Village, el ladrón se metió en un bar con la fachada de cristal llamado Oscar's Wiles.

A través de la ventana, vi que la clientela era toda masculina y en su mayoría joven. Hombres con pantalones ajustados, chalecos de cuero y jerséis, todos macizos, cincelados y bronceados.

Pensé en las mujeres solteras que conocía en Nueva York y suspiré.

Vimos que el joven rapado pedía una cerveza, se acomodaba en su asiento y miraba hacia la entrada, como si esperase a alguien. Un cliente abrió la puerta y un estallido de música disco emanó del interior. Matt y yo retrocedimos.

—¿Y ahora qué hacemos? —pregunté.

—Vas a tener que entrar —contestó Matt.

—¿Qué? —grité—. ¿Por qué yo?

—Porque, si ha quedado con Flaste —explicó Matt—, me reconocerá en el momento en que pise el bar.

—¡Pero Flaste también me reconocerá a mí! —repliqué—. ¿Y no crees que yo llamaría un poquito la atención en un bar gay lleno de hombres?

—Puede que tengas razón —convino Matt. Me agarró del codo y me llevó hasta la tienda veinticuatro horas.

—¡Espera! —grité al pasar por delante de una cabina—. Voy a llamar a Quinn. Él sabrá qué hacer.

Matt torció el gesto, pero no protestó.

—Ahora vuelvo —me dijo.

Marqué el número de la comisaría, pero Quinn no estaba disponible. Tras explicarle al policía de recepción quién era yo, le dije que necesitaba que el detective Quinn acudiera al Oscar's Wiles, en la calle Christopher, lo antes posible, que era urgente. El policía pareció dudar, pero tomó nota del mensaje.

A continuación, llamé al móvil de Quinn. Me saltó el contestador, así que le dejé un mensaje y recé para que el detective llegara a tiempo.

Nada más colgar, vi que Matt salía de la tienda con una bolsa de plástico de I LOVE NEW YORK que contenía dos camisetas, una gorra de béisbol del Departamento de Bomberos de

Nueva York, una sudadera azul marino con capucha con la palabra YANKEES bordada en el pecho y tres botellas de agua. Matt me condujo a una esquina oscura de la acera de enfrente.

—¿Lo ves desde aquí? —me preguntó Matt mientras buscaba en la bolsa de plástico.

—Sigue allí, solo.

Matt abrió una botella de agua y derramó un poco en una de las camisetas. Antes de que me diera tiempo a detenerlo, me restregó la cara con la tela empapada. Chillé.

—Quédate quieta —ordenó—. Tengo que quitarte ese maquillaje.

—Vale, pero no me arranques la piel —le grité, y me estremecí al notar que un chorro de agua helada me bajaba por el cuello.

—Ponte esto. —Me pasó la sudadera con capucha y me observó mientras introducía la cabeza—. Los vaqueros que llevas sí servirán.

—Guau, gracias —murmuré.

Me coloqué la sudadera mientras Matt me recogía el pelo bajo la gorra y me la calaba hasta las orejas. Luego revisó mi aspecto.

—Casi pareces un chaval, pero tenemos un problema bastante importante —apuntó Matt mientras se rascaba la barbilla—. Bueno, dos problemas.

—¿Perdona?

—El pecho —dijo Matt—. Vas a tener que quitarte el sujetador.

Me metí la mano por debajo de la camiseta, me desabroché el Victoria's Secret con aros, saqué los brazos de la sudadera y... fuera.

—No —dijo Matt—. Aún son demasiado grandes.

Antes de que pudiera protestar, metió la mano por debajo de la sudadera con capucha y agarró la camiseta que llevaba debajo. Me ajustó la tela para aplanarme el pecho. Luego, hizo un nudo con la tela sobrante en la espalda.

—No puedo respirar —me quejé.

—*Voilà* —dijo Matt mientras me cogía por los hombros y me daba la vuelta. Miré mi reflejo en la ventanilla de un coche aparcado. Daba miedo. Parecía un hombre joven.

—Qué horror —gemí.

—Vamos —dijo Matt empujándome hacia delante—. Acércate todo lo que puedas y observa.

Crucé la calle tratando de imitar los andares de un hombre. No estaba segura de conseguirlo, pero debí de hacerlo bien porque, al entrar en el Oscar's Wiles, un transeúnte silbó. Casi le devolví la sonrisa. Era bastante guapo.

Gracias a la prohibición de fumar en lugares públicos, en el Oscar's Wiles no había humo de tabaco. El olor a hoja quemada había sido sustituido por el de la cerveza, la colonia masculina y el cuero, un montón de cuero.

El estilo del interior tenía un aire Tudor, con las paredes de estuco blanco adornadas con madera oscura. Una gran chimenea de piedra presidía uno de los muros, pero no estaba encendida. Las mesas y las sillas eran pesadas y de madera oscura, a juego con las molduras de las paredes. Por todas partes había litografías enmarcadas de terratenientes y caballeros que posaban con vestimenta de caza ajustada, lo cual me pareció apropiado para el deporte que íbamos a practicar.

Me pavoneé hasta la barra.

—Una birra —dije con cierto desdén testosterónico y arrojé un billete sobre la barra—. Quédate el cambio.

Para mi sorpresa, el camarero no me volvió a mirar. Cogí la jarra, soplé un poco de espuma e hice ademán de tragar. Pero en lugar de beber, le eché un vistazo a mi presa a través del líquido ámbar.

De repente, un brazo grueso y peludo descendió sobre mis hombros. Pesaba tanto que casi me caí de rodillas.

—Se te ve muy solo, mofletitos —me dijo al oído una voz ronca—. ¿Necesitas un lugar donde pasar la noche?

Uy, mierda. Pero si es Ron.

Ron Gersun, para ser exactos, el carnicero del barrio, y no quería que me reconociera. Ron tenía una tienda en el antiguo distrito de los mataderos que era famosa por su lomo alto. Estaba acostumbrada a verlo con un delantal manchado de sangre y una redecilla en la cabeza. Esa noche estaba bastante atractivo, con un chaleco de cuero sin camisa, los pectorales sudorosos, un tatuaje de un ancla (¿quién lo hubiera dicho?) y el pelo del pecho al aire.

Vaya, vaya, Ron —imaginé que era Tucker quien hablaba—. *¡Veo que no solo te dedicas a la carne en tu tienda!*

—Eh, no te ofendas, amigo, pero esta noche no —resollé con una voz tan ronca que me hizo cosquillas en la garganta. Pasé por debajo del brazo fornido de Ron Gersun y me alejé.

Crucé el bar y tomé asiento un poco más cerca del ladrón rapado. No miró en mi dirección, sino que siguió atento a la puerta principal. Por fuera de los altos ventanales, no había ni rastro de Matt. Supuse que seguiría al acecho. Si no era así, lo mataría.

La puerta se abrió y entró una figura baja y redonda con andares de pato. Lo reconocí desde el otro lado de la sala.

Moffat Flaste.

Sus ojos, pequeños y brillantes como los de un cerdo, recorrieron el local. Parecía nervioso y tenía una pátina de sudor en las mejillas carnosas y en el labio superior. Examinó el bar hasta que vio al ladrón. Cruzaron la mirada y el joven asintió.

Flaste pareció ponerse aún más tenso. No se acercó al joven de inmediato, sino que pidió una copa y se quedó en la barra bebiendo. Por fin, el joven se impacientó y le hizo una seña para que se acercara.

Flaste pasó por delante de mí, se sentó enfrente del rapado y comenzaron a hablar. ¡Pero yo no era capaz de oír una sola palabra! Aunque estaban sentados a no más de dos metros de mí, la música era tan alta que resultaba imposible enterarse de nada. Tenía que acercarme más.

Me levanté, alcé el vaso y bebí un sorbo amargo mientras me aproximaba a su mesa. Flaste y el joven estaban enzarzados en una conversación. Por fin, el joven se metió la mano por debajo de la chaqueta y sacó algo. Puso el libro de recetas de la familia Allegro sobre la mesa y lo deslizó hacia Flaste, que lo agarró y lo escondió bajo su ropa.

¿Y qué pasa con la placa? También te llevaste la placa, cabronazo. ¿Dónde está?

—Otra vez nos encontramos —me dijo una voz al oído. Sentí el cosquilleo de una barbilla sin afeitar cuando, de nuevo, un brazo aplastante me cayó sobre los hombros. Esta vez Ron Gersun tiró de mí para acercarme a su pecho y me sacudió como a una muñeca—. El mundo es un pañuelo —me dijo en un tono que seguramente le parecía seductor. Intenté zafarme de él, pero me sujetó con fuerza. Levantó la mano y me hizo cosquillas en la barbilla con un dedo grueso como una salchicha—. Suave como el trasero de un bebé —susurró. Intenté escabullirme bajo su brazo una vez más, pero encontró el modo de evitarlo.

Estupendo. Después de una década de sequía viviendo como una monja, por fin estoy rodeada de pretendientes masculinos insistentes, ¡y no puedo hacer nada con ellos!

—Dame un beso —dijo Ron. Chascó los labios y sentí que me rozaba el cuello con la barbilla peluda.

Mientras tanto, Flaste se sacó un sobre del bolsillo y se lo acercó al joven por encima de la mesa. El ladrón lo cogió y sonrió. Flaste se levantó. Iba a marcharse. Me dispuse a seguirlo.

—¿Adónde vas? —preguntó Ron, casi dolido—. Dame una oportunidad.

Estiró el brazo para tirar de mí. Con la sacudida, rozó la visera de mi gorra y me la quitó de la cabeza. El pelo castaño ondulado me cayó hasta los hombros.

—¡Oye! ¿Qué es esto? —Ron retrocedió confundido—. Un momento, yo te conozco. ¡Eres la señora del café!

Toda la sala llena de hombres se giró hacia mí, incluidos Flaste y el del corte de pelo militar. Ambos pusieron cara de haberme reconocido.

¡Mierda!

Flaste soltó un chillido y corrió hacia la salida. El rubio rapado fue más rápido y llegó antes que él. Pero cuando tiraba de la puerta, apareció en el umbral una figura alta y de hombros anchos envuelta en una gabardina beis que impidió su huida.

¡El detective Quinn!

Y justo detrás de él, Matteo. Con los puños cerrados y los ojos brillantes, estaba dispuesto a pelear.

El ladrón empujó a Quinn, pero habría tenido más suerte intentando mover el Empire State. Quinn estampó al joven contra la mesa más cercana, lo redujo, le llevó los brazos a la espalda y lo esposó con un movimiento continuo y en apariencia natural.

Mientras tanto, Flaste se acercaba a la puerta con la clara esperanza de escapar mientras Quinn estaba distraído.

—¡Detened a Flaste! —grité—. ¡Tiene el libro!

El gordo palideció; después, chilló de nuevo y corrió hacia Matteo con la intención de derribarlo. Craso error. Un sonoro golpetazo hizo que todos los clientes del bar se estremecieran. Moffat Flaste exhaló fuerte y se retorció. Matteo le había asestado un derechazo en la barriga. Matt estaba ahora de pie sobre él, con el puño en alto, preparado para asestar un segundo golpe.

Quinn levantó la mano y agarró el brazo de mi exmarido.

—Ya es suficiente —dijo el detective.

Si hubiera sido un pulso, aquel podría haberse decidido a cara o cruz. Pero Matt se echó atrás. Vio que Quinn tenía razón. Tras el fuerte puñetazo de Matt, Flaste se había derrumbado en el suelo con impotencia. Todavía jadeante, ni siquiera se dio cuenta de que el libro de recetas de la familia Allegro se le escurría bajo la chaqueta.

—Quedan detenidos por robo y receptación —anunció Quinn—. Tienen derecho a permanecer en silencio. Todo lo que digan podrá utilizarse en su contra ante un tribunal...

CAPÍTULO VEINTINUEVE

—**M**isterio resuelto —le dije a Quinn con orgullo, diez minutos después, en la acera de la entrada del Oscar's Wiles.

—Eso parece —dijo mientras me miraba.

Ya se habían acercado al edificio de ladrillo dos patrullas de agentes uniformados del Departamento de Policía de Nueva York, cuyas sirenas y luces de emergencia parpadeantes atrajeron a un sinfín de espectadores. Al parecer éramos el mayor espectáculo de la zona en ese momento. Entre los mirones medio ebrios proliferaron los gritos y las carcajadas además de una interpretación desafinada de la canción de apertura del programa *Cops.*

Un par de agentes controlaban a la multitud mientras otros dos metían a Flaste y a Rubio Rapado en la parte trasera de uno de los vehículos.

—¡Eh, señora Cosi! —gritó uno de los encargados de contener a la muchedumbre. Resultó ser el agente Langley, el joven irlandés larguirucho a quien le descubrí el café griego unos días antes.

—¡Eh, hola! —grité yo también—. ¿Cómo estás?

—¡Eso mismo nos preguntamos de usted! —dijo su compañero Demetrios, moreno y de menor estatura, mientras trataba de mantener a raya a un par de borrachos que seguían cantando «¡Bad boys!, ¡bad boys!».

—Estoy bien —dije—. ¡Ni un rasguño! ¡Gracias a los dos!

—Menuda jornada laboral, ¿verdad, teniente? —dijo Langley.

Quinn no sonrió. Parecía tener una ligera alergia a esa expresión facial, aunque se lo veía bastante satisfecho. Levantó el mentón cuadrado hacia mí y dijo:

—El mérito es de ella, no mío. Cla..., digo, la señora Cosi ha hecho un buen trabajo.

Agradecí que casi me llamara por mi nombre en público. No es que fuera el inicio de una bonita amistad, pero menos daba una piedra.

—No ha habido suerte —dijo Matteo al salir del bar.

—Estás de broma —repliqué—. No me lo creo. Estaba segura de que don Rapado llevaba la placa del Village Blend. Y si la cogió, tiene que estar en el bar.

Quinn me pidió que esperase un momento. Se acercó al coche patrulla y metió la cabeza en la parte trasera, donde estaban Flaste y Rapado. Después de hablar con los dos hombres esposados durante unos minutos, volvió.

—Nada, lo siento —me dijo Quinn—. Están buscando un abogado.

—¿Cómo que están buscando un abogado? —pregunté.

Quinn estaba a punto de explicármelo cuando Matteo interrumpió:

—Todo lo que digan puede utilizarse en su contra en un juicio, Clare. No hablarán hasta que no vean a un abogado.

—Exacto, Allegro —dijo Quinn—. Tienes experiencia en eso, ¿no?

—Mejor no lo llevemos a lo personal, Quinn...

—¡Señores! —grité—. Así no solucionamos el problema. Me gustaría encontrar la placa del Village Blend. Con independencia de su valor económico, es una antigüedad que, para una mujer que lo es todo para mí, significa un mundo. Así pues, ¿qué hacemos?

—Si no estás del todo segura de que la han robado, y parece obvio que ese hombre no lo va a admitir —dijo Quinn—, habría que volver a la cafetería para confirmar que no está. A partir de ahí, continuaremos la búsqueda.

—De acuerdo —contesté—. Eso es fácil. Ahora vuelvo.

— Un momento, necesito tomarle declaración, señora Cosi —dijo Quinn—. Y al señor Allegro también.

—Clare —dijo Matt—, ¿por qué no vuelves tú al Blend y compruebas si está la placa mientras yo empiezo a prestar declaración?

—Matt, no tengo por qué ir yo. ¿Por qué no vuelves tú y yo me quedo con Quinn?

—No —respondió Matt al instante—. Quiero decir... Eh... Cerramos la puerta principal, pero nos dejamos las luces encendidas. Los clientes pensarán que seguimos abiertos...

—Pero tú eres tan capaz de apagar las luces como yo.

—Es que estoy casi seguro de haber dejado entreabierta la puerta del apartamento —añadió Matt— y Cafelito podría estar en la cafetería. Esa gata no me conoce lo suficiente como para acudir a mi llamada.

—Ah —admití—. Sí. Entonces será mejor que vuelva yo. Cafelito podría huir de ti y ya ha tenido bastante estrés mientras se adapta al apartamento; a saber cómo reaccionará cuando se dé cuenta de que le quedan otras dos plantas y un sótano por olfatear y marcar.

—¿Marcar? —preguntó Matt—. No querrás decir que...

—Cafelito es hembra. No rociará con orina. Pero tal vez sienta la necesidad de restregarse contra todos los muebles.

—Entonces será mejor que te vayas. —Matt me lo decía a mí, pero le lanzó una especie de mirada extraña de advertencia a Quinn.

¿Por qué me daba la impresión de que mi exmarido no quería dejarme a solas durante veinte minutos con Quinn? En fin, «qué será, será...».

Langley y Demetrios me llevaron de vuelta al Blend en el coche patrulla. Me despedí de ellos y utilicé mi llave para volver a entrar (el duplicado de la llave que habíamos encontrado era una prueba y Quinn se la había quedado).

Con mucha precaución, volví a cerrar la puerta de inmediato y suspiré al sentirme por fin a salvo.

Por desgracia, con un simple vistazo por la ventana, vi el estrago. Tal y como sospechaba, habían robado el único cartel del negocio, la famosa placa del Village Blend que anunciaba el CAFÉ RECIÉN TOSTADO SERVIDO A DIARIO a sus clientes desde hacía más de cien años.

—Bueno, Quinn —murmuré para mis adentros—. Supongo que tenemos otro misterio.

Sabía que Quinn necesitaba que acudiera a declarar a la comisaría, así que me dirigí hacia la escalera. Esperaba que Cafelito no se hubiera alejado mucho del apartamento. Suponía que habría bajado para olisquear la acogedora zona de sofás y sillones del segundo piso.

—¡Cafelito! —la llamé—. ¡Cafi!

Siempre acudía cuando la llamaba. Así que, en vez de recorrer las cuatro plantas del edificio, decidí quedarme allí y seguir llamándola. Sin darme cuenta, me fijé en la taza de café vacía que había en la barra. De forma automática, la llevé al fregadero.

—¡Cafelito! —volví a llamarla. Al llegar detrás de la barra, recordé que había un resto de posos en el portafiltro de la cafetera.

Acababa de tirar los restos de café en la basura de debajo de la barra cuando oí que una voz masculina me decía:

—Buenas noches, señora Cosi.

Casi me da un infarto. El local estaba cerrado a cal y canto. Allí no tenía por qué haber nadie.

Un hombre rubio de piel clara apareció en la zona de la despensa. Llevaba un abrigo largo que le quedaba como un guante y sus facciones me recordaron a alguien, pero en ese momento no lo supe ubicar. Estaba demasiado asustada pensando que había permanecido allí agazapado y en silencio. Un conejo blanco entre las sombras.

—¿Quién es...?

Se me cortó la voz cuando vi que llevaba algo en la mano que apuntaba hacia mí: una pistola. Una pistola. Una pistola. ¡Dios mío! ¡Dios mío! ¡Dios mío!

Desde detrás de la barra, miré hacia abajo. No había nada con lo que defenderme, ni un cuchillo ni un punzón, ni siquiera un vaso que lanzarle. Lo único que veía era un montón de posos de café negros y sucios. El desconocido no me veía las manos, así que agarré un puñado. No sabía muy bien qué hacer con él, pero el instinto me dijo que cogiera algo, lo que fuera.

—Apártese de la barra y haga lo que le digo.

—¿Quién es usted? —pregunté mientras dejaba caer las manos a ambos lados del cuerpo y salía hacia el salón, donde estaba el desconocido.

—Vaya, señora Cosi —dijo—. Me ofende. ¿No se acuerda de que nos conocimos anoche?

Lo miré un instante, parpadeé y me quedé estupefacta al reconocerlo. Él tenía razón. Claro que lo conocía. Era Richard Engstrum padre. Nos habíamos visto en la fiesta benéfica del Waldorf.

Poco a poco até cabos. Era obvio que su esposa lo había alertado de mi amenaza de acudir a la policía para inculpar a su hijo. Ha venido para protegerlo, pensé. Entonces, ¡lo único que tenía que hacer era aclarar el asunto!

—Señor Engstrum, escúcheme. —Me dispuse a explicarle que habíamos atrapado a los culpables esa misma noche. Estaba dispuesta incluso a pedirle disculpas por acusar a su hijo, pero él me interrumpió.

—No, señora Cosi. Soy yo quien tiene un arma, así que va a ser usted quien escuche. Quiero que sepa que fue Anabelle quien decidió tener ese primer «accidente». Lo único que hice fue asegurarme de que tuviera el segundo. El caso es que intenté que dejara de chantajearme, pero no quiso. Como ve, la única opción era dejarla sin opciones.

De pronto se me revolvió el estómago. Engstrum no venía alertado por mi estratagema. Estaba clarísimo. Acababa de confesar un asesinato.

—¿Fue usted? —pregunté con un hilo de voz—. ¿Quería que perdiera el bebé?

—Sí —dijo Engstrum.

—Pero perdió la vida.

—Sí, eso he oído. Y por ese motivo usted también va a perderla. A menos que me entregue la prueba que incrimina a mi hijo.

No pierdas la cabeza, Clare —me dije—. *No te asustes. Mantén la calma. ¡Piensa!*

—¡La tiene la policía! —grité de golpe—. ¡Y estarán aquí en un segundo!

—No, eso es mentira. Es un farol. Tengo un negocio de alto riesgo, señora Cosi. Sé cuando alguien me lanza un farol, y usted lo está haciendo. He visto que se despedía del coche patrulla hace unos instantes.

Engstrum amartilló la pistola. Era pequeña, pero parecía del tamaño suficiente como para matar. Sus ojos duros y carentes de emoción me hicieron pensar que ya había apretado el gatillo contra otras personas, tal vez no el de un arma, pero existen otros tipos de gatillo que, al apretarlos, dañan y arruinan a la gente.

Conocía a los de su clase. Son capaces de mirar a un ser humano y asignarle un valor según una estrategia comercial fríamente calculada o una utilidad basada en la gratificación percibida. Las personas dejaban de ser personas para convertirse en peones, en números. Madame Blanche Dreyfus Allegro Dubois también los conocía. Durante la Segunda Guerra Mundial llevaban esvásticas.

—Señora Cosi, ¿de verdad quiere morir así?

—¡No! Por favor...

—¿Dónde está la prueba?

Pensé deprisa. Si pudiera conducirlo hacia las escaleras... y distraerlo de algún modo...

—Está en un contenedor cerrado —mentí por fin—. En el callejón de atrás.

—Vamos a por ella. Juntos.

Sacudió el arma para que caminara delante de él. Sentí que se me secaba la boca y me flaqueaban las piernas. La adrenalina fluía por mi cuerpo como cien tazas de café.

—¿No le da cargo de conciencia? —pregunté para minarle la moral—. Aunque no le importara Anabelle, ¿cómo pudo matar a su propio nieto?

—Hijo. No nieto.

—¡¿Qué?!

—No tengo remordimientos, señora Cosi, porque Anabelle Hart se lo buscó. Ella se lo buscó.

—¡Cómo!

—No puedes venderte como una cosa y luego esperar que te compren como otra.

—No lo entiendo.

—Cuando la vi por primera vez, bailaba desnuda. Por supuesto, la adulé con joyas y varias noches en el Plaza, pero eso no significa que la comprara como algo más que una pequeña furcia, aunque después dejara de hacer estriptis. Creyó haber encontrado un viejo con pasta que financiaría su delirio artístico. Lo de quedarse embarazada fue un cálculo muy estúpido por su parte. Yo no bailo al son de las fulanas, son ellas quienes bailan al mío.

—Pero ¿y su hijo? Ella salía con su hijo. No lo entiendo...

—Cuando le dije que se largara, fue a por mi hijo por despecho. Lo engatusó para hacerme pagar. Pero lo único que tenía a su favor era el embarazo, así que lo eliminé.

—Y la eliminó a ella. ¡Murió a causa de las heridas!

—Es una pena, pero, como he dicho, se lo merecía. Ella se lo buscó.

La cabeza me daba vueltas, el cerebro me iba a mil por hora. De repente, me acordé de dos cosas que me había dicho Esther Best: que hacía meses que Anabelle discutía con su madrastra por dinero... y que había hablado con «Richard» antes de ir a trabajar la noche en que la atacaron.

Durante todo ese tiempo había pensado que ese Richard era Richard hijo. Pero era el padre. A quien Anabelle intentaba chantajear era a Richard padre, con la ayuda de su madrastra, que había visitado todas las páginas web de las empresas Engstrum en su portátil.

—¿Cuánto dinero le pidió?

—Un millón.

—Oh, Dios...

Engstrum valía cincuenta veces más que eso. De repente, me vino a la cabeza Arthur Jay Eddleman.

—¿Por qué no le dio algo de dinero para que se fuera? —pregunté—. A fin de cuentas, estaba embarazada de usted.

—La primera regla en los negocios, señora Cosi, es que por un servicio no hay que pagar más de lo que vale. Nunca. No iba a soltar ni un céntimo. Venga, vayamos a por la prueba. No se mueva a menos que yo se lo diga. De lo contrario, dispararé.

—Vale, vale. Por favor, no dispare.

Llegamos a la puerta trasera. Estaba encadenada y cerrada con pestillo.

—Quite la cadena —exigió—. Despacio.

Hice caso.

—Ahora abra el cerrojo.

Hice caso.

—Ahora abra despacio la puerta.

Estaba a punto de abrir la puerta cuando, por fin, llegó la distracción que yo esperaba...

—¡Miiiiaaaaaaaaaaauuuu!

El «¡Tengo hambre!» de Cafelito resonó como el rugido de un jaguar en el tenso silencio de la escalera. Cuando Engstrum volvió la cabeza hacia él, me di la vuelta y le lancé el puñado de posos de café que llevaba en la mano. Cuando le dio en la cara, se sobresaltó aún más.

Me acordé de las charlas del doctor Foo sobre el Kung Fu Wing Chun —y de que la baja estatura podía ser una ventaja—, así que me colé de inmediato por debajo de los brazos de Engstrum y le asesté un patadón en la rodilla.

—¡Aaah! ¡Maldita zorra! —gritó.

El arma se disparó, pero falló.

La puerta trasera estaba en el rellano, justo encima de la escalera que conducía al sótano, y el golpe lo desequilibró. Volví a golpearlo en la rodilla y cayó de cabeza hasta el suelo frío del sótano.

Como no sabía si estaba herido ni de cuánta gravedad, corrí hacia la entrada principal, a sabiendas de que sería más fácil encontrar ayuda en la calle Hudson que en el callejón de atrás. Estaba buscando la llave en el bolsillo cuando vi dos caras conocidas en la puerta.

¡Langley y Demetrios!

Me saludaron con la mano. Más tarde, me enteraría de que Quinn los había enviado para llevarme a comisaría a declarar. Pero en ese momento no me importó la razón, solo me alegré de verlos tan sonrientes, una sonrisa que se transformó en preocupación cuando abrí la puerta de un tirón y comencé a gritar como una loca.

Desenfundaron las armas y, en cuestión de segundos, llegaron al rellano trasero.

Pero no hubo necesidad de disparar. Ni siquiera de sacar las esposas.

Richard Engstrum padre estaba tirado al pie de la escalera, inconsciente. Un montón de posos de café mojados y un par de patadas bien dadas habían convertido al acaudalado capitán de las inversiones en comercio electrónico en un muñeco de trapo de carne y hueso.

Ahora estaba roto, magullado y maltrecho...

Igual que Anabelle.

CAPÍTULO TREINTA

—¿**N**o conoces el viejo refrán, Clare?

—¿Cuál? —le pregunté a Madame.

—Para morir listo estarás cuando el puño no puedas cerrar. —Madame me enseñó la mano abierta y despacio, pero sin pausa, cerró los dedos hasta formar una bola dura como una roca—. Ya lo ves, querida. No tienes de qué preocuparte. Me encuentro fenomenal.

Había pasado una semana. La policía y la prensa habían ido y venido, y las cosas poco a poco volvían a la normalidad en el Blend. Madame se había pasado a visitarnos, no de luto riguroso, menos mal, sino vestida con un traje de chaqueta y pantalón rojo cereza.

Debido a la enorme atención mediática, Matt y yo por fin le contamos lo sucedido. No entendió por qué se lo habíamos ocultado. Fue entonces cuando decidimos ser francos también con lo de su enfermedad.

Con una cafetera de prensa francesa llena de kona, Matt y yo la llevamos a la segunda planta para hablar con ella.

Madame se negó a admitir que tuviera cáncer, cosa que me asustaba cada vez más. Parecía hallarse en plena fase de negación.

—Madame, Matt y yo te queremos —dije—. ¿No quieres que nos enteremos?

—Que os enteréis de qué.

— Es absurdo fingir —le dije por fin—. Te vi en St. Vincent con el doctor McTavish.

Madame palideció.

—¿Lo ves? Lo sabemos —añadió Matt—. No tienes por qué seguir ocultándolo.

—Siento no habéroslo dicho —dijo—. Pero no sabía qué rumbo tomaría la cosa; ahora sí lo sé.

—¿Y? —pregunté con miedo a oír lo peor.

—Y... sí, estamos saliendo. Lo reconozco —dijo Madame.

—¿Estás saliendo con tu oncólogo? —dije.

—¿Mi oncólogo? Bueno, mío es. Así lo decidimos el Día de San Valentín, ¿no? Aunque de eso hace ya unos meses.

—Un momento —dijo Matt—. Madre, ¿tú tienes cáncer o no?

—¿Cáncer? Ay, no, por Dios, pero si estoy sana como una manzana. Según mi médico, me quedan por lo menos veinte años más. ¿Por qué pensabais que tenía cáncer?

—¡Porque tuviste una cita con el oncólogo! —grité.

—Cielo, estaba..., bueno, y estoy saliendo con un hombre tan atractivo como Sean Connery. El que sea oncólogo es irrelevante...

—Pero..., pero es que estabas en una silla de ruedas —dije—. La semana pasada. En la planta de oncología...

—¡Por Dios bendito! Seguro que cuando me viste estaba repartiendo los folletos de la subasta por el hospital. Ese día llevaba zapatos nuevos y me dolían los pies. Gary, en broma, me llevó en silla de ruedas para repartir los últimos.

—Madre mía, y nosotros pensamos que...

—¿Qué? ¿Que me moría de cáncer?

—¡Sí! —contestamos Matt y yo al unísono.

Madame se echó a reír.

—Menuda tontería.

—No sé... —dije cada vez más molesta—. Y entonces, ¿por qué nos hiciste firmar esos contratos sin mencionar, ni una sola vez, que nos convertías en socios?

—¿Por qué razón podría ser? —respondió Madame.

—Esto nos lleva a otro asunto —dije—. Ya que no te estás muriendo de cáncer, me gustaría dejar claro que... —Madame miró el reloj—. Matt y yo no podemos compartir el apartamento. Es una locura.

—¿Sabéis qué? Me acabo de acordar de una cosa —anunció Madame poniéndose de pie—. ¡Llego tarde! Gary me va a recoger para cenar temprano antes de ir a la nueva representación de Edward Albee. ¡Tendremos que hablar de eso otro día!

Y, con esa frase, Madame salió del Blend para dejar que Matt y yo, como ella dijo, «lo arregláramos entre nosotros».

Claro. Como siempre.

Aún lo estamos arreglando, es todo lo que puedo decir. En cuanto a Flaste y a don Rapado (que resultó ser un delincuente con una orden de detención pendiente llamado Billy Schiffer), aquí viene la primicia...

Flaste admitió que Eduardo Lebreux lo había contratado para arruinar el Blend. Pero la implicación de Lebreux terminó al fracasar el plan. Como sospechábamos, Flaste urdió el robo por su cuenta, con la esperanza de obtener una buena suma al venderle el libro secreto de recetas Allegro a Lebreux.

Dado que la participación de Lebreux fue turbia, pero no ilegal, no podíamos más que echarle la bronca —cosa que Matteo hizo de forma admirable—, arruinar su reputación en el negocio y evitarlo en sociedad, de lo que Madame se está ocupando con esa pétrea determinación suya tan característica.

En cuanto a Flaste y Schiffer, ahora toman el café de la cárcel, que ya es castigo suficiente incluso sin que se haya dictado la sentencia.

¿Y qué pasó con la placa del Village Blend?

Bueno, mi viejo amigo el carnicero, Ron Gersun, apareció con ella al día siguiente del robo.

—¡Ron! —grité al ver la placa bajo su brazo fornido—. ¿Dónde la has encontrado?

—Estaba allí..., ya sabes..., en el Oscar's Wiles.

—¿Dónde? —Matt dijo que había buscado por todo el bar.

Ron me devolvió una mirada tímida.

—Estaba en el baño de hombres.

Me imaginé a mi exmarido parado en seco delante de la puerta del baño de hombres después de haber buscado por todo el local. Matteo Allegro iría sin miedo a cualquier parte del mundo: América Central, África, Asia. Cualquier lugar menos un baño de Christopher Street. Menudo gallina.

—Supongo que Schiffer debió de esconderla allí mientras yo me ocultaba el pelo bajo la gorra antes de cruzar la acera —le dije a Ron.

—Sabes, eras una monada —comentó. Luego se rascó la nuca—. Quiero decir, como chico.

—Oh, te lo agradezco —dije—. Supongo.

Quise decirle que él también estaba bastante guapo con su chaleco de cuero, su pelo enredado en el pecho y su tatuaje del ancla, pero me pareció que era mejor pasar página. Dios mío, qué mundo tan raro el nuestro. Tal vez Eduardo Lebreux tuviera razón y a veces todo se reduzca al envoltorio.

—Bueno, nos vemos, señora de la cafetería.

—¿No quieres un café? —le ofrecí—. Invita la casa.

—Ah, claro. Gracias.

—¿Café con leche?

—¡Qué dices! El café con leche es para los hombres afeminados. Mejor un expreso doble.

—¡Marchando un expreso doble! —dije, y le supliqué al cielo que Ron Gersun no comentara sus preferencias cafeteras delante del detective Quinn.

Ahora, Quinn es un cliente habitual. El café con leche doble aún es su favorito. Le insisto una y otra vez en que me permita ayudarlo a resolver otro caso, pero después de que casi me pegaran un tiro, me dejó claro que a partir de ahora me debía dedicar al café y dejar los asesinatos a los profesionales.

Y eso me lleva al asunto que nos ocupa...

A diferencia de Anabelle Hart, Richard Engstrum padre sobrevivió a la caída por las escaleras del Blend. Estuvo hospitalizado unas semanas, pero eso no impidió que la fiscalía lo acusara de asesinato, de intento de asesinato, de asalto a mano armada y de otros cargos menores, incluido el allanamiento de morada. (Resultó que Engstrum había cogido la llave de la puerta principal del llavero de Anabelle la noche en que la agredió. Cuando Quinn y yo encontramos el llavero en su bolso al día siguiente, parecía intacto, de modo que ni siquiera comprobamos si faltaba alguna llave).

Quinn describió en estos términos la avalancha de acusaciones:

—El fiscal de distrito de Manhattan se está cebando con Engstrum.

Los abogados de Engstrum echaron un vistazo a la fotografía de la víctima —la guapa y joven Anabelle Hart, talentosa, embarazada y muerta— y a su cliente —un hombre de negocios que se había enriquecido con una salida a bolsa en forma de burbuja que mandó a todos sus inversores a Pardillolandia— y aconsejaron a Richard Engstrum que aceptara un acuerdo con la fiscalía.

Ya que mi declaración, combinada con las pruebas de ADN del feto de Anabelle, lo habrían hundido ante cualquier jurado, hizo lo más sensato y aceptó. Pese a seguir pendiente de sentencia, Quinn dice que podrían caerle doce años por agresión y homicidio involuntario y por intento de asesinato. No sabía lo que le esperaba...

Doña Darla Branch Hart también consiguió lo que quería, aunque la señora Engstrum no. La madrastra de Anabelle presentó una demanda de diez millones de dólares contra Richard Engstrum padre por homicidio involuntario. Esta noticia llegó incluso a las páginas del *New York Times*. Fue una de las pocas ocasiones en que un neoyorquino afincado en el Upper East Side habría preferido no llamar la atención del periódico.

El Village Blend también apareció en la prensa. El titular del *New York Post* dijo que nuestro café estaba «de muerte».

—Oh, pues gracias —le dije al reportero—; el truco está en saber lo que se cuece.

Sin embargo, he de decir que, pese a mi habilidad para la taseografía, no lo vi venir. Recuerdo que Anabelle me dijo que había aprendido a manejar la basura. Como bailarina de estriptis, seguro que se creía capaz de manejarla. Un tipo de basura. El más obvio. Pero no el otro.

Como he dicho antes, el embalaje puede resultar engañoso. Anabelle cometió el error de no entender que había un tipo de escoria que enmascara su mal olor con artículos de tocador de mil dólares el centilitro. Y la cruda realidad es que, si te crees tan lista como para jugar con ella, huela mal o bien, tienes que saber que se te puede quedar pegada.

Ojalá Anabelle hubiera elegido el camino correcto. Era una trabajadora aplicada. Tenía el germen de un buen carácter. Y estuvo cerquísima de alcanzar su sueño. Pero seguir por el buen camino puede resultar complicado, incluso para las buenas personas. La altitud por sí misma puede agotar.

Una mañana, poco después de estos sucesos, abrí el Blend y me encontré al doctor Foo. Hablamos como de costumbre, pero me notó decaída. Cuando me preguntó por qué estaba así, le conté lo que había averiguado sobre Anabelle. No su muerte, eso ya lo sabía, sino su caída.

Me dijo que lo sentía y que él mismo estaba aprendiendo a aceptar que a veces, por mucho que lo intentemos, no podemos ayudar a las personas a quienes queremos. Como médico residente que trabajaba en la Unidad de Cuidados Intensivos del St. Vincent, se había enfrentado a ese reto muchas veces.

—¿Cómo lo afrontas? —le pregunté.

—No lo sé —respondió—. Supongo que encuentro la forma de llorar y luego intento olvidarlo. Como dicen los budistas: «Hay que cerrar el libro».

—Supongo que hay algo de verdad en eso —admití—. Es decir, la vida sigue y la gente que aún está viva te necesita.

—Igual que a ti te necesita la gente de tu entorno —dijo.

Y así lloré a Anabelle Hart y aún la recuerdo en mis oraciones, pero acepto que ya es hora de cerrar ese libro.

Para mí, siempre será joven, bella y elegante, y por desgracia siempre estará desencaminada, echada a perder y muerta. Solo espero que sintiera algo de paz cuando se resolvió su asesinato y que, dondequiera que esté ahora, tenga música perpetua y una extensión interminable de suelo liso y nivelado.

RECETAS DEL VILLAGE BLEND

El café canela
del Village Blend

1. Colocar una rodaja de naranja cortada muy fina en el fondo de una taza.

2. Verter café de tueste oscuro (italiano o francés) humeante sobre la rodaja de naranja.

3. Remover con una ramita de canela que se dejará después en la taza para que siga dando sabor. Dejar reposar durante 1 minuto.

4. Añadir una cucharada de nata montada dulce y espolvorear canela al gusto (el azúcar extra es opcional).

El bol frambuesa-moca
del Village Blend

45 ml de sirope de chocolate
45 ml de sirope de frambuesa
60 ml de expreso recién hecho
250 ml de leche hervida
Nata montada dulce
Cacao en polvo azucarado
Virutas de chocolate
Frambuesas

1. Verter los siropes en el fondo de un bol mediano.

2. Añadir el expreso.

3. Llenar el cuenco con la leche hervida.

4. Remover el contenido del bol desde el fondo para que se disuelvan bien los siropes.

5. Cubrir con nata montada dulce, cacao en polvo azucarado y virutas de chocolate. Servir en un platillo con frambuesas.

La tarta de queso con nueces y capuchino de Clare
(o qué hacer con el expreso sobrante)

150 g de nueces picadas
200 g de azúcar
45 ml de mantequilla derretida
900 g de queso crema ablandado
2 cucharadas de harina
4 huevos
115 g de crema agria
1/4 cucharadita de canela
125 ml de expreso cargado
(el tipo de grano es opcional)
1 cucharadita de café instantáneo

Para la cobertura de la tarta:
170 g de pepitas de chocolate
85 ml de nata para montar
60 ml de expreso
1 cucharada de cacao en polvo
1 cucharada de canela
Azúcar al gusto

Preparación:

1. Precalentar el horno a 180 °C.

2. Mezclar bien las nueces, 2 cucharadas de azúcar y la mantequilla en un bol. Extender la mezcla

en un molde desmontable de 20 centímetros. Reservar.

3. En una batidora, mezclar el queso en crema y el resto de la taza de azúcar hasta conseguir una masa ligera, esponjosa y completamente homogénea.

4. Añadir la harina y los huevos de uno en uno.

5. Añadir la crema agria y la canela.

6. Disolver el café instantáneo en el expreso y añadir a la mezcla de queso en crema.

7. Verter la mezcla en el molde y hornear durante aproximadamente 1 hora (pueden hacer falta 10-15 minutos más en función del horno). Sacudir con suavidad para comprobar el grado de cocción; cuando esté hecha, la tarta quedará cuajada y la parte superior ligeramente tostada. Dejar enfriar por completo.

Cobertura:

1. Calentar todos los ingredientes y mezclarlos bien hasta que se derritan.

2. Salpicar sobre la tarta fría.

3. Refrigerar antes de servir.

Black russian

Un cóctel elaborado con dos partes de vodka y una de licor de café (por ejemplo, Kahlúa). Servir con hielo. Para el *white russian,* añadir nata.

Orgasmo con grito
(también conocido como *burnt toasted almond*)

Un cóctel elaborado con una cucharada de Kahlúa (¡licor de café!), una cucharada de *amaretto* y una cucharada de vodka. Añadir una taza de nata para montar helada. Agitar en una coctelera con hielo picado. Servir en vaso alto y helado.

(Nota: para obtener un postre líquido más consistente, sustituir la nata por helado de vainilla, moca o café; mezclar con una batidora en lugar de hacerlo en la coctelera y no añadir hielo).

TABLA DE EQUIVALENCIAS

PESO

Azúcar blanco	200 g	1 taza
Harina	130 g	1 taza
Pepitas de chocolate	170 g	1 taza
Nueces picadas	150 g	1 taza
Queso crema	225 g	1 taza
Crema agria	225 g	1 taza

VOLUMEN

2 ml	½ cucharadita de café
5 ml	1 cucharadita de café
15 ml	1 cucharada sopera
50 ml	¼ de taza
75 ml	⅓ de taza
125 ml	½ taza
175 ml	¾ de taza
250 ml	1 taza

TEMPERATURA DEL HORNO

180 °C	350 grados Fahrenheit

© Berkley Prime Crime (MM)

AGRADECIMIENTOS

La autora desea expresar su agradecimiento más sincero a su excelente editora, Martha Bushko, y a su ejemplar agente, John Talbot, por creer en esta cocción.

CLEO COYLE

Es un seudónimo de Alice Alfonsi, quien escribe en colaboración con su marido, Marc Cerasini. Ambos son los autores de *The Coffeehouse Mysteries,* una serie que se publica desde hace más de diez años y cuya presencia en la lista de éxitos de ventas del *New York Times* es habitual. Alice y Marc también han escrito para grandes productoras y cadenas de televisión, como Lucasfilm, NBC, Fox, Disney, Imagine y MGM. La pareja vive en Nueva York, donde trabaja de forma independiente en distintos proyectos, incluida la serie *Haunted Bookshop Mysteries.*

Visita el Village Blend virtual de Cleo Coyle en https://www.coffeehousemystery.com

Descubre más títulos de la serie en:
www.almacozymystery.com

COZY MYSTERY

Serie *Misterios de
Hannah Swensen*
Autor: Joanne Fluke

 1

 2

Serie *Misterios bibliófilos*
Autor: Kate Carlisle

 1

 2

Serie *Misterios felinos*
Autor: Miranda James

 1

 2